講談社文庫

陰陽少女

古野まほろ

JN179828

講談社

目次

陰陽少女

言いたい人には、言わせておけばいい

——落合監督

彼女の物語が、始まる前に

その桜色のキャンドルに、ゆっくりと火を灯す。

ぼう。

甘やかな杏色《あんずいろ》の灯《ひ》が勉強部屋の闇を色づかせ、室内の夜が安堵しつつ尖《とが》りを減らせてゆく。それは敬虔《けいけん》だった。

中指で再生キィに触れる。

つつ、つ。

そらぞらしい機械音。ヒトの業《ごう》などいつもそのようなものだ。それでも今夜はそんなに苛々《いらいら》しない。

もう決めたからだ。

きょうは矢野《やの》さんのうちを燃やす。

瞳を閉じて、ゆっくりと息を唇から喉《のど》へ。処女のような脱兎のにおいが舌の奥からした。西域。唐《から》のはるか西の方。そこで生まれた、世界で最も美しいとされるおんなのひとりが纏《まと》っていたという、その香気。恥じらいと清楚さをかすかに絡《から》めた、本質的な性の香り。

アロマキャンドルから滲《にじ》む香り。官能的な茘枝《ライチ》のにおい。

炎の舌がゆっくりとキャンドルの芯を嬲《なぶ》る。重なるように、躯《からだ》の軸が興奮に震えた。

たら――

たら、たら、たら――

たたら、たたら、たたら――

虚無のなかから世界が息吹くような、その調べ。

重厚な雲海の緞帳《どんちょう》をようやく穿《うが》って、ヤコブの階段がいま架けられる。アレグロ。マ・ノン・トロッポ。ウン・ポーコ・マエストーソ。弦はやがて悲鳴のようなフォルテシモとなって、金管や打楽器の絶叫を誘《いざな》う。ざん!! ざざざ、ざんざんざんざんざん!!!! ざざざざん!!!!

怒濤《どとう》のようなモティーフに突き動かされ、左手首をただ噛んだ。そして噛みちぎる。オーケストラの鳴動。唇を拭《ふ》いた右手の甲に、手首の肉片と血管が腐肉のごとく点描された。心臓のあたりで絶頂を感じる。肉体があるから、感じる。感じるから、悦《よろこ》べる。この肉体が愛おしい。

そして第九は茘枝のにおいとともに、勉強部屋を強姦し尽くした。

そうだ。

人類は、感謝しなければならない。

ベートーヴェンとフルトヴェングラーを獲《え》たことに。

ヒトが最も天帝に近づいた刹那《せつな》があるとするならば、それは、ヤコブが天帝との格闘を経て『神と闘いて不屈なる者《イスラエル》』との称号を獲たそのときと、いま再臨している一九五一年七月二十九日の奇跡が現前したそのとき以外になく、そしてこれからもあり得ない。この堂々たるテンポ。魂を描《か》き替えるようなアッチェレランド。躯がばらばらにならないように掻き抱くだけで精一杯だ。この神秘。この論理。この絶頂。

一七分四〇秒。

ひとつのことを、狂気のような理性をもって。理性のような狂気をもって。これがドイツ観念論だ。この確固たる無窮《むきゅう》。偏狭なる無限。神の海がごときそれは宇宙。

完璧だ。

全ては一なるものとして、有機的に、合理的に。

第一楽章だけで意識が燃え猛《たけ》る。第一楽章だけでまさに至高のそれは理想郷だが、しかしそれだけではない。第三楽章、第四楽章、第二楽章。すべてが天帝のシナリオのように精緻《せいち》で、枢奥《すうおう》で、構造だ。例えばチャイコフスキーの四番のごときバレエ音楽の成れの果て——あんなものは交響曲ではない——の支離滅裂と対比してみるがいい。二調の属音と主音の五度が統《す》べる構造の支配、動機の論理、総合のちから。この観念の宮殿にいつまでも躯を焦がしていたい。フルトヴェングラーのおとこが、ナチスとの暗闘やトスカニーニの論告を経てここに結実している。残り三年で天帝に召されるおとこの、魂のかがやきだ。神の奇跡だ。

だが。

キャンドルを握りしめる。てのひらが蠟に爛《ただ》れる。肉が薫る。この肉体は、生きている。思わず笑みが零《こぼ》れた。もっと、もっと。もっとほしい。このかそけき炎を仮に食べることができたなら、差し当たりもっと感じることができるだろう。いや。そのようなものでは。そうだ、この躯をも併《あわ》せて燃やしたならば、どんなにか気持ちいいだろう。むしろその悦楽に耐えられるかどうか心配だ。

だが。

それではもったいない。

快感は持続して味わわなければ。せっかくのいのちなのだ。味わい尽くすのだ。それにこの躯を焦がす欲望は、そんななまやさしいものではない。

だから、とりあえず矢野さんのうちには燃えてもらう。

だから夜を歩くのだ。

夜の城下町は完全に眠っている。ひたひたという自分の跫音《あしおと》がここちよい。柔らかなセピアの木塀の町並みは、しかし午前二時の漆黒に抱かれて輪郭すら溶け出させている。交番の巡査も、警察署の刑事たちも、差し入れた苺ショートで甘い夢をみているだろう。そのようなことをしなくとも、どうせこんな田舎のこと、交番すら二十四時間営業ではない。しかし、そこを駄目押しするのがドイツ観念論というものである。なにせアウシュヴィッツの囚人に『陽光と空気と水が君の健康に役立つのだ』なる標語を掲出する民族のことだから。そうした徹底的な姿勢は、自分の性格にもあっている。ドイツ観念論は、苺ショートが省略できるような、そんななまやさしいものではないのだ。

満月。

だから血が興奮しているのだろうか。

目標とする玄関の庇《ひさし》の横にはブリキの郵便箱がある。それでは。箱のなかに銀の包みを配置した。クリスマスプレゼントにしては半歳《はんとし》ほどずれているが、前後半年は誤差の範囲内だと割り切っていただきたいところだ。お詫びに中身はちょっと焙《あぶ》ってある。郵便箱の蓋をきちんと開けておけば、銀の包みから生じるであろう炎が、やがて母屋の木壁に燃え移り、このような紙と木の日本家屋をそれこそ綺麗な蠟燭《ろうそく》にしてくれるだろう。かつて『武装した芸術』B29三九七〇機が我が国九四都市二百二十一万戸九百二十万人を焼き尽くしたのは、そのような日本家屋がパン籠のごと律儀《りちぎ》に燃えるからであった。個人的には、あの戦争のときは当然まだ肉体を獲《え》ていなかったのだから、どうしようもなかったのであるが、日本国民としての怒りを沸々《ふつふつ》と胸にたぎらせながら、とりあえず今日は矢野さんのうちに放火して、炎の威力をこころに刻みこんでおこう。そうだ。ロシア人墓地も燃やせば面白そうだ。なら、ホワイトハウスの順番が来るまで、あと三十六年と八月ちょっとばかり待ってもらわなくては。

――いけない。

地理の教科書に記載したスケジュール表をきちんと想起する。そう、正確には、あと三十六年八月と五日後だ。

ああ。

なんということ。

何時間何分後かまでは特定することができない。ドイツ観念論はそんななまやさしいものではないのに。自分を責めながら清水町《しみずまち》の看護学校にむかう。そのたもとには火《ひ》の見櫓《みやぐら》があるのだ。明治維新前からあるというのだから、この古い城下町の風情《ふぜい》も知れよう。タイタニックの舳先《へさき》にすがるがごと梯子段を踏破してゆく。櫓のうえの板張りから望む町はまるでごみのようだ。満月のたもとでアロマキャンドルが揺らめく。三越で買ってきたお気に入りの陸奥紙《みちのくにがみ》をとりだしてエッセイを書き始めた。ほんに今夜は節分か――前後半年は誤差の範囲内としてもらおう――渦を巻いた蚊取線香がぼたりぼたりと朽ちてゆき、エッセイの新しい段が書き終わったころで、ぼう、と火の手が上がった。矢野さんち全焼記念のアロマキャンドルはとっくに消えている。

ああ。

燃える。

あんなに綺麗に。

濃厚な真夏の夜をあざやかに染めてゆくオレンジの焔《ほむら》。

ディックで買ってきた金槌《かなづち》をとりだす。半鐘を思い切り叩いたら、嚙みちぎった創《きず》が喜悦して、左手首からどくどくと鮮血を溢《あふ》れさせた。

かぁん。かぁ――――ん。かぁ――――ん。

火事ぞな!!

火事や!!

火事ぞなもし!!!!

ヒトもすべて屑のよう。ちらちらとちいさな屑が、ぼうふらのように弾けている。

うぅ～う。ううぅ～う。

かんかんかんかん。

あれは消防車だ。早い。時代も変わった。

半鐘を。もっと半鐘を。

かぁ――――ん。

かぁ――――ん。

はっ。

そのフォルテシモに意識が戻る。

火付けは死罪。火焙《ひあぶり》。鈴《すず》ヶ森《もり》で火刑。

何てことを。

火を――火を放つなんて。確か第九を聴いていて、それで――

頭が!! 頭が、いた、い。

意識が――意識が混濁して。自分が自分でなく。誰かが。駄目。もうとめられない。おまえは。おまえは誰!?――出て行け、この躯からはやく!!

駄目だよ。

もうとまらないよ。

さあゆこうよ。そのさきへ。ほら、燃えているよ、おまえのまちもなにもかも――くるよ。

おまえのあのひとが。おまえを愛しているから。おまえが愛しているから。

やめて!!

早く消さないと。ああ、もう向う三軒両隣が炎のなかに!!　火事ぞなもし!!　火事ぞなもし!!　城下町の切片がパノラマのように。それなりの阿鼻叫喚《あびきょうかん》につつまれて。そう。もっと燃えるのだ。そして早く消すのだ。さもなければ我が家も燃えてしまうではないか。オレンジのパノラマ。美しい。焔よ、悦楽よ、真に美なる天帝のきらめき、楽園からの乙女!!　文字どおり火のごとく酔いしれる。諸人《もろびと》よ、ひざまずけ!!　これがいわゆるゲヘナの罰!!　こよなう慰みて、さはれ、かくてしばしも、生きてありぬべかんめり――

どうして。
この快楽。背筋が震える。
逃れられないのか。おまえは誰。
逃れられないよ。わたしはおまえだよ。
かぁ――ん。
かぁ――ん。
これが今宵最後のフェルマータ。
ああ。
どうしてこんなことに。

早く去らなければ。
でも。
もっとみていたい。もっと鳴らしたい。ヒトの泣き叫ぶ様を、もっと味わいたい。
しかし。
燃えたのはうちの近くだから。
心配して。
あのひとがくるだろう。もうじき。
会いたい。
抱きたい。
貪りたい。
だから。
はやくこい。
おまえは。
あたしだ。
ふふふ。
ははは。

あっは。

あっははは、あはははは!!　あははははは!!

楽しい。なんて楽しいんだろう。燃えていくよ、あたしのまちもなにもかも!!

悲。哀。憎。悦。

ヒトの剝《む》き出しの情念があそこに。この躯も燃えてゆく。炎のなかの苦悶、哀切、怨嗟《えんさ》そして淫楽。美味《おい》しい。おいしいよ。

その穢《けが》れこそ復活のバプテスマ。この世に生きて在るよすが。

おまえたちの。

そしておまえの負の渦が。

恐れ悩み絶望するその精神の暗黒面が。

肉に悶《もだ》え愛に淫するその欲望の蟻地獄が。

我が甦るための糧《かて》。

——熱い。

性愛の芯が、あつい。

明日も銀天街《ぎんてんがい》でアロマキャンドルを買わなければ。相馬《そうま》さんちの記念用だ。

あのひとに会うために。

貪るために。

ヒトの穢《けが》れを食《は》むために。
燃やしてやる。もっと、燃やしてやる。
それを邪魔するやつは、みんな、燃やしてやる。
下腹部にびくびく絶頂を感じながら、やっと家路についた。
夏の闇は、どっぷりと心地よかった。

第一章　七月一日

I

飛行機の扉を越えると藤色の絨毯《じゅうたん》が続いてた。

なんて太陽。

飛行場の建物へむかうデッキは南国の光に溢《あふ》れてる。左右の大きなガラス窓は、優しいけど直截《ちょくせつ》な夏でいっぱいだ。

空の青、飛行場の白、太陽の光。

理由もないまま駆けだした。大きな旅行鞄がゆっくりしたひとたちにぶつかる。

ごめんなさい。ごめんなさい。

謝るあたしは泣いてたのかも知れない。

『ようこそ実予《みよ》へ』

デッキに掲げられた温かい看板が、ちょっと滲《にじ》んだ。

なんだろう、このにおい。甘いにおい。柔らかい石鹸？　太陽をいっぱい浴びたおふとん？　優しいけれど、なんのにおいか全然分からない。初めてだけど、どこか懐かしい。

よく来たね。

そういっているような、におい。

だから涙がぼたぼた落ちた。思ってなかったから。優しくしてくれるなんて思ってなかったから。外国に独りでいくみたいに感じてたから。このまま東京に逃げ帰ってしまうことだって考えてたから。またきょうのうちに羽田《はねだ》空港に戻るかもって、気持ちが揺れてたから。

でも。

預けたスーツケースが出てくるまでは、帰りの航空券だって買いにいけない。

一時間半飛行機に乗って、こうして、知らない飛行場でスーツケースを待ってる。周りのひとたちはみんな笑ってる。観光？　帰省？　みんなちゃんと知ってる。ここがどんな土地なのか。自分がしなきゃいけないことは何なのか。自分はどこへ行くべきなのか。

自分の居場所は、どこにあるのか。

知らないのはあたしだけ。あたし独りだけが何も知らない。情けなく涙でぼやけた瞳に、いくつかの看板が映った。

『実予温泉へ、おいでんか』

オイデンカってなんだろう。あたしには関係ないんだろうか。

『じゃこ天食べてつかーさい』

テツカーサイってなんなの。もう滲んで読めない。

グレナデインのスーツケースが、やっとベルトの上をかたかた運ばれてくる。八つ当たりするように床に降ろした。兄の会社のひとが待ってるはず。すぐ東京へ帰るにしたって、ゲートを出なきゃ何もできない。それにしても、荷物が浜松町《はままつちょう》のときより倍は重くなってる気がする。そんなに詰めてないはずなのに。あたしはスーツケースのうえに古びた旅行鞄を載せ、両腕でがらごろ押し始めた。

「ねえ」

「え？」

後ろからの声。振り向くと知らないおんなのこ。

「荷物、間違えとるよ」

「え？」

「あなたのはきっとこっちね。水里《みなざと》あかね、さん。タグに書いてあるけん」

「すっ、すみません‼」

背の小さいおんなのこ。関西弁が優しい。長い睫がくすりと笑ってる。伏し瞳がちでとても大人びてる。可愛い、というより綺麗。けれど何よりもあたしの瞳を奪ったのは、華族のお嬢様が持ってそうな大切な人形のように零れる黒髪。そして桜色の布に巻かれた――そう、弓だ。弓道の弓。

なんて綺麗なの。

後ろで束ねたその艶《あで》やかな髪が涙で滲んでゆく。制服にぼたぼたと雫が落ちる。

「あたし、急いでて――」

「鞄、そっくりやけん仕方ないよ。大きな荷物ね。お引っ越し？」

「は――はい」

「あかね、ちゃん？　どうしたの？」

「何でも――何でも、ありません」

「ねえ、座らん？」

「でも」

「おだんご、あげるから」

「兄の会社の、ひとが」

「でも、泣いとるよ」

「――はい」

おんなのひとのハンカチが、瞳の滲みを撫でてくれる。ふわっと躯が解放されて、肩のちからがぬける。そしたらまた涙がぶわっと溢れた。

「これからどこいくの？」

「み、実予です」

莫迦《ばか》だ。もうここは吉祥寺《きちじょうじ》でも羽田でもない、実予空港なのだ。あたしはもうおんなのひとの顔も見られないほどハンカチに頬を埋《うず》めた。

「そうなの。帝都からきたの？」

「――はひ」

「素敵な制服ね」

「あひがほう、ぐす、ございはふ」

そこであたしは初めて気付いた。この娘《こ》が着てる制服。それは、あたしが明日から着るはずのセーラー服だ。新しい学校の制服だ。

「実予では見んなあ。帝都の学校はお洒落ね」

「もう、ぐす、帰れないんです」

「そうなの」彼女はその先を訊かなかった。それが何より優しかった。「実予に住むの？」

「はひ」

「何《なん》もないけど、ええとこやけん――ねえ、そのだんご美味しい？」

小さなだんご。小指ほどの串にビー玉みたいなおだんごがみっつ刺さってる。おだんごのミニチュアだ。可愛い。でも色彩感覚はそこはかとなく怖い。

「これは――？」

「マドンナだんご」

「まどんなだんご」

すごく甘い。滲《し》みるほど。涙が無理矢理止まった。ある意味すごい。

「お茶もあるけん」

「ありがとう、ございます――」

ふたりでずっと荷物デッキの片隅に座ってた。椅子は思いの外ふかふかで優しい。回転してた荷物の群れはとっくになくなってる。かたかた。かたかた。ベルトだけが正直に仕事をしてる。

「市内に住むん？」

「清水町、というところだそうです」

「そうなの。ほしたら、お城の北やね」

「お城があるんですか？」

「あるある。熟田津城《にぎたつ》いうて、ちっちゃいけどええ城よ。こんど綺麗になったんよ」

「温泉も」泣き笑いになった。「あるって、兄さんが」

「あかねにはいらんよ。綺麗な肌しとるもん」

「そんな」

そのとき、アナウンスが鳴った。

『ＡＮＡ５９３便で帝都からお越しの水里あかね様。帝都からお越しの水里あかね様。お連れ様がお待ちです。一階空港派出所までお越しください。お連れ様がお待ちです。一階空港派出所までお越しください』

空港派出所だなんて。兄の会社のひとは無神経だ。恥ずかしい。あの兄と一緒に仕事をしてるひとたちだから、期待するだけ野暮《やぼ》なのかも。

「あかねのこと呼んどる。探しとる」

「あ、あの——ええと——あなたは」

「あたし？」おんなのひとはにっこり笑った。「あたしは——」

「——あっ諾子《なぎこ》!!」

知らない声。見上げるといつのまにか彼女と同じセーラー服のおんなのこがいた。涙の名残りでそれ以上のことは解らなかった。すると、最初のおんなのこがいった。

「——まあちゃん、駄目やないの。ゲートの中入ってきたら。ハイジャックかと思われるよ」

「ほやけど諾子ちっとも出てこんけん、待ちきれんくなったんよ――名人襲名おめでとう、檜会《ひのえ》諾子十段」

「え⁉」

心臓が喉から飛び出るかと思った。このひとも――このひとも名人？

時代は確実に動いている。そういうこと？

「なんや、もう知っとるんか」ナギコさんが悪戯《いたずら》のようにちょっと舌を出す。

「莫迦《バカ》いわんといて」まあちゃんが膨れたようにいう。「ずっと心配しとったんよ。ほら、あんなことあったけん。諾子、もし帝陛下の御前審査で乱れたらどうしよう思て。ずっと心配しとったんよ」

「ああ」とナギコさん。「あんなん、もう吹っ切れたよ。ほやけん名人位頂けたんよ」

「でも諾子ぽきっと折れる脆《もろ》いとこあるけん――」

「――もうやめて‼」

きゃあ‼　既に無人の到着ロビーで、あたしは座ったまま跳び上がった。優しそうなナギコさんが、こんな怖いほど厳しい声を出すなんて。恐る恐る彼女の顔を窺《うかが》うと、凜《りん》とした瞳が燃えさかるような怒りに満ちてる。その真紅は、あたしの涙越しに、雨で滲む信号のように光った。

「——ごめん、まあちゃん」痴話喧嘩のような沈黙の後、ナギコさんはいった。そこには自分に驚いてるような逡巡と悔いがあった。「せっかく心配してくれたのに。ほやけどあたし吹っ切れたみたいやけん。もう大丈夫。まあちゃんのおかげ」

「ううん。こっちこそごめん。お祝いいうつもりだったのに。

　言い直させてくれる？　檜会名人、改めておめでとう!!」

「まあちゃん、ありがとう」

「あ、あの……」完全に取り残されてたあたしもいった。「お、おめでとう、ございます」

「あ、ごめ〜んあかね!!」とナギコさん。「まあちゃん、彼女があかねよ。あかね、これはまあちゃん」

「は、初めまして」すごい紹介だ。お互いの人定事項が何もない。「水里あかねです。東京から来ました」

「諾子の弓道仲間？」

「いえ、あたしはかる——」

「かる？」

莫迦莫迦。いわなくてもいいことを口走る癖《へき》のあるあたしの莫迦。

「かる、かる——カルタゴは滅ぼされなければならないと加藤さん」

「はあ？」

しかしあたしはそれ以上外道祭文《げどうさいもん》なことをいわずにすんだ。到着ロビーに、ナギコさんたちと同じ制服の娘《こ》が数え切れないほど乱入してきたからだ。学生服のおとこのこもいる。ちょっとかっこいい子も。

「檜会先輩!!」

「諾子先輩!!　おめでとう!!」

「名人就任おめでとうございます!!」

「生田《しょうだ》クンと一緒に胴上げや!!」

「檜会先輩、日本一!!!!」

「御両人!!!!」

わっしょい!!　わっしょい!!　わっしょい!!

いきなり胴上げが始まってしまった。

「ちょ、ちょっとやめ——あたしスカートなんよ!!」

「僕も、高いところ、うわあ!!」

「あたしは無関係です!!　あたしは通りすがりの転校生い、い、——」

バンザーイ!!　バンザーイ!!　バンザーイ!!

あたしを含め学生服セーラー服入り乱れて空中を舞ってる。どうしてなの。お母さん助けて。

「ちょっとあんたら!!」スーツとスカーフの空港の係員さんが怒る。「勝手にバゲージクレームの中入ったらいかんやないの!!　おまわりさんに逮捕してもらうよ!!」

うわー。

どこどこどこどこん。

到着ロビーは大混乱。何が何だか解らないうちにあたしは揉みくちゃにされてた。ぴょこんと群衆から摘《つま》みあげてくれたのは誰あろう主役のナギコさんで。しかも、怒鳴り合わないと声が聞こえないほどもう滅茶苦茶。

「ごめんね!!　訳の解らんお祭りに巻き込んでしもて!!」

「すごい――人気ですね、ナギコさん」

「え!?」

「すごい人気!!」

「全然!!　みんな騒ぐの好きなだけよ!!」

「あ、あの、ありがとうございました――あたし、行きます!!」

「転校生やったんか!!　ほやったらこれあげる!!　また会えたら楽しいね!!」

「これは――?」

それはガラスでできたおだんごだった。さっき食べたのと同じサイズ。小指ほど。

緑と黄色と茶色。三色だんごが串に刺さってる。緑は優しくて、黄色は柔らかくて、茶色はとても澄んでいて。

「坊っちゃんだんご!!」

「すごい――可愛い――」

「おまもり!! ほんまは箸置きやけど!!」

「檜会先輩バンザーイ!! バンザーイ!!」

「――あ、ありがとうナギコさん。ありがとう――素敵――」

「え!?」

「素敵です!! ありがとう!!」

「あかね!!」

ここはなーんもない田舎やけど、ぞなぞなしてええとこよ!! 頑張ってな!!」

「――はい」

「あんたら、ちょっとやめ――」

「諾子先輩バンザーイ!! 生田クンバンザーイ!! 天麩羅《てんぷら》四杯バンザーイ!! 御両人バンザーイ!!」

うわー。

どどどどど。

疾風怒濤のようにみんなどこかへ流れていった。いったい何だったの。それにぞなぞなって何なの。そう思いながら――でも――だけど。

だけど思った。もう東京から着てきた制服は脱ぐべきだと。

振り返らず荷物と駆け出す。お手洗いでいま着てた濃緑のセーラー服を、薄墨色のに着替えた。萌葱《もえぎ》のスカーフを畳んで、薄墨色のネクタイと、もうひとつ、深紅のネクタイを締める。鏡をみて驚いた。あたし、ぜんぜん違ってしまった。

ちょっとナギコさんっぽい。

だから。

そんなに悪くない。似合うのか似合わないのかも解らないけど、駄目じゃないよ。

あたしはこの地で初めて深呼吸をして、チェックアウトゲートの自動ドアを越えた。

あの甘いにおいが胸をつつんでゆく。

ガラスの坊っちゃんだんごは、胸のポケットで、しっかりとその存在感を主張していた。

II

空港ロビーの空気もも、に、ゅ、ん、と柔らかい。すさまじい田舎パワーにみちてる。銀色にかがやくテラスのようなホール。広々としてるのにむしろ親身だ。大きくとられたガラスに夏の光がもにゅんと濾《こ》されて、暑い。そして空港は左右に広がってるみたいだ。派出所ってどこにあるんだろう。

ひとが少ない。

さっきあの狂乱の場があったのが嘘みたい。ちらほらと動いてるひとも、信じられないほどゆっくりしてる。あたしはその三倍近いテンポで、むしろ猛然と歩いてることに気がついて、恥ずかしいような感慨を覚えた。スーツケースを転がすのをやめてみる。だって誰も急いでないんだから。羽田の動く歩道が異次元の産物に思える。このひとたちは、空港で一時間過ごしても二時間過ごしても子細《しさい》構わないに違いない。少なくともそういう精神構造であることに疑いの余地はない。

はふう。

したことのないような吐息を漏らすあたしがいた。ガラス越しにぽつんとしたバス停と、椰子《やし》のようなあざやかな木が見える。ここは本当に日本なの。そうつぶやいた刹那《せつな》、光の悪戯か、新しい制服に変えた自分がガラスに柔らかく浮かんだ。あれ。やっぱりちょっといいかも。恥ずかしさも忘れて一回転してみたり、肩に手を当ててみる。どうせ誰も見ていない。みんなまったりしてるから。そういえばブックファーストで慌てて買ったガイドブックに書いてあった。『ぞなもし〜という感じで、自然体にいきましょう!!』って。でもぞなもし～ってどういう感じなの。ぞなぞなとはどういう関係に立つの。あたしは飛行機のなかで何度もやったようにガイドブックヘツッコミを入れたけど、今は体感的に理解できるような気もした。ちょっと怖い。そういえば、このまま土着しちゃったら吉祥寺のブックファーストはおろか、新宿紀伊國屋にもジュンク堂にも、神田《かんだ》三省堂にも書泉ブックタワーにも行けないのだ。あたしそれで生きていけるかしら。禁断症状とか出そうだ――

「あの～、すみませ～ん」

「うわ!!　なんですか!!」

いきなり背中に声を掛けられて跳び上がった。飛び退きながら声の主体と距離をとる。あたしの背後をとるなんて何者だと警戒しながら人着《にんちゃく》を改めると、印象論としては農協の経理のひとのようなおじさんがいた。眼鏡《めがね》が古くかっちりとした型で、グレーのスーツがいかにもだからだ。ネクタイはちょっとやつれてる。靴音は明らかにゴム底のもので、会社支給モノ独自の安っぽさがあった。しかしそれがまた実直な感じを醸し出してることも否定できない。総じて、大学生の娘《むすめ》にめろめろになってるいい感じにくたびれたおじさんだ。

「あ～、驚かしちゃったらすみませ～ん」もろ小池朝雄《こいけあさお》。ってあたしいくつなの。

「あかねお嬢様で、あのう、いらっしゃいますかあ」

「あたしはお嬢様じゃありません」

「え!!」農協おじさんが絶句する。「あのう、あのですねー、水里《みなざと》、あかね様ではないでしょうかね。帝都からおいでた」

「水里です」

まったくお嬢様だなんて。兄はどういう風に仕事をしてるのか。どうせいつもの、あの澄《す》ました感じでエリート君をやってるに違いない。急に胸が塞《ふさ》がってゆく。ぞなもしな感じはたちまち冷凍されてしまった。ぞなぞなな感じもだ。

「よかった～!!」と農協さん。大きな定期預金をしてもらえた、そんな感じ。「いやあ、他におんなのこもおらんけん、たぶんお嬢様がそうじゃなかろうか思とったんですが、いやあ、それに実予南《みよみなみ》の制服着とられるし。よう似合うておいでる。いやあ、さすがは課長サンのお妹さんですねえ。ほらいうたじゃろうが角《かく》ちゃん、あちらにおいでるお方がお嬢様に間違いなかろうて」

「外田《そとだ》補佐、実予弁出とる。実予弁出よるぞ。せっかく標準語練習したんが台無しじゃー」

「おお、しもたわい。お嬢様、あのですねー、お車御用意しておりますので、まずはですねえ、派出所で冷たい麦茶でもどうでござんしょか」

「お荷物も運ばせてもらおうわい。お嬢様失礼します」と、角ちゃんと呼ばれたおとこのひと。こっちは紺色の鋭いスーツ。同じく眼鏡をかけてるけど、ちょっと洗練されたデザインで賢そう。地方銀行の頭取秘書室のひと、みたいな。ゴルフは付合い程度、みたいな。外田さんという農協おじさんより若く見えるけど、それでも兄とふたまわりは歳が違うはずだ。「それよりもお嬢様、お待たせして申し訳ありませんでした。なにぶん田舎者のやることですけん、のんびりしとりまして。ほら外田補佐、お荷物お荷物。お嬢様、お暑うございましょう。どうぞアイスコーヒーでも。だんごと一緒に用意させますけん」

「だ、だんご」あたしは絶句した。あんなに甘いのを。「空港のオフィスでですか」

「冷房、センサーに技《ワザ》くれてがんがんに利《き》かせよりましたけん、ちょっとお休みいただいて」と外田さん。「飛行機、お疲れでござんしょう、うちらもたまーに帝都行きよりますけんど、せかいーてかなんですわ。ちょっとお口汚しさせていただきますけん、堪忍してつかーさい」

「外田補佐、実予弁出よるぞ」

「おお、いけませんねえ。それではお嬢様、ちょっと、麦茶と、あと、だんごだけ」

「結構です」あたしは大会のときのような臨戦態勢に入った。このひとたちに悪気が全然ないところが、あたしの理不尽な憤《いきどお》りに加速をかける。「お車もお茶も、おだんごも!!　それに、あたしはお嬢様なんかじゃありません――リムジンバスを使います。切符はどこで買うんですか。市電の一日乗車券があるならそれも買」「堪忍してくださいお嬢様!!!!」外田さんががばと土下座する。何でよ!!「それだけは!!!!」

「ちょっとやめて──」

「お嬢様!!!!」

どんなに『ぞなもし〜』な田舎だろうと、さすがに人垣が発生し始めた。パンダかコアラでも観賞するように、みんなあたしたちを見て、おまけに口をあんぐり開けてて。

「何じゃろの〜」

「お偉いひとじゃ〜」

「きれいじゃの〜」

「久松《ひさまつ》の殿さんの、お姫様かの〜」

「御家老の、お嫁さんぞな〜」

「帝都のひとは、どっか、違うぞな〜」

ぞなもし〜。

ぞなもし〜。

ぞなもしオーケストラですごいことになってる。東京都区内では考えられない。

(ちょっと!!　ちょっとやめてください!!　顔を上げてください!!)

「ほしたらお嬢様、お荷物、運ばせていただけますでござんしょか」いうが早いか外田さんはあたしのスーツケースを誘拐していってしまった。角ちゃんさんもずいずいとあたしの露払いをしてる。これではまるで皇后様だ。顔から燃えさかる火炎がほとばしる。『実予空港派出所』の看板目指しひたすら駆けた。外田さんからスーツケースを奪い返そうとするが、さすがは兄の会社のひと。体捌《たいさば》きに無駄がなく、普通の女子高生を凌駕《りょうが》するあたしの体術をもってしてもスーツケースは再奪取できなかった。

「コーヒーでござんしょか。ウーロン茶もがいに冷えとります。氷は久麻《くま》高原から直送しよりましてー」

(いいですお茶は本当に!!)

「ほしたらお車に御案内いたしましょう」

(とにかくはやく!!)

「じゃ角ちゃん、わし先に荷物積んどろうわい。車のお冷房、がっちり入れといてな」

「あたりまえじゃー」

(はやく!!)

しかし人垣もぞなぞなと付いてくる。何だ、これはお祭りか。でもこっちの制服に着替えててちょっとよかった。前の学校の制服だったら、皇后様どころではすまないだろう。

「お姫様、お歩きぞな～」

「ええぞな～」

「行きしに、ええもん、見られたの～」

「赤《あこ》なられとる～」

「お城に行かさっしゃる～」

「実予十五万石も、安泰じゃ～」

よかったの～。

あたしは人垣をとうとう掻き分けるようにして、空港の自動ドアを脱けた。角ちゃんさんがもうエンジンを全開にしてる。その黒塗りのリムジンに飛び乗った。

Ⅲ

——こんなに平たい土地ばかりなんて。ここは本当に日本なの。あたしの口は虚空《こくう》に通じた。

「お嬢様、お車で二十分、いや十五分で飛ばしますけん」と外田さん。「すぐですわ」

「安全第一で。それからあたし、お嬢様じゃありません」

「りょーかい!!　角ちゃん安全第一!!　右よし左よし!!」

「歩行者なし!!」角ちゃんさんは目一杯アクセルを吹かした。

「しょーもな車で、すんませんお嬢様すんません」外田さんが平たい箱を差し出す。

「お口汚しですが、ぜひ」

「だ、だんご――!?」

「赤シャツだんごですわ」

「あ、赤シャツ」

「ああ角ちゃん、この部長車な、部長にはちゃんと因果《いんが》を含めとろうの。部長きょう宇《う》輪《わ》島《じま》出張いうとられたけんね」

「聞いとらんぞな。まあ次長ががっちりやっとろう」

「ほうじゃの。次長ならがっちりやっとろうわい」

「ジチョウ？」

「課長サンの、ああ、お兄様の女房役ですわ。地方《じかた》のエースですけん。のう角ちゃん」

「エースじゃ。内務省本省にも出向しとった実予の切り札ですけん。お兄様も安心です。平園《ひらぞの》次長は、行くとこまで行くじゃろの～」

「登り詰めるじゃろの～。実予東署《みよひがし》長で決まりぞな。警視長《けいしなが》まで行かれるかも知れ

ん。角ちゃんはええのお、平園スクールやけん。わしは矢筈《やはず》監察官の直参やけんの

～。もうコースから外されよるぞな」

「よう言わい」ヨウイワイ？「課長は外田補佐のこと、がいに評価されとる。見よっ

て解るわい」

「ほうかの～」外田さんは見る間ににやけた。「いやわしもな、お嬢様迎えに行って

くれ、いわれたときは、こりゃ頼ってもらえとるわい思うたぞな」

「頼ってもらえとるわい」

「あの――お幾つなんですか？」

「お嬢様、アタシは四十七にならせていただいとります」

「外田補佐、ちゃうがな。次長ぞな。そうですよねお嬢様？」

「ああ、次長は若《わっか》いの～。確か、四十九じゃ。のう角ちゃん？」

「ほうじゃ。四十九で筆頭課の次長じゃ～。課長級じゃ～」

「がいやの～」

「がいじゃ～」

「実予の星じゃ～」

「星じゃ〜」

「あの〜外田さん」

まずい。洗脳されつつある。あたしだんだん『ぞなもし』化してる。

「何でございましょうかお嬢様」

「何か、がりがりいってますけど……」

「ああ!!」外田さんが車の屋根を仰《あお》いだ。「角ちゃん、また忘れとった。スパイク外せ、言われとったんじゃ〜。またいかれるわい部長に」

あたしはまだ未使用の生徒手帳をいちおうチェックした。挟んであった航空券の半券も。きょうは平成三年七月一日、盛夏である。

「そんなんええぞな。どうせまた冬じゃ」

「ほうかな」

「ほうじゃ」

「おお、お嬢様、この道路が新線《しんせん》でございます」

「は、はあ」

「あちらに見えますのが坊っちゃんタルトの店、あちらが一六タルトの店、いずれもポルトガル黒船直伝の業《わざ》でございまして。ただいま通り過ぎましたのがローソンでございます」

「外田補佐、たいがいにせえよ。お嬢様にローソン説明してどうすんぞ。帝都の方《かた》やぞ」

「ロ、ローソン」

「ほうじゃー。お嬢様すんません。堪忍してつかーさい。実は昨日《きにょう》」キニョウ？「若い衆《し》に仕込んでもろたんじゃやけど、この歳やけんよう覚わりません。間違えました。おお、あれです、あれがセブンイレブンです。角ちゃん、セブンイレブンやった」

「ほうよ。それよ。セブンイレブンは、珍しいけんの〜」

「ほうじゃ、セブンイレブンじゃ。四国初上陸じゃ〜」

「お嬢様、帝都にもセブンイレブンはございますか」角ちゃんさんの標準語は比較的そつがない。「私来年、内務省本省に出向するのですが、帝都のことはさっぱりで。妻や娘は大喜びなのですが。ディズニーランド行けるいうて」

「セブンイレブン——まあ、なんとかあります」

「帝都ですね〜」

「帝都じゃ〜」うんうんと納得してる外田さん。どうもツボが解らない。「帝陛下《みかどへいか》は、お元気ですかの〜。そういえば宮城《きゅうじょう》のお田んぼ。帝陛下がお田植えされるあのお田んぼ、荒らされたいう話。こっちでも聞きよります。いなげな奴がおるもんですねえ。実予のもんは皆怒っとりますけん、帝陛下にどうぞよろしく。わたくし外田、国家警察当県警察部の外田警部であります」

「いえ、そんなにお友達ではないので、帝陛下のことは何とも……」

「帝陛下のおかげで、日本帝国も安泰じゃ～」

駄目だ。外田さんあたしの話全然聞いてない。

「安泰じゃ～。御警衛が待ち遠しいの～」

「待ち遠しいの～」

……日本帝国も、田舎ではまだまだすごく濃密なようだ。

「あれ、帝陛下といえば――おお外田補佐、ほうじゃ、忘れとった。お嬢様、ラジオをつけさせていただいてよろしいでしょうか？」

「全然構いませんけど――」

ラジオもぞなぞないってたらどうしよう。もう帰って吉祥寺のジュンク堂へ行きたいよ。お母さん助けて。そんなあたしのこころの叫びを知ってか知らずか、ラジオは標準語でニュースを伝えてくれた。

『――晩末明御幸寺山《みきじさん》を全焼させた山火事についてのニュースです。県警察部の調べによりますと、同山にある実予南高校の山小屋で原因不明の爆発が発生し、同時に、山林の複数場所から火の手が上がった模様です。また、県庁で天皇陛下の行幸《ぎょうこう》のため飼育していた猪鍋《ししなべ》用イノシシが盗難に遭った事件に関連して、火事のあった山中で、このイノシシと見られる動物の死骸が発見されたことから、県警察部では、火をつけたイノシシを山に放った疑いが強いものとみて、引き続き爆発の原因を慎重に捜査しています。この山火事を目撃した護国神社の神主の村木《むらき》さんは——』

「山火事、ですか？」

ひと山ウェルダンになるとは。やっぱり田舎はスケールが違うのだ。

「ほうですお嬢様。すんませんお嬢様すんません!!」外田さんは助手席でシートベルトを外し土下座した。なんでよ!!「帝陛下のイノシシ焼かれてしもて。実予の恥です」

「いや、山の方が大事だと思うんですけど——山小屋の爆発って何なんですか？」

「ワタシも実予東警察署でちょっと聞いたぎりですけん、よう解らんのですけど、夜の二時半くらいにどごおん言うて屋根ごと壁ごと吹き飛んだいうことです。麓の山頭《さんとう》火《か》の庵もどごおん。鉄鉢《てっぱつ》ももろともごおん一草庵」

「ダイナマイトとかですか？」

「角ちゃん、ダイナマイトかな？」

「ダイナマイト違ういうとったな。何でも、火薬爆発の痕跡がないらしいわい。実予東の鑑識が蠟燭の芯の繊維片とか、麻袋の繊維片とかが見つかったいうとったけど、肝心の爆発物が解らんらしいぞな」

「けど角ちゃん、爆薬がなかったら爆発はせんやろー。ほんまに検出されんのかな？」

「微塵《みじん》も検出されんかったらしい。まあ、いちおう筆頭署の鑑識やけんね。捜査一課も入っとるけん、ほんまになかったんじゃろ。けんど、ほんで山小屋ひとつどごおん吹っ飛ぶいうんは、解らんのー」

「ガス爆発かのー」

「それが外田補佐、ガスともちゃうらしい。ボンベも化学物質も破片すら出てこん」

「火事も続いとるけん、実予東署の強行は大変じゃのー。確か五月の一日、十四日、十五日、二十六日、二十七日。六月に入って八日、十一日、二十日、二十三日――普通、付け火のシーズンは冬じゃろうが」

「付け火はこころの病やけん、シーズンはあんまり関係ないんかも知れんの。地球温暖化もあるけんね。それにしても外田補佐、放火の発生日、よう覚えとるの？」

「次長がうるさいけんの。そのうちわしも邀撃《ようげき》捜査に駆り出されそうじゃ――おお、お嬢様、左手に見えますのがＪＲ実予駅でございます」

「ＪＲ――」あたしは思わずその山火事のことを忘れた。「――実予駅」

すごい。

すごい『ぞなもし』。『ぞなもし』の極致だ。彼岸《ひがん》だ。最上級だ。成れの果てだ。確かにガイドブックには『ぞなもし』は最上級の敬語ですと書いてあったけど。とにかくすごい駅舎。プラレールでもレゴでもこうはゆかない。変な意味でなく、こんなJR駅は初めて見た。映画のセットか昭和のにおい。吉祥寺、いや三鷹《みたか》駅と比べても、とても同じ単語で包括できるものとは思えない。すごい。すごい。

「実予は人口、どれくらいですか？」

「ようように五十万ですわ」外田さんの鼻がちょっと膨らむ。「ゴミゴミしとりまして」

「五十万——県都でよかったですよね？」

「ほうです。四国の中心ですけん」

「外田補佐、実予も、開けてきてしもたのー」

「ほうじゃのー。空が狭《せも》なってきとる」

「都会はいかんのー」

確認のため記憶を総ざらえする。やっぱりあたしは、こんなに広いそらを見たことがなかった。

「そしてお嬢様、あれがお嬢様のおうちから一番近いフジになります。実予ではフジに行ってつかーさい。あなたの～まちの～」

「フジグ～ラン～」

「寄ってみる～みる～」

「お買いなさ〜いな〜って外田補佐、なんか歌違《ちご》とるぞな」

「ええと、それってスーパーですか？」

「外田補佐」角ちゃんさんがしょうがないなといいたげに舌打ちする。「莫迦なこというたらいかん。お嬢様はスーパーなんかで買い物せんわい」

「ほうじゃ、課長サンとこのお嬢様じゃった。すんませんお嬢様すんません!!」

「あ」

「いかがされましたお嬢様」

「だから外田さん!!」思わず叫ぶあたし。「お嬢様じゃありません!!　ええと、そうだ、いま何か白いものが――」

「あれは雲です。帝都には雲はございませんか」

「雲はあります!!　じゃなくって、御山のうえに、白い――」

「**熱田津《にぎたつ》城です!!!!**」

――あたしは後部座席で跳び上がった。いったいなんなの。お母さん助けて。

「さすが課長サンの妹君」と角ちゃんさん。「お目が高い。なあ外田補佐」

「ほうじゃ。本質がお解りになっとる。課長に似よるぞな」兄の話は好きじゃない。むしろ虫酸ものだ。車窓に映ったあたしの瞳が嫌な色をしてる。もちろん外田さんはあたしの顔の角度など意にも介さず続けた。「よう訊いてくださいました。あれこそは久松松平伯爵家がお城、熟田津城でございます。休日には一般開放もされとりますけん、ぜひお兄様と御一緒にお出ましください」

「いいです」

「外田補佐」角ちゃんさんはひらめいた、といわんばかりにフォルテシモで告げた。「いまから行こうわい。御門、開けてもらうけん」

「ほうじゃ。お歩きいただいて、久松の殿さんにもお会いしてもらおうわい。伯爵様喜ぶぞな」

「ついでに住田温泉の本館にも脚を伸ばしてもろて。個室とっとこうわい。だんごつき個室じゃ」

「ほうじゃ、角ちゃんええこというた。だんごつき温泉ぞな。だんごつき個室ぞな」

「だ、だんご――」

車は白煙が燻《くすぶ》る山を左手に、ますます勢いを得て疾駆する。これが山火事の現場か。窓をくるくると開いたら、さすがに燻《いぶ》したような、化学薬品のような刺激臭がした。このひとたちはさっき、放火はこころの病だといってたけど、キャンプファイアのような飼い慣らせる火と違うのだから、轟然たる炎に魅了される気持ちというのは想像できない。それに、故郷を強姦するようなことをするなんて。いや余所《よそ》のひとなのだろうか。いずれにしろ、何かに執《と》り憑《つ》かれてるといってよい。それにしても確か九回も十回も連続放火事件が発生してて、それがまだ検挙されてないなんて。田舎田舎と思ってたけど、吉祥寺よりよっぽど危険なんじゃないかしら。

「放火っていうのは」あたしは角ちゃんさんに訊いた。「どんなところに？」

「普通の住宅です。民家というか。もう十九軒も全焼してしまって。木造の城下町ですから、ぱあっと燃えてしまうんです。まったく面目ない」

「あれも手口が解らん言いよったな」と外田さん。「いきなり郵便箱や勝手口の新聞紙束が燃えるいうのも、解らん話じゃ」

「種火を大きくするのは結構目立つけんね。まごまごやっとったら、警戒中の刑事に捕まろう」

「どうも時限装置らしいわい。ただ機械仕掛けの破片は出てこん。蠟燭のかすもじゃ。それに目撃者はみんな、いきなり鬼火みたいにぱあっと火が付いたいうとる。いきなり、ぼっ、じゃ。マグネシウム片でも出てくればええけどそれもないらしい」

「マグネシウムはぼっと燃えるけんね」角ちゃんさんの眼鏡が夏の日にぎらりと光る。「しかし、いきなりかなもし」

「いきなりじゃ。何でも目撃者が被害に遭うた家の前歩きよったら、ぼっ、ぼっいうて玄関と裏口から火の手が上がったゆうことじゃ」

「ほやけど外田補佐、ほんな莫迦な話があるかい」

「ほじゃけん解らんのよ。まあ、ロサンゼルス市警仕込みのわし以外に解ろうはずもないがのー」

「あの、そろそろ、兄の官舎では……？」

「お嬢様、それはもう通り過ぎました」外田さんは運命のように告知した。「課長サンのおうちは、山火事のあったとこより前です」

「何でよ‼」

なんなのこのひとたち――

――解った。

このひとたちが放火魔なのだ。捕まらないわけだ。トロイアの木馬なのだ。

そして。

これからあたしを拉致して、どこかの地下に幽閉して、丑三《うしみ》つ時《どき》に山羊《やぎ》のようなバフォメット像のまえでバーベキューにしてウェルダンにするのだ。その肉を、山羊悪魔の四囲で淫戯にふけってる無数の異教徒の男女が屠《ほふ》り尽くすのだ。帝陛下のイノシシだけではとうてい満足できなかったのだ。そんなやさしいものではなかったのだ。お母さん助けて。

「うちに――」喉がかすれる。「――兄の家に、お願い――」

「そうはいきませんねえ」

外田さんのしれっとした声。やっぱりそうなのね。あなたたちはデモーニストなのね。おんなの肢肉がじくじく焼けるにおいを味わいながら若い肉体を嬲《なぶ》り尽くすのね。やっぱり東京に帰るんだった。こんなことなら、紀伊國屋新宿本店で有栖川有栖の新刊サイン本、買っておくんだった。

「角ちゃん、庶務の彦里《ひこざと》嬢に電話じゃ、宴の準備じゃや」

「ほうじゃ、宴じゃ」

宴っていったい。お母さん助けて。

「心配せんでええです」外田さんの瞳《め》は、きょういちばんドスが利いてた。「ちゃーんと、解っとりますけんね」

やっぱり。

知っていいるのだ。

これは報いなのだ。

実香《みか》ちゃんを殺した、あたしへの報復なのだ。処罰なのだ。あまりにも淫靡なそれは因果なのだ。あたしが実香ちゃんを嬲り尽くしたように、あたしの躯《からだ》をバアル神に捧げるつもりなのだ。地獄の最下層のそのまた枢奥のリンボの腐汁。あたしは罠に掛かったのだ。哀れな子鹿なのだ。兄にも犯されるのだ。すべて。ぜんぶ。それが宴。あたしは生贄の仔羊で悲鳴を上げてるだけなのだ。火遊びの罪は高いツケとなるのだ。スペシャルな御馳走なのだ。それでこのひとたちはこんなに御満悦なのだ。

ああ。

「千五百円で個室がとれますけん」外田さんは厳然と宣告する。「お浴衣《ゆかた》も付きます。タオルは小さいですけん、いまバスタオルとかんざしと湯籠と赤手拭《てぬぐ》い用意しますす。ちゃんと解っとりますけん。このままおうちにお送りしたとあっては、課長サンにおとこが立ちません」

「え？」

「うちの若手娘もつけますけん、神の湯も霊《たま》の湯もどうか御堪能ください。課長サンは仕事で夜遅くなりますけんねえ。お嬢様、わたくし国家警察当県警察部の外田警部でした」

「も、もういいですっ!!!!」

「**うひゃあ!!!!**」

タイヤが悲鳴を上げる。車はちりんちりん電車と正面衝突しそうになった。

「もういい加減にして!!!! だんごだって温泉だって!!!! みんなでよってたかって莫迦にして!!!! あたしが都会育ちの腐ったモヤシだと思って!!!! それとも兄さんの嫌がらせなの？」

「**い、嫌がらせ――？**」

「そうよ!!　どうせあたしは兄さんみたいなエリートじゃないです!!　いつもああやって——ひとを見透かしたみたいに——おまえは駄目おんなだって——あたしのこと、恥ずかしいって——死んだ父さんと母さんのお墓に泥を塗る莫迦の成れの果てだって——おまえみたいなのには帝女《ていじょ》なんて無理だったんだって——受かったのがおかしかったって!!　名人位だってまぐれだって!!　気持ちが負けてるから、だからあんな負け方するんだって——だから都落ちするんだって——人間が、弱いからって——人間が弱いってなによそれ!!」

「あ、あのう——お嬢様」外田さんはけらけら女に遭遇したかのようにいった。「ちよっと、おっしゃる趣旨が、そのう——」

「だからお嬢様じゃありません!!」

「は、はいぃ、妹君」

「もうやめて!!　あたしは東京帝大出でも高等試験組でもありません!!　嫌いよ、あなたたちだっておかしいです!!　二十五の課長にへいこらして、会ったこともない妹のお世話して。傲慢だわ。莫迦みたい。内務省って腐ってる。だってあたし見たもの——新聞見たもの——二十五の課長だって。東京から赴任する二十五の課長だって!!　あたしはそんな恥知らずのお飾りのエリートさんのお公家さんじゃないです!!　皆さんにお仕えしてもらういわれはないんです!!　降ろして!!　帰ります!!」

どこに帰るのだろう。もう帰れるところなど。けれどこんなの酷《ひど》い。

「お嬢様、ちょっと、あのう、ひとつだけ」

「だから嫌いなのあのひと——あのひともあたしのこと——父さんたちが死んでからずっと——莫迦みたい、あたし、兄さん、あたし、莫迦みたい——だから、あたし——」

名人どころか。

もう腕も振れない。素振りもできない。

下ろしたての制服に、また涙が落ちてゆく。見知らぬ街が絶句してる。また滲んで。とても滲んで。ここでも同じ。あたしに見えるのは滲んだこんな世界だけ。あたしは負けてるから。あたしは駄目だから。あたしは。

人殺しだから。

「駄目なんです——駄目駄目——出来損ない——」

車はゆっくりと来た道を戻っていった。からんからん、からんからん。踏切。肌色の電車が二両、駆けてゆく。ゆっくりと。きっと自分の意志で。

あたしはいつも置いてゆかれて。

電車にも乗れないのに、駅にもいられない余計者。仕方なく線路の上を逃げたらだんごだって!! だんご、だんご——

「どうぞ」

――三階建ての、想像していたのとは全然違う素朴なアパートの駐車場。

気がついたら車は停まってた。

「お嬢様」外田さんが黙ってスーツケースを三階に運ぶ。角ちゃんさんがはらはらした瞳《め》であたしたちを追ってる。「失礼しました。あかね様。ワタシら田舎者ですけん、無礼はお許しください。そして、課長サンおいでたのはこの春からですけん、ワタシらまだ、課長サンのこと、ように解らんのですけど――」

「――すみません」あたしはハンカチに隠れた。「くだらないことをいいました。忘れてくださいと言うのも身勝手な話ですけど」

あたしは独り。団地の階段で。

これから兄さんしかいないこの街で暮らす。

父さんたちが生きてててくれたら。お母さん。

桜色のスーツケースの隣で、膝が崩れた。

お母さん。

あたし、莫迦みたい。

「課長サンは、あかね様に、おいでていただきたくなかったんです」

「知っています」

「違います」

「え？」

「御存知ではありません。火事のことは、きょうまで御存知ではなかった」

「――はい」

「すべてここの近所です。だからお兄さんは、あかね様においでていただきたくなかった」

「嘘よ」

「実予の人間は嘘はつかんです」

「――――――」

「それにあかね様、あかね様は、勘違いしておいでる。お兄様のお仕事は、実は、もっともっと厳しいもんじゃけん……世の中いうもんは、あかね様が考えとるほど筋立てのよい芝居ではありません。それに実予の人間は、嫌いな人間には義理立てせん。わたしら課長が好きです。だから課長の妹さんも、きっと好きです。莫迦じゃけんそれぎりじゃ」

ああ。

においがする。

あのにおい。空港で感じた、あのにおい。

「制服、よう似合うとります――くだらんこと言うてしもた。忘れてつかーさい」

ありがとう、ございます。

言葉になったかは、解らなかった。

もにゅんとした夏の夕方。

制服から採り出したガラスのおだんごが、なぜか氷砂糖のように心地よかった。

そして彼女も、物語に侵入する

塩素のにおいが躯《からだ》をつつむ。

クロールで水を切ると、ぱしゃりという官能が夜に響いた。

はふう。

ヒトは水から出でて水に還る。その感覚を、もう少しだけ味わっていたい。

クイックターン。Zガンダムの変形より速い自信がある（まずい、かなり影響されているかも）。夜の水は蠱惑《こわく》にみちている。もし人魚だったなら、もっと優しくしてくれたかも知れない。ただ残念ながら人魚でもない。

ずっと潜ってみる。といっても学校のプールだ。文字どおり底は知れている。それでも、水のすべてに響き鳴る第四のホルンとオーボエに、夢幻のような酩酊を覚えた。アンダンテ・ソステヌート。モデラート・コン・アニマ。わざわざ千舟町《ちふねまち》のベスト電器で水中用の音響を買ってきたのだ。それがチャイコフスキーとムラヴィンスキーに報いるみちである。チャイコフスキーこそ伝統という迷路の虜囚となっていた交響曲を新たな生命で横溢《おういつ》させたのだ。これが真物《しんもの》の運命であり宿業だ。例えばベートーヴェンの第五に第九。あの説教くさい所与の運命なり人類なりのどこに此岸《しがん》の真実があるというのだ。世界がどこまでもエゴの哀しさに支配されているという因果の何を理解しているというのだ。そのような形式主義こそ呪われるがいい。

ヒトを撫で斬る宿業の調べ。

嫉妬深く、粘着質で、感情的。

それはやがて弦の、屈服した卑屈な哀訴に変わってゆく。

ヘ短調と変イ短調のさみしいまぐわい。

瞳《め》を閉じて、無意味に漂《ただよ》ってみる。頬のはじまりのあたりから、駆逐のような漂白のにおいがした。欧州。ドーヴァーのその彼岸。ウサギ紳士の穴をくぐり、英国史上初めてふたりの女王のいびきを聴いた少女が、ハツカネズミと一緒に涙の池で溺れたときにかいだであろう、そのにおい。違和感と疎外をあきらかに絡めた異世界のにおい。

プールで揺らぐにおい。空々しい消毒のにおい。

月光が水面に戯《たわむ》れる。共感したように、こころの殻がうつろに剝《は》がれた。

おもしろい。

疎外しきれるなら、疎外してみるがいい。滅してみるがいい。ただでは滅びない。

たーら、たららら――

たーら、たららら――

オーボエとクラリネットの嘆きに弦が悶える。

たら、たーら――

たら、たーらら。

たららら、たーら――

たら、たーらら――

たら、たーら――

たら、たーらら。

たららら、たーら――

……くどい。

どこまで繰り返すのか。何故八分の九なのか。

しかし。

それがやがてあのひとのような快楽になる。

弦はしつこいスラーとクレッシェンドで、せっかく容赦してくれようとした宿業のモティーフを自ら手繰《たぐ》り求める。莫迦《ばか》だ。憂鬱な莫迦だ。憂鬱な莫迦の八分音符は上昇するたびごとダイナミクスを増しアクセントを絶叫する。たら、たらら、たらら、

たらら、たーら!!　たら、たらら、たらら、たらら、たーら!!!!

陰険なリフレインの果てにフォルテシモ。幻惑されて水面《みなも》を求めた。背をさざ波がつたい、満月は瞳《ひとみ》に滲《にじ》む。唇を舐めた舌が、嘘のように生温かかった。そんなものはいらない。この躯も生血《いきち》も。あのひとがほしい。そのこころがほしいのだ。肉体があるから、誤解する。誤解するから、求める。どこまでも足掻《あが》くそれは因果だ。ヒトは足掻くものだという。なら自分はどうなのか。足掻くべきではないのか。どこまでも独りだとして、なら、足掻いてはいけないのか。溶けてひとつになる。それを求めることが自分には赦《ゆる》されないのか。

だからとりあえず、泳いでみた。

——もうあがろう。

また明日から楽しい学園生活が始まるのだから。

だから、プールサイドで偏愛する果実を食《は》む。

そして第四はその残り香のようにモデラート・アッサイのピアノへと消えていった。

そうだ。

人類は、感謝した方がよい。

チャイコフスキーが同性愛者であったことに。

それを糊塗《こと》するために結婚する。まさに悲愴なそれは滑稽だ。

ヒトが最も天帝から疎外された刹那《せつな》があるとするならば、それこそ、アドニスの母ミュラが父王キニュラスと十二夜交わり彼の精を得たそのときと、いま蛍のように遠い哀訴をしているムラヴィンスキーのレニングラード・フィルが最初で最後のロンドン公演をしたそのとき以外になく、そしてこれからも存在させない。この透徹したくどさ。クトゥゾフ元帥とその呪われたコサック騎兵を思わせるダイナミクスの焦《じ》らし。自分が何者かを忘れさせてくれる情念は、聖ゲオルギー勲章にこそふさわしい。

この絶望。この嫉妬。この藻屑《もくず》。

一八分四二秒。

絶望と夢想のタペストリーを、偏執的な鬱情をもって。夜の海の嵐のごとく。

これがロシア農奴主義だ。この神学的な迷信。無垢なる淫欲。奴僕《ぬぼく》のごとき狂兵。

つまりヒトだ。

第一楽章がすべてなのだ。第二楽章以下は畢竟《ひっきょう》筆のすさび。へ短調の支配するそれは聖都。すべてはアカシック・レコードから逃げ水のように零れた第一楽章だけだ、といえるほど生々しく、直截で、感覚だ。このあつかましいアレグロにいつまでもころ淫していたい。ムラヴィンスキーの法律家的拘泥が、ソヴィエト共産党との暗闘やオーケストラの泣き言を経てここに繚乱している。朝比奈隆《あさひなたかし》も京都帝大卒だったが、法学というのは音楽と極めて親和性を有するのか。まだ三十年は君臨できるおとこの、乗りきった脂だ。ヒトの執念だ。

例えばあの失敗したシュトラウスのごときカラヤンと対比してみるがいい。季節外れの蠅《はえ》か虻《あぶ》のような金管、枯れた七夕の竹のような弦、飽きのくる羊羹のような木管、自己満足の狂ったテンポにダイナミクス。

それはどこまでも賢《さか》しらなヒトの業でしかない。ならばチャイコフスキーやムラヴィンスキーは自分の眷族《けんぞく》と言うほかない。

そして。

いよいよ果芯にくちづけする。水々しい。こころが濡れる。この肉体が、恨めしい。

もう。

もういい。

このプールの水をすべて浴びたとしても、この血液の呪いは浄化されないだろう。

どこまで独りなのか。

あのとき。

それでもいいといってくれたのに。あんな邪魔をくれて。あの妖怪だけはいつか溺れさせてやる。何度も何度も繰り返して、髪ごと夜の海を飲ませてやったら、どんなにか気持ちいいだろう。その快楽を想像するだけで、寂しさが誤魔化された。

そして。

やっと解放されるのだ。邪悪な運命から、魂だけが逃れられるのだ。そのときはふたりだ。あのひとの欲望がこの躯《からだ》からこころに、やっとみちてゆくのだ。そんななまやさしい世界が、たったひとつのほしいものなのだ。

だから、さしあたりバスタオルに身を委ねよう。

天帝が定めたその日まで、供物を捧げ終えるその日まで、演じ続けなければならないから。今の仮面は仮面でそれなりに楽しいから。そこに真実はひとつもなくたって、御見物《ごけんぶつ》のこころを奪うのは自負を満足させてくれるから。そしてどのように道化であろうとも、最後にほしいものを獲《と》ればそれでよいのだから。その勝利は疑いないのだから。

夜の暑気は完全に傲慢だ。ふぬけたようなコンクリートが気持ち悪い。月光が水面に星辰《せいしん》のごとくきらめくのに、どうしてこんなに夏が澱《よど》んでいるのか。交番の巡査はそろそろ送迎にきてもよいころなのに、午前二時の猛暑にうなされているのだろうか——こんな田舎なのだから、二十四時間営業でこちらに奉仕させてやるのがロシア農奴主義というものだ。カーニヴァルでフィーリアにウォッカを御馳走してもらったなら、物忌みでフィーリアを足腰立たぬまでぼこぼこにするロシア人のことだから。そうした泥臭い矛盾は、自分をちょっと憫笑《びんしょう》させてくれるのだ。ロシア農奴主義は、そんななまやさしいものにみちているのだ。

満月。

だけど血は凍てついたまま。

月にみせてやろう。それでは。水着をコンクリートに捨てて、温泉かと突っ込みたくなる生温いシャワーの蛇口をひねった。クリスマスプレゼントは何にしようか。サロメのように選ばせてあげたいが、半年経ってもまだこの躯しか求めてくれないと割り切った方がよさそうだ。お詫びのようにあいつより愛してると囁かれたら殺してしまうかも知れない。なんだかむかついてきた。フェンスは開放してあるから、誰かが覗きにきてくれたら、足腰立たなくなるまで蹂躙《じゅうりん》してやろう。かつて不可侵条約を破棄して満州に侵攻してきたソ連の『入墨部隊』は、新京へ二重唱高らかに入城するや、『ワシントン以外、世界で新京だけが無傷の首都である。残っているものはすべて接収する。不足する部分は市民個人から押収する』と宣言し、戦火を交えていない軍人六十万を戦犯として誘拐し去ったほか、親の前で無数の少女を、夫の前で無数の妻を強姦し尽くした。それくらい陵辱してやるのだ。畳一枚残さないというのがロシア農奴主義である。『他に迷惑をかけるから』『我々は負けたのだから』『きちんと引き渡さないと恥だから』というのが日本奴隷主義だから勝負にならない。そんなロシアの軍人の墓地まできちんと管理しているのだから、日本人というのは哀れなまでになまやさしいひとびとでもあった。

制服を着終わる。でばかめさんも痴女さんもいないようだ。つまらない——

——あっ。

なんということだ。

ベルリン陥落時と新京陥落時の強姦発生件数を内務省警保局に調査させたのに。メモの在《あ》り処《か》を忘れてしまった。まあロシア農奴主義のやることだから、フィーリアに訊いてみよう。ところでフィーリアって誰。自問自答しながら、木屋町《きやちょう》のたこべーで買っておいたマヨたこのお皿を掲げたまま、タイタニック船尾を乗り越えるがごとく学校の門を踏破する。ひとつまるごと口に放り込むまえに煙草をだした。綺麗な月。月も朧《おぼろ》に白魚の——まずい、これも影響されてる——ピアニシモペッシュの細身な灰がことりことりと道に点描されてゆき、澁澤龍彥《しぶさわたつひこ》的なあたらしい拷問方法のインスピレーションを得たころ、すさまじいプレッシャーを感じた。

……これは。

これは半鐘だ。

燃えている。

あんなに綺麗に。

濃厚な真夏の夜を痛烈に染めてゆくオレンジの焔《ほむら》。

あいつ。

きょうもやるのか。

こないだ尾行したときディックで買っていた金槌で叩いているに違いない。

かぁん。かぁ――――ん。かぁ――――ん。

火事ぞな!!

火事や!!

火事ぞなもし!!!!

遠くでヒトが叫ぶ。そういうぼうふらのように生まれてみたかったが、結局そんなまやさしいものではない。ぼうふらのように生まれついていない躯はそれゆえ一九六号線を駆けた。

うぅ～う。ううぅぅ～う。

かんかんかんかん。

あれは消防車だ。遅い。内務省地方局はこのていたらく。この古い城下町の風情も知れよう。

半鐘が。ちょっと半鐘がうるさいよ!!

かぁ――――ん。

かぁ――――――ん。

ぶち。

とうとう脳髄で怒りが炸裂した。

野郎、恋路に狂ってここまでやるか。違う、野郎が恋路に狂わせてるのか。ヒトの暗黒面はそれだけ美味なものだから。それはヒト以外の青いのちの糧《かて》だから。炎はヒトの悲《ひ》哀憎悔《あいぞうかい》の最も短絡的な胎《たい》だから。だから付け火なのだ。解りやすいだけにむかつく。もっとひねりはないのかと。

ああ、もう向う三軒両隣が炎のなかに!! 火事ぞなもし!! 火事ぞなもし!! 城下町の切片がパノラマのように。それなりの阿鼻叫喚につつまれて。舐めてるのか。捕らえてやる。そして拷問するのだ。さもなければ悲願のブツは獲られないではないか。オレンジのパノラマ。醜悪だ。焰《ほむら》は穢《けが》らわしく、リビドーの権化のようにはしたなかった。野郎、調伏《ちょうぶく》するぞ!! 五月の一日、十四日、十五日、二十六日、二十七日。六月に入って八日、十一日、二十日、二十三日。この規則性。まちがいなく挑戦状と受けとってよい。怨霊も因果。狐も因果。因果どうしの、よりあいじゃなァ――

かぁ――――――ん。

かぁ――――――ん。

……あれが今宵最後のフェルマータか。

ああ。

プレッシャーが消えてゆく。

莫迦みたいに泳いでいたのが不覚だった。

しかし。

健気な。

あのひとはきたのか。矢野さんちの現場まで……

なんてしつこさ。

……ふふふ。

ははは。

あっは。

あっははは、あはははは!!　あはははははははは!!

解った。もうゆるさない。

明日は三越で繧繝縁《うんげんべり》をオーダーしなければ。次は宮地《みやじ》さんちか、相馬さんちか、斉《さい》藤《とう》さんちか。

あのひとを鎮めなければ。

嘲弄する気か。ならば返り討ちだ。

それを妨害するやつは、片端から、呪詛してやるのだ。

仮面の自分に戻る。明るく楽しい自分。
喉元まで迫りあがる憤怒《ふんぬ》を感じながら、しぶしぶ家路についた。
夏の闇はどっぷりとしつこかった。

第二章　七月三日

I

「でぇ、あるからしてぇ、連合軍の手になりてぇ、北海道・樺太が解放されぇ、帝国固有の領土はぁ、ここに再び日本に復帰したわけでありまする。

　スターリンによる突然の北海道侵攻は、図らずも、いわゆる第二次世界大戦のいまひとつの軸、すなわちぃ、資本主義と共産主義という対立軸を浮彫にしたと、こういうわけでござぃまするな。現在の研究におきましては、当時のソ連にしてからが、せいぜい、国後《くなしり》まで侵攻するのが、いわゆるいっぱいいっぱいであったと、このように解されておりまするが、また同じくソ連にしてからが、米国は決して北海道を共産圏に譲渡する気はなかったと、まあそういうことを熟知していたはずでありまする。

　したがってぇ、スターリンが、いわゆる北海道侵攻作戦を裁可した理由は、いまだ、充二分にはぁ、解明されておらんところでありまするまあ、ソ連におきましても、いわゆるゴルバチョフのもとで、グラスノスチでありまするとか、ペレストロイカでありまするとか、自由化への動きが見られまするのは、生徒諸君も御承知のとおりだと、こういうことでございまするが、これらにかんがみぃ、自由な観点から、いまだ語られざる歴史、知られざる史実が発掘されてくるであろう、こう期待もできまするわけでございまする。

これが歴史学の醍醐味でありまする。死人を甦らせることはできませぬが、死蔵文書はそれができるのでありまする。それが歴史でありまする。

しこうして生徒諸君が受験のため知っておくべきこととしてはぁ、プリントに戻りましょうぞ。カッコ1『シドニー講和条約』、カッコ2『海外領土放棄』、カッコ3『帝国憲法の民主的改正』、ええと、眼ぇ悪うなりましてな――カッコ4『エヴィアン休戦協定』、カッコ5『東西満州国』、ああ、いけませんですな、世界史用語的には『満州帝国』及び『満州社会主義人民共和国』でございまする。カッコ6『ダグラス・マッカーサー大統領』――」

「……がいやの。芳山《よしやま》先生、相変わらず飛ばしよる」

「せ、世界史の先生ですか?」

「ほうじゃ。ついこないだまで教頭での。かくいうわしも教え子じゃ」

——2-8前、廊下。

あたしの登校初日だ。

教室に入るタイミングがなかなかつかめない。

そして、四国三日目なのに太陽は変わらない。キラキラだ。まんべんなくだ。

……だからあたしは担任の大村《おおむら》先生に、莫迦なことを訊いてしまった。

「雨は降るんですか？」

「雨？　ほりゃ降るけど、ここんとこ御無沙汰じゃーのー」

学校にみちる、あのにおい。けれどここではそれに、ちからづよい潮の息吹きが混ざってる。遠くに潮騒がきこえるようだ。海が見える。西東京人だったあたしにとって、それは既に奇跡だ。

「困ったのう。また延長戦じゃ」背の高い大村先生は、軍人さんのように刈りこんだ髪を思わず掻いている。「水里あかね、デビューじゃっちゅうのに」

「名前を——」ちょっと頬が熱くなる。「——覚えていただけたんですね」

「はあ？」先生は透《とお》った瞳をくりくりさせた。「忘れるわけなかろうが。水里あかねやぞ」

「はあ」

そんなに変な名前かな？　そういうあたしは、でも先生の下の名前を忘れてしまってた。だって転校だよ？　情報量が多すぎるよ。

「いかん。忘れとった」

「何を、ですか？」

「いちばん大事なことじゃ」

「はあ」

「握手、してくれんか」

「アクシュ——すみません、まだ言葉に慣れなくて」

「ほやから握手や。頼む水里あかね」先生はあたしがおずおず差し出した手を、一拍置いてぎゅっと握りしめた。何で先生と握手するのがいちばん大事なんだろう。田舎の風習かな。「ずっと、待っとったんぞ」

「はい？」

そのとき。

きーんこーんかーんこーん。きーんこーんかーんこーん。

授業の終わるチャイムが鳴った。しかし世界史は終わる気配も見せない。

「他方で、東欧諸国に眼を転じますれば、チャーチルいうところの、ステチンからトリエステまで、いわゆる鉄のカーテンが——」

「失礼します!!」

大村先生が観念して引違い戸を開け放つ。

「フルトン演説でありまするが――

何じゃい大村、授業中でありまするぞ。百年早い!!」

「入ります!!」大村先生は腕が抜けるほどあたしを引っ張って、そのまま教卓の横にすとんと置いた。あ。緊張する時間がない。「芳山先生、サプライズであります」

「邪魔しても無駄ぞ、いま乗っとるけん。陸上莫迦のおまえはどこぞで走っとれ」

「それがでありまするが、実は」

「ん？　どなたがおいでるんかな。見たことない子じゃが」

「芳山先生、転校生であります」

「**転校生!!!!**」

文字どおり教室が揺れた。揺れるんだ教室。すると大村先生が一喝する。

「静かにせえ!!」

ぶー。ぶー。

やがて静かになった教室では、そのぶん視線の熱気と密度が飛躍的にたかまった。こんなにまじまじと見詰められるのは、名人位の防衛戦以来かも。芳山先生も例に漏れず、まじまじとあたしを見る。あたしは芳山先生をまじまじと見たくなかったけど、クラスのひとたちに瞳《め》をむける蛮勇がなかったので、芳山先生をちょっとずつ見た。眼鏡の奥の瞳《め》が細く下がってる。額は大きく後退してて、かなり鮮烈にまぶしい。しかし後頭部と側頭部に残存した髪が逆にインテリっぽかった。糊の利いた薄紫のワイシャツに真っ赤な蝶ネクタイ。ある意味すごい。それに、文字どおり教鞭を持ってる先生は初めて見た。そして、細い顔からキィの高い声。

「転校生かな」

「は、はい」

「何といいなさる」

「はあ？」

「名前じゃが」

「あ、はい、水里でありまする」

「どちらからおいでた」

「オイデタ——」

「水里」大村先生が助けてくれた。「出身や」

「ああ、東京です」

「**東京**!!!!」

どわわわ。教室が直下型で鳴動する。どうしてそんなにびっくりするの。やっぱり東京者はいじめられるの。小説ではまずそうなるところだけど。やっぱり田舎はそんななまやさしいものではないのだ。あたしが教室に入ってくるとみんな一斉に黙ったり、お弁当箱がプールの消毒槽に浮かんでたり、みんなのまえで制服を剝がれて箒《ほうき》でお尻をぶたれたり、ボールペンダーツが四方八方から投げられたり、黒板消しの黄色と赤と青とが絶妙に調合されたチョークの粉でお化粧されたり、机のなかに採りたてのチャドクガが入ってたり、お手洗いの個室にいるとバケツの雑巾水が上から浴びせられたり、隣町の本屋さんまで綾辻行人の新刊が出るたびにぱしりをさせられたり、おとこのこみんなであんなふうにこんなふうに怪しき業をタクラマカン砂漠なのだ。パイのパイのパイなのだ。酷いわあたしがなにをしたっていうの。やかましいこの呪われた薄ら蒼いガチョウめ。そして化学準備室の薬品倉庫の奥の扉に隠された地下室やホテルユダヤンの四一五号室で体操着に着替えさせられて戻り異端の罪で水車に括《くく》りつけられてどくどくとザムザムの水責めにされるのだ。やめて。あたしは確かに神の声を聴いたのよ往きてオルレアンを救え。神はあなたたちだけに微笑むわけではないのよ。泣くがいい、ほざくがいい!!　ああやめて、そんなああでもないこうでもないコーデュロイって実はよく知りませんゴネリル姉さんお父様に酷《ひど》いことしないでごねないで。でも。運命は名うての淫売なのね。ヒトは阿呆舞台に引きずり出された二本脚の哀れな動物に過ぎないのね。あたしが実香ちゃんを殺したから、コーションの徒たちに辱めを受け、最後は火刑台で果てるのね。マドレーヌ広場のフォーションではどんなに手を洗ってもアラビアの億ションは売ってないのよ——アデュウ。

「先生」はっ。そのとき、生徒の側から澄んだハスキーボイスが響いた。でも誰も見られない。頬が熱くなる。「おっと、大村先生です大村先生」

「何だ生田《しょうだ》」

「僕、彼女に質問しても、いいでしょうか」

……頑張って、ちらっとその子を見た。

栗色の髪が優しくて、目許《めもと》がすずしい。美少年っぽい。あたしは生田という子の煙《けぶ》るようなうなじ、そして牝鹿のような膝から踝《くるぶし》までに淡い羨望を感じた。少年はそら翔《かけ》る翼を持ってる。この子なら世界にそれを実証できるだろう。でも生田クンってどっかで聴いたような。

その左手の中指に銀色のひかり。シンプルな指輪だ。くだけた優等生、みたいな感じでちょっと安心する。いままでよく出会ってきた都市部のひとの感じ。そしてその子はあたしの躊躇なんか包み込むようにいった——

「新聞部久しぶりの、トップ記事ですから」

「いいぞ生田クン!!」

おとこのこもおんなのこも一斉に援護射撃。

「新聞部!!」

「おんなごろし!!」

「莫迦野郎生田この野郎!!!!　まだアリマスル――じゃなかった芳山の授業中だぞ!!!!」

「……のう大村よ、またどこぞー遠い島にでも赴任してみなさるか？」

「すんません芳山先生すんません!!

　こん餓鬼が生田。実予観光港にどばしこむぞこら」

　怖いよ大村先生。実は怖いよ。ほとんど陸軍さんだよ。あたし中学生の頃、将校さんに授業で当てられて軍人勅諭が読めなくてぼこぼこに怒鳴られてるのに。あたしおとなのおとこのひとは駄目なのに。担任の先生くらい、おんなの先生にしてくれたっていいのに。

「水里さんは――」

　でも生田君は先生たちを無視して飄々《ひょうひょう》と訊く。あたしも生田君って呼んでいいのかな？　アップ。こんなに、大きく――名前もないチョイ役なのに――って名前は生田君よね。ごめんなさい。

「――東京のどこから来たの？　新宿？　渋谷？」

　新宿かよ～。

　渋谷かよ～。

　ごわごわと声が響く。準備かな。難癖《なんくせ》の。

「……き、吉祥寺からっ」

「吉祥寺!!!!」

きゃあきゃあ。うおおお。

なに？　これがバビロニアにいうナブコドノゾールの偶像への落雷なの？　メネ・メネ・テケル・ウパルシンなの？　あたしそんなに変なこといってるかな？　態度が変なのかな。人間が弱いってこういうこと？　田舎は怖いよ。標準語で喋っただけでいじめだよ。東京最後のカラオケで、秋田から転校してきた経験のある律子《りっこ》がそういってた。確かにほんとだよ、怖いよ律子。ぞなもしだよ。けどあたし短いことばしか話してない。標準語も何も――『おまえたちの言葉を混乱させよう。二度とふたたび天帝座を窺《うかが》わぬよう。二度とふたたびかかる傲岸を謀《くわだ》てぬよう。二度とふたたび、たがいを理解できぬよう――』天帝がヒトの言葉を乱したのは、きょうこのとき、あたしを十字架に架けるそのためなのね。やっぱり『吉祥寺ですけん』とかいったらよかったのかな？　でも逆に莫迦だと思われるよ――

するど、一同を制した生田君がさらに続ける。

「ラフォーレある？」

「ら、ラフォーレ……」

「おまえら静かにせえ!!　水里めいじ――水里困っとるじゃろうが!!」と大村先生。

すごい怒鳴り声。間違いなく体育会系だ。つまりあたしの存在の対極にある。お母さん助けて。「しゃーないのう水里。段取り悪うてすまんけど、自己紹介してくれや」

「あ、はい」やっとね。それはきのう鏡のまえで腐るほど練習した。「解りました!!」

「……ただのう、大村よ」

「何でしょうか、芳山先生!!」

「ま、やること終えたらわしとこおいでな。神聖なる授業を妨害した罪でありまする
――生徒時代から変わらん粗忽者《そこつもの》じゃーのー」

「あちゃー」

「ん？　どうされた？」

「了解であります!!」

「ほしたら生徒諸君、来週の小試験はエヴィアン休戦協定まででありまする。しっかりおやりなさい」

ぶー。ぶー。

凄まじいブーイングが夏の太陽にこだまする。静かにせんか!!　大村先生の一喝。ひい。

「水里サン」

――でも教室を出かけた芳山先生の声は優しかった。

「だんごは、もうお食べかな」

「は、はい」

「食べました、もう食べました!!」

あははははは。教室じゅうがゴッホのひまわりのごとく渦巻く。莫迦。あたしの莫迦。『もう食べたぞな』とかいえばよかったのに。懲りもせず標準語を。でもそうしたらやくざ屋さんみたいな関西弁で訊かれちゃう。『うまかったじゃろ』とか。そしたら『まじでやばい感じです』っていっちゃうに違いないあたし。莫迦莫迦莫迦。ユーモアのないあたしの莫迦。律子、関西は厳しいよ。あれ？　四国は関西なのかな？　静岡から西はみんな関西でいいんだよね？

「おまえらのせいで」瞑目《めいもく》する大村先生。「またアリマスルに怒られたわい」

「でも本人の前で」生徒の誰かがいった。「アリマスル呼んだらいかんよ」

「かなんな」カナンナ？　ドンナ・エルヴィーラの又従姉妹《またいとこ》かな？　カンナ8号線の玄孫《やしやご》かも知れないけど、情勢は引き続き極めて厳しい……「まあええ。いうたとおり東京から来た水里や。解っとるやろけど、しょーもない真似したら承知せんぞ。ほしたら、待たせたな水里。こいつらに何か喋ってやってくれ」

「はい」

おとなのおとこのひとは、苦手だけど。

大村先生の瞳はなんだか可笑《おか》しい。あたしは不思議な安心感に包まれてた。しかし、自己紹介というのはそんななまやさしいものではないのだ。あたしは制服のネクタイをぎゅっと握った。

「あの――」す、すごい沈黙だ。あたしは畳の上を支配するあの空白の一秒をこの教室にいま感じた。「――東京から来た水里です水里あかねですおんなです誕生日は四月です実予は初めてですいろいろ教えてください」

……どうしてみんな黙ってるの。

ざざあ。

どこからか、潮騒の音。

「水里、それで終わりか？」

「すっすみません!!」

もうおしまいだ。なんでやねん!!　絶対そんな風に突っ込みを入れられる。それが関西だ。舐めとんか、とか。あるいは実予湾に（あるのか？）浮かべたるで、かも。

「あっあの、そっそれで、あたし……」

しかし次の瞬間、クラスのひとたちが一斉に立ち上がった――律子、あたしほとんどモーゼだよ。

「あかねはどう書くの!?」

「ひい。ひっ、ひらがな!!」

「ひらがなやでー」

「あかねやでー」

「あかねやー」

あたしだけがエストラゴンとウラディミルのように取り残されてる。オーストリア軽騎兵聯隊はまだ来ないの。ロワイヤル・クラバート聯隊は？　サリス・サマード聯隊!!　ロワイヤル・アルマン聯隊も!!　陸続と集結するのです、わたしたちのフランスを愚民の騒擾《そうじょう》から守るために!!——って王后陛下、オール／ボワールって切っちゃ駄目です。それじゃ黄金の飲み物です。

「飛行機で来たの!?」

「え、ＡＮＡで!!」

「あほやなー。ＪＲで来るわけないやろー」

「解らんよー。サンライズ瀬戸かも知れんよー」

「趣味は!?」

「あんまり、ない、かも」

……妄想とか執筆とかいったらどん引かれてしまう。

「部活は!?」

「ぶっ文化部を、ちょっと」

「どうして引っ越してきたの!?」

「兄の、あの、仕事の都合」

……大嘘の成れの果て。

「あにやでー」

「あに、邪魔やでー」

「ほんまやでー。ファウストやでー。太宰《だざい》やでー」

もうおとこのこの声なのかおんなのこの声なのか分からない。

「どこに住んでるの？」

「し、清水町《しみずまち》、だったかな」

「自転車で来たんか？」

「あ、あの、きょうは、市電で、あの、実予鉄と」

「あたし送ってあげる!!」

「俺実予大の近くに住んどるし」

「綺麗な髪やなー」

「ほんまやなー」

「勉強、できそうやなー」

「全然よ!! 全然!!」

「前の制服でもよかったのになー」

「それが転校生の黄金律やでー」

「ごっごめんなさい」

「彼氏おるの？」

「遠恋かなー」

「瀬戸内越えとるでー」

「いません!! 越えてません!!」

これが民衆のちから、四国のちから。

「でもチュウドウは結婚しとるでー」

「なんやチュウドウわくわくしとったけんねー。あかね、気ぃつけてなー」

「ちゅ、チュウドウ？」

「あたしらやっぱスカート長過ぎかなあ」

「こんな色の制服、変だよねー」

「東京では電車乗るとき並ぶってほんと!?」

「地下鉄の乗り換えってどうするん!?」

「飛行機って飲み物タダなんか!?」

「おまえらたいがいにせえよ!!　水里困っとるいうとるやろ!!」

「それがええんやでーチュウドウ先生」

「困っとるとこがまたええんやでー」

「あほやー」

「炸裂やー」

「自爆テロやー」

「あかね、ごめんねー、あほなおとこばっかでー」

「ごめんねー」

……律子、すごいよ。考えてみたらあたし一回も『水里さん』って呼ばれてない。

「すまんのう水里、よう喋る奴ぎりで」

「ヤツギリ？」

「仕方ないやろチュウドウ先生。転校生なんてコモ以来やけん」

「ほうよ、コモ以来よ」

「ほうじゃや、席決めんと」大村先生が諦めたようにいった。「ちょうど噂《うわさ》のコモの隣空いとるけん、窓際のあそこに座ってくれや」

「コモの隣かー」

「えぐいなー」

「チュウドウ先生、いじめやでー」

「あかね、泣いたらいかんよ」

「ほうよ、人生ええこともある」

「きっとある」

「あ、ありがとう」

どこから人生論になったのよ。そもそもコモってなによ。

「でも、たたられるでー」

「調伏《ちょうぶく》されるよー」

「ちょ、チョウブク？」

「あかね、ごめんねー、コモの隣で」

「**ごめんねー**」

あたしは思わず大村先生の視線を追った。コモノトナリ、というのはやっぱりいじめなのか。確かにひとつ空いた机がある。窓際の、前から五番目。でもよかった。一番前だったらみんなの視線で、恥ずかしくて発狂してただろう。きのうベッドのなかで恐怖に打ち震えてた最悪の事態は、さしあたり回避できたみたい――

――うげ。

ところが、その隣の席のコモなるこは、溺死体のように机に突っ伏してる。人呼んで土左衛門伝吉《どざえもんでんきち》かと。ポニーテイルが思いっきり机とキスしてる。呼吸もしてないっぽい。いったいなんなのよ……

「ほらコモ!!　また死んじゃうよ!!　海馬スライスになっちゃうよ!!」

「ねえコモ、あかねだよー」

「転校生だよー」

「あかん、こうなったら梃子《てこ》でも生き返らん」

「あのな、水里」大村先生の声は異次元の断層を構成していた。「小諸《こもろ》はな、つまりそのう、実予の人間違うんや。いや、ノーマルな人間と違う、いうか――おまえと同じ転校生でな、この冬に来よったんじゃ。そもそも実予の人間はの、こんなたいがいな」

「コモったら!!　水里あかねさんだって!!」

その刹那《せつな》。

コモ、ちゃんの肩がびくっと震えた。まさに痙攣。

スプラッシュマウンテンの最後の牧歌調のように、ゆっくりとポニーテイルが鎌首をもたげる。

あたしたちの視線が、そう交錯する。交錯、がぴったりなそれは邂逅で。

こんな……

あたしは絶句した。

いじめなんてとんでもない。

……こんなきれいなおんなのこ、みたことない。

小さな顔に、小さなエクボ。フランス人形みたいな肌。何を食べたらこんなになるんだろう。日射しがこんなに強いのに。前世の宿業なの。ううん、それよりも。

この瞳。

まちがいない。

おばけだ。

あたしはたちまち虜《とりこ》になった。これが本物の罠だったのだ。天使の罠に、悪魔の生贄。あたし自分でも何いってるのか解らない。でも、野獣派と立体派のはざまであたしの鼻梁は罠に掛かったのだ。この天使が、雪の消えるようにいなくなってしまったら。あたしは自分が強姦される様を予知夢で何度も何度も繰り返して味わうカッサンドラのように発狂してしまうに違いない。強姦だ。そう、あたしはいま強姦されたのだ。

それまで、我が物顔だった潮風さえ。

校舎をわたっていた潮風さえぱったり止まって。魅入られている。この娘《こ》に魅入られて動けないのだ。潮風とあたし。あたしたちは餌食どうしなのだ。

この魔。

この歌。

この狂気!!

あたしは欲情している。

そして、この香り。

これが挑発だ。

コモという娘《こ》からあざやかな風紋が投げられて。

果物の香り。

これは何だったろう。とても誇りたかく、とても甘やかな。

知ってるのに。絶対に知ってる香りなのに。

その名前が脳裏に甦るまえにあたしは屈服した。

だって気持ちいい。

一日中緊張してた。ううん、この三日間ずっと緊張してた。最後の藁《わら》のようにそんなあたしの弦をあっさり摘んで弄《もてあそ》んで、まる裸に。こころがゆっくりと脱がされて。それは洗礼だった。これがバプテスマ。アリマタヤは有り難いのかどうか。

教室がずれてゆく。

教室の世界線が、飴でできた虹の幻影のようにぐにゃりと曲がってゆく。これが美。これが真物《しんもの》。これが救い。流入してくる。感情が潮のように流入してくる。それは安心だ。乳児が乳房を得るようなそれは全肯定だ。あたしはどうしようもない安心に満たされた。そしてこの三日間とは本質的に異なる涙をひと雫《しずく》、落とした。

ぱん!!

手が叩かれる。この娘《こ》があざやかに叩いたのだ。この娘は指揮者だ。それが天帝の手になる曲にせよ堕天使の王が魂の代償に与えるつかのまの快楽にせよ、この娘が指揮者なのだ。ボスポラス海峡がダーダネルス海峡の北にあることよりはるかに明晰なそれは真実なのだ。そしてその柏手《かしわで》とともに、世界線が戻った。ざざあ。ざざあ。潮風と波のロンドが、ゆっくりと此岸《しがん》に帰ってくる。それは絵だった。そしてあたしは最終的に、哺乳壜を奪われた子供のような恐怖を感じた。

どうしてなの。

あたしをこんなふうに。どうしてあたしなの。これもアカシック・レコードどおりなの。

あたしは涙流れるままコモという娘を凝視した。

沈黙を破ったのは、やはり、あたしの主人の方で――しかもその声――

「あたしは海」

……なんて声。

もっと聴かせて。だから訊く。

「え？」

「あたしは風」

「ええ？」

「みなざとあかね。ええ名前しとるな〜」

「ナマエ」

「五行相和《あいわ》する、完全名よ」

「ゴギョウアイワスル？」

カンゼンメイ？　激しい実予ことばか。

そうだ、あたしはいま四国にいるんだった。

「水、はそのままやねえ」

「そのままですか」

「里は土に通じる。あかは火よね。かねは金。ねは当然、木よ」

「木ですか」

「木火土金水《もっかどごんすい》。火水木金土。此岸のあらゆる元素はこの五行に還元される。あかねんの名前こそ、世界の理《ことわり》を統《す》べ導く特異点。あかねんは世界の巫女や」

「――ミコ」

「あたしたちが邂逅《かいこう》するんは既に必然。もちろん、東京から来たんやね？」

「そう、よ」

「あたしの六壬式盤《りくじんちょくばん》のとおりに」

「**出た!!　コモの六壬式盤!!**」

クラスがまたどよめく。何なのよ、もう許して。

「おい小諸」と大村先生。「また長うなるようやったら――」

「いえ。さほどの労苦はないですけん。豚玉前です」

リクジンチョクバン。オイデンカがテツカーサイしてアリマスルに格変化するより難しい。お母さん助けて。

「**陰陽博士《おんみようはくじ》!!**」

「**宮内省《くないしよう》!!**」

「**一子相伝《いっしそうでん》!!**」

既にファンティリュージョンなクラスを小諸さんが制した。主演女優である。

「きょうは、五月二十二日だよね？」

「う、うん」

あたしは新しい生徒手帳を盗み見た。今日は七月三日だ。

「直《ちょく》は定《さだん》、宿《しゅく》は参《しん》。すなわち天帝が客の座を定めて移転に吉、遠出によし。友引やけん十二時前後以外は大丈夫や。干支《かんし》はなあ、そう甲戌《きのえいぬ》やけん、芽が出ようとするところよ。初めてひとに会うたり学校行き始めたりするんは大吉や。よかったなあ」

「あ」何をどういえばいいの。「ありがとう」

「おう、そうじゃ!!」大村先生が拳を左掌《ひだりて》に打ちつけた。微《かす》かに震えてる。「急用思い出したわい。アリマスルんとこ行くんじゃった。急がんと。おまえら水里のことよう頼んだぞ」

「教師、それは無理よ」小諸さんは大審問官のようで。「卯《う》は大将軍《だいしょうぐん》で塞《ふさ》ごうとる。後ろの扉から出えや。もちろん巽《たつみ》にもおられるけん、一回琴美《ことみ》の席の後ろまで行って、ほうやなあ、三十分は動いたらいかん。いわゆる三年塞がりや。ラジエルの書には誰も逆らえん」

「ちくしょう――ハマってしもたわい――」

「ふふふ。金星の磁縛《じばく》からは逃れることよ、能《あた》わじ。金神七殺《こんじんしちせつ》。我ら悲願のその日には、ヒトも狐も皆殺し。時の歯車はもう戻らん。

陰陽のちからを!!」

ばばん!!

「その眼に灼き付けるがいい――」

「待ってました!!」

「葛葉屋《くずは》!!」

「大統領!!」

「日本一!!」

何が決まったのかは解らないけど、間違いなく彼女のなかで何かが決まった。

「さて。あかねんは」

満足そうな笑み。その小諸さんはクラスメイトの机を勝手に動かしたりして、あたしが自分の机にむかうべき方向を示してる。

「そこで右に曲がって!! いけん、こっち!!」

「こっち?」

「そうよ。そこで回れ右。それでええ。実予は帝都の申《さる》にあるけん」

「サル」

もう理解しようとするのはやめた。匂宮《におうみや》がどれだけ背伸びをしても薫《かおる》の香気には無力なのだ。燕《つばくらめ》はスヴァフラーメには敵《かな》わないのだ。

「せやけんあかねんからすれば多願玉女《たがんぎょくじょ》がおられる方向に被っとる。旅立ちよろず吉」

「ヨロズキチ」

ニジニ・ノブゴロドの眷族《けんぞく》か。

「ただなあ、ANA593便で来たいうとったやろ？」

（いうたかな。いうてないんじゃないかな。でも逆らわない方が絶対いいよ）

「ああ、かまんから座って」

「う、うん」

「いまもやってもろたけどな、申《さる》はこの時間金神《こんじん》の時塞《ときふさ》がり。あかねんが実予空港に降りたそのときも。申《さる》の時間は申が塞がる。ほやけん一回方違《かたたが》えしてもろて、午《うま》から亥《い》に入ったらええけんね。

——ほんまはいかんのよ。

二時間は塞がるけん、ほんまはもっと時間掛けて方違えせんとしんどいんやけど、五月はスサノオ様が亥《い》におるけん、一切成就《いっさいじょうじゅ》で大丈夫やろ」

「ねえコモ～」と後ろの席のおんなのこ。「コンジンやダイショウグンにぶつかったらどないなるん？」

「えらい祟《たた》られるいうたやんか～」と小諸さん。「たいがいな神様たちなんよ。物凄い鬼神なんよ～。大将軍は金星の神様やから殺し奪い潰し尽くす。金神は秋の神様やけん刈り入れまくる。収穫は金具でするやろ。これも金の神様、最凶や。道でばったり出会うてしもたらあんたらもちろん死んで、おまけに家族六人道連れよ」

「うち家族六人もおらんよ」

「ほやったら町内会隣組《となりぐみ》の皆様までいかれるよ。今歳は辛《かのと》の歳やけん金の歳。金のちから段違《ダンチ》になってしもとるけんね」

「どうしたら道でばったり出会わんようにできるん？」

「それもいうたやろ。金神や大将軍のおられる方角は預言書で決まっとるけん、東なら東、南西なら南西でそっち行かんかったらええんよ」

「一日《いちんち》じゅう行けんの？」

「いろいろよ。妙遠《みようえん》なる神秘主義哲学によってな、三年行けんかったり、二時間行けんかったり」

小諸さんの机はもう人集《ひとだか》りに埋もれてる。

「方角分かっとるならどっかに貼っといてよ」

「そうもいかん」小諸さんがちっちっと指を振った。飴細工のようだ。「神様は遊び好きやけん、あっちへふらふらこっちへふらふら散歩される。だからその歳その月その日その刻《とき》、君は刻の涙を——違《ちご》た、それはヒトの雄叫び——これも違う、ええと、神様がどこにおられるかきちんと調べな、たいがいなことになる」

「脅すなやコモ、俺はそんな迷信信じんわい」

「あほやなあ。ほんまもんのあほや。獲《と》れたてのあほや。ほやから追試の追試で赤点四つとってしもたんよ。あたしちゃんというたやろ、音楽室行ってから視聴覚室行かんといかんのよって。それが方違《かたたが》えよ。行きたい方向をふたつのベクトルに割って、例えば北東に行きたいんやったら一回東に行って、そこにしばらくおって、ほんで北へ行く。ほしたら方位図も変わるから、ばったり出会わんですむ」

「ベクトルが解っとったらそもそも追試受けんわい」

「よっしゃおまえら」と大村先生。綺麗な笑顔。あたしはこのひととどこかで会ってる。それは確信だった。でも、その確定的な記憶は逃げ水のように彷徨《さまよ》ってしまってる。「水里に実予南、しっかり案内せえよ。ほなら日直、チョークの粉綺麗にして、日誌書いて、水差しきちんと片しとけ。

特に水差し!!　今朝アリマスルが『あん莫迦ども昨日の水飲ましよった』いうて怒っとったけど、いったいどないなっとんじゃ!!　そんなクラスないぞ。黒板と花瓶と水差しと日誌。放課後すぐにきちんとしとく。いつもいうとるやろ。わしが校庭三十周走らされるやないか!!　それにアリマスルん時はな、サービスで焼酎くらい入れとかんか。気ぃ利かん奴らじゃのー。

それから男子!!　掃除サボったら承知せんぞ!!」

「デッキブラシもモップも壊れてしもたからできんわい」

「壊しといて何いいよんぞ。アリマスルに全部新しいの買うてもろたわい。がっちりやっとけよ——返事は!!」

「**うぃーす**」

「おう、ほうじゃ、忘れるところじゃった。八日の月曜は、もう言うたけど、午後進路指導じゃけん。まだ進路希望提出してないあほは今日じゅうにわしんとこ来いや。合格確率の話もがっちりする予定じゃけんの、首洗うて待っとれ」

「俺月曜の午後交流戦やけど、どれくらいかかります?」

「あほ、おまえ次第じゃ。いうても四時過ぎには全員終わるわい。模試の結果よう見とけ」

「**うぃーす**」

大村先生はあたしに大きく腕を振ると、おっと後ろの戸じゃった、ちくしょう小諸何で学内が自由に歩かれんのじゃといいながら、後ろの引違い戸を滑らせて出て行った——

あたしは、とうとう、初めての、自分の席に座る。

そして左側の窓を見る。大きな海がひろがってる。

「海、行かない?」

——すると近くで声が聞こえた。

II

大きな、海。

きらきら光ってそれこそ禊《みそ》ぎだ。まぶしい。波打ち際であたしは小さい。駆けてみたかった。でも殺人者にそんなメロドラマは許されない。あたしには開放されてないそれは救済なのだ。あたしはいつもグルーシー元帥を待ってるだけなのだ。波も海もあたしとは、行ったり来たりすれ違いなのだ。

「あかね、何しとるん？」

楓《かえで》がいった。たぶん楓、でよかったと思う。深沢《ふかざわ》楓さん。

「あ、ううん、何でも」

「実予の海岸にはごみあんまないから、どこに座ってもかまんよー」

「あ、ありがと」

ざざあ。ざざあ。

ぼんやりパステルに霞《かす》む海。こなれてはいない海岸。コンクリートでできた台形の堤防を乗り越えてあたしたちは水際《みぎわ》に出た。強い海のにおい。太陽はきれいに光の筋を放ってる。

あたしは楓というおんなのこに、自転車に乗せてもらってここに来た。顔のラインを包む髪が凛々《りり》しい。ちょっとふっくらした顔がショートととても調和してて。お姉さんっぽい。唇と輪郭に意志が満ちてる。

自転車に乗せてもらって――といっても、学校から海岸まで五分も掛からない。振り返れば、白い四階建ての校舎が見えるほど。なるほど、潮の香りがするわけだ。やがて腰ほどの堤防を乗り越えて、クラスのおんなのこが集まってくる。

「はいあかね、たこ焼き」

「ありがとう」

「マヨネーズがちょっと違うよー」

「**違うよねー**」

「あ」あたしはびっくりした。「おいしい――」

「あかね、おいしいって」

「**よかったな~**」

「だんご何本食べたん？」

「ええと、この三日で」あたしは生徒手帳を見た。「十七本」

「あれはべたべたよー。断ってかまんのよ。だんごとタルトのほかに何もないけん」

「コモは三キロ太ったしなー」

「黙らないと調伏《ちょうぶく》するけんね」

そういいながら小諸さんは裸足になって、水際を波で蹴りだした。水飛沫が夏の日射しにキラキラ跳ねる。

……海なんて、何年ぶりだろう。

あれは……家族で伊豆《いず》に行ったときは、父さんたちがまだいた頃だから、小学三年生か四年生の頃だったと思う。兄さんは着替えもしないで、数学の問題集を解いてた。それで父さんが激怒して、本ごと兄さんを海に投げ込んでしまったっけ。あのときは楽しかった。兄さんだってあの頃はすぐにごめんなさいって言ってた。いつからなんだろう。兄さんの瞳が、ビーチパラソルのなかで問題集にむかってたその変な色のままになってしまったのは。きっとあの嫌味な眼鏡を掛け始めた頃だ。あたしはあんな風に光る兄さんの眼鏡が大嫌いだった。いまも嫌いだ。あの眼鏡でいうのだ。『だからおまえは』。だからおまえは何なのよ。あたし普通にやってる。父さんだったら絶対そんな風に言わない。あたしがタイトルを防衛してたこと、すごく褒めてくれるはずなのに。なのに。『だからおまえは』。兄さんも殺したい。理解しあえない肉親など殺すしか残されていないのだ。そうだ、殺《や》ってやる。

「あかね、どうしたん？」

「あ、ううん」あたしは循環する悪意を振り払った。「何でもないよ。ごめんね深沢さん」

「楓でええよ」

「うん──楓」

「あかね‼　あかね‼　じゃああたしのことは？」

「じゃあ、夕子《ゆうこ》」あたしはきりっとした北野《きたの》さんにいった。睫《まつげ》の長い彼女がにっこり笑う。よかった。名前夕子でよかったんだ。あたしは胸を撫でおろした。

「ほうよ。もう友達やけん、深沢さん北野さんいうたらいけんよ」

その北野さんが、あっというまにたこ焼きを六つ呑み込みながらいった。肩に掛かる栗色の髪が優しい。背はあたしよりちょっと高くて、すらっとしてる。うらやましい。それに、二重瞼《ふたえまぶた》に睫がこんなに長い‼　でも、たこ焼き六つって──

「……うん、夕子」

「うちのことは楓やけんね」

「あの」そうだ、名前といえば。「深沢さ……楓、ひとつ訊いていい？」

「何？」

「生田《しょうだ》君は生田君って呼んだ方がいいの？」

「ううん。ていうか生田でええけど。でもあいつ凄い細面やからクンが似合うやろ。それだけや」深沢さんはそんなことどうでもいいという感じで話題を激変させた。

「なあかね、吉祥寺ってどこにあるん?」

「そうね」改めて訊かれると返答に迷う。「新宿から電車で十五分くらい西、かな」

「大州《おおず》くらいかな」と深沢さん。

「今貼《いまばり》くらいやろ」と北野さん。

「うん。ひとだけは腐るほどいるよ。歴史はあるけどいまは若い街」

「やっぱり痴漢とかもいっぱいおるん?」「ひと、いっぱいやろなー」

「うん、かなり」

「たいがいやなー」と深沢さん。

「たいがいやわー」と北野さん。「おまわりさんに突き出したるん?」

「全然。怖いから。こうやって、ぎゅっと、我慢して」

「東京は腐っとるなー」

「都会は乙女の敵や。背徳のバビロンや」と深沢さん。「実予では痴漢はないなあ」

「実予鉄ではまずできんわ」と北野さん。

「夕子には特にできんのよー。蹴り上げるけんね、こう、ばし、いうて」

「何やの楓それ。失っ礼やなー」

「ほら、サッカー部の長野《ながの》先輩。夕子に蹴り上げられてほんま泣いとったよ」

「あれは痴漢やない」

「付き合うとったんやろ。ちゅーぐらいさせてやっても減らんのに。蹴るんは酷《ひど》いわ」

「もう知らんあんなん」北野さんは深沢さんのたこ焼きをふたつ奪った。「ボールが恋人しとったらええんよ」

「夕子はええわな。ポスト長野先輩もとびきりの美少年で。背ぇに翼みえる子やもん」

「あれはあれでおんな癖が悪いけん——そんなことはどうでもええんよ。今はあかねの話聴くんやから。なーあかね。前の学校は何て学校なん？」

「帝都女子学院高等部、っていうの」

「頭よさそうやな～」と深沢さん。

「頭よさそうや～」と北野さん。「京都帝大とか行くん？」

「いくひともいるよ。あたしはそんなの、全然」

「嘘や～」深沢さんが思いっ切りあたしの背中を叩《はた》く。ごほっ、ごほっ!!「チュウドウいうとったもん。水里はおまえらとは百億光年違うんぞって。ように勉強教えてもらえって」

「大嘘よ!! あたし勉強なんて大嫌い」

勉強は兄さんを象徴してる。だから。だからきっとあたしは落ち零れなのだ。けどそれを新しい友達にいうことはできなかった。落ち零れたら。『だからおまえは』っていわれちゃう。新しい友達にも『だからあかねは』って。だから絶対にいえない。いったことはほんとうになってしまうってお母さんがいってた。

「寂しい？」

そのとき北野さんが旋律のように訊いた。あたしはその自然さに驚愕した。

「――え」

「あほやなー夕子」と深沢さん。北野さんの頬をぱんぱん叩く。まじで？「寂しいよー。決まっとるよー。きょう転校してきたとこやもん。なーあかね。それは人間やったらあたりまえよ」

「――でも」あたしは。喋る気は全然なかったけど。でも勝手に喉が震えて。「みんな優しくしてくれる。あたし、こんなの初めて」

「なあ」と北野さん。この娘の瞳は純然とした好奇心に満ちてる。「訊いてもええ？」

「なに？」

「お兄さん、やったっけ。うまくいってないん？」

ばし。深沢さんの鞄が北野さんのおでこに炸裂した。まじで？

「夕子あほ過ぎる。いきなり超ピンポイントしたらいかん。

ごめんなーあかね、夕子にはデリカシーっちゅうのが全然たらんのよ」

「——北野さんは」あたしの興味は恐怖に勝った。「どうしてそう思ったの?」

「夕子や。うーん」北野さんは腕を組んでしまった。長考。そしてただただ太陽と海が五分以上も——これが四国のリズムなの?「どうしてそう思うか、ゆうたらなあ、ほやなあ、あかねすごく嫌そうに喋るもんなあ、家族のこと」

「ほやけん」深沢さんの吐息。「夕子の本命君は本に逃げるんよ。夕子は言葉にすることの怖さもっと考えんと。だってみーんな、何か抱えとる。それが青春やけん」

「そっか」北野さんは何かの手紙をびりびりと裂いた。「それが青春かあ」

「何通目?」と深沢さん。

「忘れた」と北野さん。

「嘘や。嘘やのうてもあたしが言うたる。二年になってから八通目や。夕子はいっつも昇降口のラブレターを抱えとる。微妙にリアリティのある数字やから嫌やろ、な、あかね?」

「す、すごいね北野さん!!」

「ほやから夕子やて。

でもあかねの方が途方もなく可愛いけん、前の学校でもようもてたやろ。うちのあほ男子どもが迷惑掛けるかも知れんけん、いまから謝っとくよー」

「そんなことないよ。もてないよ。だって十七年間彼氏いないもん」

「楓と同じや」

「殺すよ夕子——生田にいいつけて新聞に書かせたる。でもあかねも嘘吐きや」

「殺さんといてよ。でもあかねは嘘吐きやな」

「どうしてよ!!」あたしは思わず叫んだ。

みんなが海に爆笑して。

「あ〜あ」ひとしきり笑った深沢さんがいった。ちょっと寂しそうに。「あたしにも——生田と同じくらい勇気があったらなあ。なあ夕子。素敵な恋人できるのになあ。世界に何いわれても構わんいうあの勇気。とても真似できん。ほんまの幸せ者《もん》や。夕子もそう思うやろ？」

「楓がいいたいことは解るけど」北野さんの声が厳しい。ちょっと憂鬱そうで。「でもあれはあれで時々いい加減にせえ言いたくなるよ。だって、ほら、新聞部のあれもそうよ。いっくら新聞部今年のベストショットやからって、あたしそれは認めるけど、あれ出すんならあたし考えるよ。楓だってそう思うやろ。あの瞬間の写真載せるいうんなら、あたしら絶対に許さ——」

「もう言わんでええ」深沢さんの瞳にはオレンジの焔《ほむら》が宿っていた。「あれはあたしらもそう思とる。ほやけんもう言わんでええ。あたしらできちんとさせる」

「でも」

「香西《こうざい》先輩も解っとる」

「新聞部の――」

新聞部のもめ事なの。あたしがそう訊こうとしたそのとき。

「あ、楓!!」突然叫ぶ北野さん。「そうこうしとるうちに時間や」

「ほんまや」深沢さんが肩でそわそわした。「タイムズアップや」

「何の時間?」

「なああかね、あれ、見える?」

「何が?」

「あたしの指の先」

あたしはさっき小諸さんがいってた方違《かたたが》えみたいに、深沢さんの人差し指に瞳を落として、そこから延長線をずっと延ばした。陽炎《かげろう》のなかに、ゆらゆらと塔みたいなものが揺らめいてる。ざくっと直截に伸びている。

「あの灯台?」

「**うわー!!!!**」

いきなりのユニゾンにあたしは文字どおり跳び上がった。心臓が握りつぶされてつぶつぶ鳴る。何なの。いよいよいじめなの。これまでのは単なる序章なの。お母さん助けて。

「夕子、よかった、あかねあれ見えるって!!」

「よかった。あかねはもう大丈夫や」

「よ、よく解らない」あたしは息も絶え絶えだ。「あ、あの灯台がどうしたの?」

「あれ」深沢さんがあたしの両肩をがっちりつかんだ。痛い!!「蜃気楼なんや!!」

「しんきろう?」

イリュージョン? 愛は蜃気楼? ひとは解りあえるの? 世界のキタノもやってたバトル・ロワイアル、じゃない、あれは金嬉老だった。あたしいくつなの。

「あれな」北野さんがたこ焼きも忘れていった。昼のマヨネーズがヴォラプチュアス。あたしはストレイシープ。「あそこには実はないいんよ。あれはブラントンの現地妻灯台いうてな――」

「『おいミネソタ』っていうあれ?」

「――ごめんあかね、それは解らんわ」

まずい、外さなくてもいいところで外した。けど北野さんが気にせず続ける。

「この時間だけな、どっか遠くの灯台が、いまみたいに見える……」

あの灯台は、実予の人間にしか見えんのよ」

「ほんとなんよあかね」深沢さんに抱き締められてあたしの背骨はぼきぼきいった。

世界はプレイスインザサン。「コモなんかいまでも見えん。よその出身の先生にも見えん。あれはあたしらの守り神様やけん、あかねのこともきっと守ってくれる」

「ほうよ、あかねもうここの人間よ」

「よかったなー」と深沢さん。

「よかったよー」と北野さん。

「ありがとう――いいこと教えてくれて」

「あ、あかね実予弁覚えた!!」

「ありがとう、よ、ありがとう。とうにアクセントがつくんよ」

「ありがとう」

　恥ずかしかったけど真似してよかった。ちょっと未来が見えた。踏み出したら痛い目をみる。あたしはそうやって生きてきた。そっちの方がいまは恥ずかしかった。でも。すぐにこんな啓示は忘れてしまうかも知れない。世界はそんなに御都合主義的なものじゃないから。結局、踏み出してよかったかどうかは結果論でしか解らないのだ。けれど、いまあたしはちょっとしあわせだった。きょうのところはそれで充分。あたしはそんな考え方をし始めた自分自身に違和感を覚えた。いままでのあたしになかったそれは余裕で、あたしのテンポが変わったそれは転調だった。それが嘘かどうかはどうでもよかった。兄さんを生かしておいてもよかった。

　いつのまにか太陽にグラデーションが掛かり、ゆっくりと視界が綺麗な紫に転じてゆく。赤と青が霞んで。朧《おぼろ》なパステルの紫になって。山と島とが濃くなって。太陽の優しいオレンジがとけだして。

　こんなきれいな空。

あたし、ここにいても、いいのかも知れない。

ありが、とう。

もういちど踏み出そう。そう思ったそのとき。

ばしゃん!!

大きな水音。あたしはずっこけた。

あたしたちの視線の先に、制服じゅう水浸しの小諸さん。くしゅん、とくしゃみをする。そのエクボがキラキラして。

ああ。

なんて綺麗なの。あたしたちこれでも同じ人間なの。この娘《こ》はいったい何者なの。

水を従えて。太陽と海とを従えて。あまりにも卒然と現前したそれは奇跡だった。

あれ？

でも。

あたし、コンタクトつくった方がいいのかな。ベッドで本、読み過ぎかな。

この娘。

かげがない。

水面にかげが落ちてない。

くしゅん。くしゃみがもう一発。そしてその娘はいった。

「灯台、見えんのよね～」

「コモの制服水泳も」と深沢さん。「今年八回目やなー」

「小学生と違うのよー」と北野さん。「あたしたち、高校二年生よー」

「もうきょうは着替え貸さんよ」

「おまえたちは!!!!」

その日には皆殺しよ。そう言った舌と唇には底知れない官能があった。

III

「ほしたらあたし、あした迎えに来るわ。家のまえで待っとって」

国道一九六号、らしい。地の果てにふさわしいそれは末路だ。

「あかね?」

「あ――ごめん北野さん。解った。家のまえで待ってる」

「じゃあ明日な。あかね、コモ、バイバイ」

　北野さんがフジの曲がり角で手を懸命に振って、知らない方向に自転車を漕いでった。つまり小諸さんとふたりになる。それは恐怖だった。彼女はゆっくりと自転車を押し始める。行く先はあたしの家の方向、っぽい。そしてふっくらと宵月《よいづき》が出てる。もう少しで下弦の月だ。

「こ、小諸さんはどっちに行くの？」

「あたしもっと奥の方やけん。方向は一緒よ。ついてきて」

「小諸さん、自転車に乗っていいよ。あたし走ってくから」

「あたし自転車嫌いやから。脚とどかんし」

　確かに小諸さんは小さかった。体操着の姿は、それこそ小学生みたいだ。あたしはいよいよ話題に困って、無難なテーマを展開することにした。知らないひととの会話に困ったら天候かおばけの話題に限る。ホレイショーもそういってた。漱石はあそこでおばけの話は唐突すぎるって怒ってたけど。まああのひとは実は真物のヴァイオレンス系だから仕方がない。それにしてもどうしてディオールなのよ自転車。

「実予では火事が多いの？」

「こんなに続くとは、予想外やったけどな」

「え？」

「あたしの六壬式盤《りくじんちょくばん》はごまかせんよ」お母さん助けて。会話が成立しないよ。「きょうは四火日《しかにち》違うから、仕掛けてはこんやろけどな」

「シカニチ？」仕掛けてくる？

「火の理気の日よ――くしゅん!!」

「だいじょうぶ？」

「あたしとしたことが――歳刑神《さいぎょうしん》の方角を犯してもうた」

「サイギョウシン？」

この娘《こ》の言葉も解らない。実予ことばとも明らかに違うけど。

「歳刑神は、水星の神。水は北にして陰中《いんちゅう》の陰《いん》。死の方位にして熱といのちの尽きる闇の具象――ぬかったわ。楓たちが灯台灯台って脅すけん、思わずそっち行ってもうた。迷信でひと惑わすなんて酷《ひど》いやつばらね。どうせ駆逐するけど」

「め、迷信」まさか小諸さんからそんな言葉を聞くとは。あたしは目眩《めまい》を必死に宥《なだ》めた。「あ、あの灯台。小諸さんにはほんとに見えないの？」

「あたしはいわゆる、ちょっと振り向いてみただけの都会人いうやつやけん。

実予はほんま、いなげなとこやなー」

「それにしてはベタべ――じゃない、こっ小諸さんはいつ転校してきたの？」

「あかねん、うちらもう親友やけん、こもぷーでええよ」

「こ、こもぷー」それは絶対嫌。それにいつから親友なの。「――コモちゃんでいい？」

「うぇるかむよ。くしゅん!!」

何だったっけ。そう転校の話だ。あたしは常識をもって繰り返した。

「コモちゃんはいつ来たの？」

……うげ。やっぱりかなり抵抗あるよ、コモちゃんって。

「この二月よ」

「どこから？」

「名古屋の方の、浜松の方の、小さな街からよ」

「あの、あたし自身も、なんだけど……転校にしては変わった時季だね。二月とか七月とか」

「親が死んだけんね」

「え？」

「殺したも同然やけど」

「ええ!?」

この娘もひとごろしなの。あたしたちは血塗られた道程を石もて逐《お》われるべき葬列の定めに彩られてる疎外さえ惜しまれるほどのくさつた蛤《はまぐり》なのね。だからあなたはあたしを呼んだのね。ふたりがこの地の果てで邂逅したのは既に死海文書に規定されてたのね。実香ちゃんが地獄から召喚したあなたがあたしの山田朝右衛門《やまだあさえもん》なのね。だから今夜はこんなに月がかたぶいたそれは赤染衛門《あかぞめえもん》なのね。だから21エモンがボタンチラリ星で死にそうになったそれも因果なのね。それがあたしの日常に許された最後の句読点なのね。

「おまけに、兄さんにも追い出されちゃって。くしゅん!!」

「お兄さんがいるの?」

「いるといえばいる」いないといえばいないのかしら?「むこうは嫌がってるけど」

「じゃあ、あたしと同じね」

「殺されかかったことある?」

「さ、さすがにそこまでは——」

でも、殺したくなったことは、実は数え切れないくらい、あるといえばあるかも」

「殺したくなるほど好きなのね?」

「違う」

「兄妹って、そういうものよ。それが宿業なのよ。兄妹のイデアよ」

「違うよ、だって」

「待って!!!!」

がば!!　あたしは国道の歩道で思いっ切り脚を払われた。何なのよと抗議する暇《いとま》もなくごろごろ転がされてケーキ屋の駐輪場へ。とうとう始まったのね、あたしたちの肉欲のものがたり――一拍遅れて自転車がかしゃん、と倒れる。ディオールの自転車の籠がぼこんとへこんだ。

「どうせならひとおもいに――実香ちゃんもうすぐ会えるよ――」

（**静かに!!**　あたしの傍《そば》離れたらいけんよ!!　**絶対よ!!**）

返事も聞かず小諸さんは神社の御幣《ごへい》のような小さな紙飾りを四つ、たちどころにあたしたちの周囲に押し込んだ。アスファルトの駐車場なのに、御幣は誕生日の蠟燭のように従順に刺さってゆく。くるぶしをやっと越えるくらいの小さな紙飾り。風もないのにつう、と一斉に揺れる。あまりにも怪しげなそれは期待感だった。

（声も出したらいけんよ!!）

（は、はいい!!）

必死に頷《うなず》く。お母さん助けて。実香ちゃん、あたしやっぱりまだこっちにいたい。

「つつしんでこうてんじょうてい、さんきょくたいくん、さりえるすりえるぜらきえる、にちげつせいしん、はっぽうしょじん、ぞろめてんきゅうまかつのしかく、しめいしせき、さとうおうふ――」

小諸さんのポニーテイルがえもいわれない風に躍動する。

「――うせいおうぼ、ごぼうごてい、てるてるしむぼるさいもんむげん!!!!」

ちょっと待ってよ――

国道の、ヘッドライトの濁流のなかに――

青白い火が。ぼう。ぼう。ぼう。

いきなりだ。さっきまで絶対になかった。あったら分かるって!! 誰も気づかないの。人も車も。誰も気づかない。止まらない。

そして世界の音が卒然と断たれて。

違う。

音の断層が変わったのだ。だって聞こえてきたもの。

ぎちぎち。ぎちぎちぎち。ぎりぎり。ぎり。

けたたたた。

こもこもこも。

バス停が、手脚を持って。

動き出した。

信号もベンチも。美容院やコンビニの看板も。ガードレールも。

ぼん、ぼん。ぼんぼんぼんぼん!! ぼん!!

青い炎が、まるで戯《たわむ》れるように飛び火して。

パトカーが。プロパンガスが。オロナミンCが。歩道橋が。

転じてゆく。おぞましい何かに転じてゆく。

どれもが躯じゅうに死んだ眼を産み続けてる。そして蛸のような触手を幾つも生やし続けてる。

すべてが異形のものへと。

黒く爛《ただ》れた包帯を引き摺《ず》る巨人。

瞳孔の開いた瞳でできたピラミッド。

黒髪のみが形づくるゴキブリ。

人間の内臓だけで構成されたクラゲ。

蝙蝠《コウモリ》の羽をばたつかせるショウジョウバエ。

蚊の頭部をもたげる戦車。

即死の青色をした放射線の人魂。

廃油色に光る銀のサボテン。

排水溝で満たされた鱗《うろこ》の大樹。

虹色のナメクジが生成する高層ビル。

漢字の集積物でしかない亡者。

カタカナが積み上がったあんみつ。

文字化けした楽譜の成れの果て。

都市の暗黒が生み出した、いまここに在る現代の地獄。

「きゃあああああああああ――――――――――――――――――――――――」

「あかねん!!　しもた!!　気づかれた!!」

ぺたん。

お尻が動かない。

わら、わらわらわらわら。

もぞ、もぞ、もぞもぞ。

ケーキ屋の七夕飾りやユウガオまで。何てこと。

あたしの靴まで嗤《わら》ってる。

爪を薙《な》いで、あたしを、どこかへ持っていこうとしてる。

狂ったティンパニみたいな音がして。

アスファルトからは無数の白い腕《て》が生えて。

汚穢《おわい》な白泡でできた眼球の群れが睨《にら》み。

クローン羊の鮮血と双頭豚の吐瀉物が溢《あふ》れる。

そしてあたしを。

ぐい。

「いやあああああああ――――」

助けて。お母さん助けて。実香ちゃん殺しちゃってごめん。きっと許して。成仏得脱《じょうぶつとくだつ》して。あたしまだしあわせをつかみたいの実は。不覚悟なあたしをきょうは見逃して。

ぺたん。

絶叫するあたしの額に何かが貼られた。

「なんぞおにのはしらざる、なんぞすがたのきえざるや、きゅうきゅうにょりつりょう」

その刹那《せつな》。

青白かった世界が不思議なピンクに染まった。ぐい。ぐい。水飴が必死に悶《もだ》えるように、悪魔になってた無機物の群れが、強引すぎる磁縛《じばく》で元の姿へと戻らされてゆく。ローファーがけたけたするのをやめる。溶け出しては戻り。滲《にじ》み出しては止まり。ぷるぷる。ぷるぷる。まったり震えたかと思うと、やがてほとんどのものは大人しくなった。汚泥のような悪臭も、果物のあの香りに掻き消されてゆく。

「俄仕込《にわかじこ》みのパノラマ奇譚《きたん》、紛《まが》いの様《さま》や見苦しき。いざ真物《しんもの》の外道祭文。思い知らずや!!」

ばばん!!

また決まった。

「思い知れ―――」

うらめしのこころや―――!!

あら、恨めしの心や―――!!

悪霊たちのものすごく恨みがましい怨嗟《えんさ》。

けれど。

喘《あえ》いでいる歩道橋のたもと。

百メートルほど先の歩道橋のたもと。

怖くて吐血しながら泣き出してしまうほど無茶苦茶な青い焔《ほむら》がまだ燃えてる。

甘いピンクと呪詛の青が乱舞し、鬩《せめ》ぎあい。

やがて世界は小諸さんを中心にピンクを濃くして、とんでもない青はだんだん弱まってゆく。青が狭まってゆく。燐光のように朧《おぼろ》になった青い霧のそのなかには。

い、い、い、い、い、い。

あたしたちと同じ制服の姿。

薄墨色のプリーツスカートにセーラー服。深紅と薄墨色のネクタイが重なってる。

間違いないよ。実予南の制服。

「こっ小諸さん!!」

(こもぷーよ)

圧倒的なちからを展張する小諸さんは、ゆっくりと呪言のようなものを唱える。

「みしやそれとも、わかぬまに——」

不思議なリズム。紫式部だ。燐光の霧が、びく、と揺らぐ。あたしたちの周囲がぼん、ぼんと爆ぜる。アスファルトは捲《まく》れ上がり、小諸さんの御幣に区画された小さな菱形だけが生き残った。突風が。轟音が。灼光《しゃっこう》が。激烈に全てを覆《くつがえ》し尽くして。

……その制服姿が歩道橋を渡り終え、国道の彼方に消えるまで。いったいどれくらいが経ったのか。あたしにはそれが無間地獄で肝臓を啄《ついば》まれるような永遠に思えた。

何なの。いったい何。

そのひとの長い黒髪だけが、こわいくらい綺麗な黒髪だけが瞳に灼きついて——

それも闇に同化して、どれくらい経ったのか。

はふう、と小諸さんのポニーテイルが落ちる。

「少子《スクナコ》のくせに」気がつくと彼女があたしを抱き起こしてた。スカートを叩《はた》いてくれる。「調子に乗って」

「スクナコ——ねえ小諸さん今の何!?」

「いってていい?」

「だって見ちゃったもん!!」

「ごめんねあかねん。そのうちきっと調伏《ちょうぶく》するから、あたしの脚線美に免じて許してな——あれがいわゆる百鬼夜行《ひゃっきやこう》」

「百鬼夜行!?」

「あかねん初めてやった?」

「当たり前よ!!!!」

「あたしがおれば平気よ。無料のエレクトリカルパレードみたいなもんよ。ナイトメア・ビフォア・タナバタフェスティバルよ。ハイタワーⅢ世も大喜び」

「エレクトリカルパレードはもともとタダよ!!」

このローファー、もう履けない。絶対嫌。

「大丈夫。鬼はなあかねん、ヒトのこころの弱さに容喙《ようかい》するもの。怖がったら駄目なんよ。思う壺やけんね——ケガレは、気枯れ。要は、気持ちが負けた方が負けるんよ。それにこれ」

ぴり。

小諸さんはあたしの額に貼ったものを外した。小諸さんのエクボを見てると、確かに気持ちが回復してくる。まるで彼女の感情が流入してくるみたい。すごいよコモ、まるで第二ファウンデーションのエージェントだよ。それはいまひとたび降臨した甘やかなバプテスマだった。

「小諸るいか特製の符呪《ふじゅ》があれば、あかねにるいかよ」

「よく解らないけど――お札？」不思議だけどこころ魅《ひ》かれる、奔流のような文字や記号のしたに、漢字で『喼急如律令』と書いてある。中線が入った星形も決まってる。「どういう意味？」

「かいつまんでいうたら、はよせえ、いうことよ」

「何を？」

「あたしの呪法をよ。命により通達する、直ちに執行せえいう感じ。おまけにこれは、陰陽庁長官禁秘《きんぴ》のダブルオー級符呪やけん、びりびりくるよ。ええ仕事しとるなあ、あたし。あたし晴明《はるあきら》師と同じ陰中の陰の、きつ――くしゅん!!」

「きつくしゅん？」

「以下省略。梨とレモンで梳《す》いたあとアゾットの短剣で錬成したヒヒイロカネと飛驒のカリフォルニアウドンゲモドキ混ぜとるけん、かげなくなるかも知れんけど、ファンティリユージョン二十回は余裕の与三郎よ。木更津の海にざんぶよ。御新造さんでもお富さんでもおっけーよ」

「もう一回も嫌です!!!!」

さっきあたしを襲撃したケーキ屋の看板が、綺麗なレモン色のひかりを投げてる。

『ソルシエール』と書いてある。エキゾチックな響き。どういう意味だろう？

「ほしたら送ったげる。あかねん歩ける？」

「あ、鞄、自分で持つ」

「かまんよ。あと」

小諸さんは自転車を押しながら、ポニーテイルから髪の毛をひと筋採った。お菓子みたいな掌《てのひら》のうえにそっと載せて、そっと息で吹く。たちまち髪は闇に消える。すると。

ぼおん。

シンクがお湯で鳴るような音がして。

「わん、わんわん!!」

「い、いぬ――？」

そもそも生き物なの？

眼のまえの横断歩道に、くるみすぎた縫いぐるみのような、布をぱんぱんに張ったモノがいる。両手で抱けるくらいだ。あざやかな黄色で、顔や脚やしっぽは辛うじてあるけど、他に何のでこぼこもない。のっぺらぼう。暗闇でキスされたらかなり怖いかも。

さっきまでは、こんなのいなかったのに――

でもそれは、わんわん、わんわん吠えながら小諸さんの脚にじゃれついた。よたよた歩いて、ときどきぴょんぴょん跳ねる。ごくわずかながら愛らしい。

「ペット？」

「きょうは甲戌《きのえいぬ》やけん、ばさらちゃんね」

「ば、ばさらちゃん」

「ばさらちゃん、あかねんよ。あかねん、ばさらちゃん」

「あ、あの——水里あかねです。東京から来ました」

「わん!!　わんわん!!」

「きゃあ!!」

黄色い縫いぐるみはあたしのスカートのなかに突進した。いきなりだ。

「ばさら!!」きっと睨《にら》んだ小諸さんがじっくり唱えた。「なんぞおにのはしらざる。きゅうきゅうにょりつりょう」

めきめき。空間が軋《きし》んで黄色い縫いぐるみがスカートのなかから墜落した。ばきばき。それはぼこぼこに捲《まく》れたアスファルトのなかにさらに減《め》りこみ始める。あたしはスカートを押さえながら後ろへ跳んだ。貞操の危機だった。

「まったく。ばさらちゃんは相変わらずね」

「わ、わうう、わうぐぶ」

「ちょっとコモ」もうコモでいいや。「動かなくなっちゃったよ」

「いいのよ。あかねんのスカートのなか、よっぽど気になったのね。ばさらちゃんはおんな好きで好みもうるさいけん——あ、大丈夫よ。絶対死なないから。すぐ追い掛けてくる」

コモはからからと自転車を押して歩き出した。慌ててついてゆく。

「ケーキ屋さんのアスファルト、無茶苦茶になってたけど……」

「それもええんよ。ばさらちゃんが直してくる。あれでも器用なんよ」

「——で、あの子はいったい何物？」

「知りたい？」

「もう見ちゃったわよ!!」

「あたしの式」

「しき」

「そう。いわゆる式神。十二匹おるんよ。

一日ずつ二十四時間勤務で、あたしの奴僕《ぬぼく》」

「そ、そうなの」他にどういう返事があるだろう。「お仕事、きつそうね」

「まーねー。

でもあかねんだったら、一緒にお風呂に入ってあげればすぐ使役できるよ」

「絶対に嫌」

「さて、少子にはあかねんが見えてなかった。ほやけん、あのあまがいきなり清水町のあかねん家《ち》を襲撃することはない。ほやけど、端鬼《はおに》は何匹かくっついて来るかも知れんけん、ばさらちゃんをボディーガードにつけたげる」

「お、鬼が出るの？」

あたしは真面目に明日の飛行機を予約することを検討してた。だってそんなの聞いてない。他方でコモは平然と続ける。

「実予やかい、かい、からや。実予の街は、加藤嘉明《かとうよしあき》公の普請が良すぎてしもたけん、霊的な箱庭になっとる。おまけに熟田津《にぎたつ》城には菅丞《かんじょうしょう》相の天神櫓《てんじんやぐら》もあるしなー」

「カンジョーショウ？」

バーナード・ショウほど素敵な商売はないこととどこかしら関係してるんだろうか。

「何いうとるんあかねん、道真《みちざね》公のことよ。あの『寺子屋』にいう菅丞《しょうじょう》相。ここの久松伯爵家って、道真公の血脈《けちみゃく》なんよ実は。あんまり知られてないけどなー」

「あの、幣《ぬさ》もとりあえずの菅家《かんけ》様？　菅原道真公？」

「ほうよ。たいがいにしなさいよ久松伯爵。かえって呼び寄せとる。

あたし個人的には菅丞相利用したいからええけど、一緒に有象無象《うぞうむぞう》が遊びに来るのは正直しんどいよー」

「──それってつまり怨霊？」

「さっきも見たやろ、少子を」

「じゃああのひとも怨霊？」

「知りたい？」

「嫌」

「なら、それは追い追い。ほしたらあしたは乙亥《きのとい》やけん、くびらちゃんの番かあ。零時に交替させるから安心して。くびらちゃんはばさらと違《ちご》て体育会系で真面目やけん大丈夫よ」

亥、というとイノシシだ。ぶひぶひ、とかいうのだろうか。きょうは着替えるのもよそう。

「キノトって？」

「暦よ。十干《じっかん》が乙《きのと》、十二支が亥《い》。乙は五行の木《もく》、あかねんでいうと『根』やね」

「キノエってのもあるよね？」

「ないす質問。甲《きのえ》は木の兄《え》、乙は木の弟《と》。同じ木のなかにも陰陽がある。木の陽と木の陰。乙は木の弟、木の陰よ。以下同じ法則で、丙《ひのえ》、丁《ひのと》、戊《つちのえ》、己《つちのと》。ぜんぶふたつずつある。ちなみに乙って字、漢字で書いてみてよ。木の芽がほら、ちょっとだけむくっと首もたげてきたところを表しとるんよ」

「へー」

「おもしろい？」

「微妙に」

しまった。正直なあたしの莫迦。

「ほうやろほうやろ？　ほんでな、亥っちゅうのはな、子丑寅卯辰巳午未申酉戌亥《ねえうしとらうーたつみーうまひつじさるとりいぬいー》の亥で——」始まっちゃったよ語り。あたしはアルビジョワ派のモンセギュールでパヴァロッティがカタリ・カタリを熱唱しているその様を連想してしまった。河内山宗《こうちやまそう》俊《しゅん》もいる。騙《かた》りと知れたからだ。神経伝達物質をかなり無意味に使うあたしの莫迦。

「——ほら、例えばあたしら寅年やん、そのいのししよ。亥はちなみに五行では水。あかねんでいうと水里の『水』やね。また漢字書いてみて。亥は核兵器の核」

「か、かくへいき」

「の、つくりやんかー。これは、生命のスープのなかのいのちの種の核。いのちが核のなかにぎゅうっと詰まっとる。枯れたいのちが隠れてゆっくり固まっとる。これぞ陰中の陰。やがて子丑寅卯以下省略と頭に戻ってまた始まるよ。子《ね》は子供、ちっちゃないのちの始まり」

「へー!!」

「子《ね》っちゅう漢字。半分土のした。頭がちょっと出とる。これぞ陰中の陽。子供はぷるぷる動き出すから五行では水。これもあかねんでいう水里の『水』

「へー!!」

「おもしろいか？」

「おもしろいおもしろい!!」

「わんわん!!」

……いるよケダモノが後ろに。ポピーザぱフォーマーかよ。思わずお尻を押さえる。

「じゃあコモ、十二支ってぜんぶ意味があるの？」

「十二支にもあるし十干にもある。歳《とし》も月も日も全部意味のある組合せ。日本人はそういう宇宙でずっと生きてきた。そして、これからも」

「年月日ぜんぶ？　ちょっと複雑っぽいけど？」

「今歳は辛未《かのとひつじ》、今月は丙申《ひのえさる》、きょうは甲戌《きのえいぬ》、いまは戌《いぬ》の刻。君は、刻《とき》の涙を――」

「すごいねコモ!!　人間永年カレンダー!!」

「まかせて。それは陰陽の雄叫びだっ。安倍んとこの和泉《イズミ》なんかには負けんよ。んで十干が十、十二支は十二――その最小公倍数が？」

「ええと、六十だね」

「ほやけん六十で一周期が終わって、また最初から――こういうたら壬申《じんしん》の乱とか、戊戌《ぼじゅつ》の政変とか甲午《こうご》農民戦争とか、ちょっと覚える気になるやろ？」

「なるなる!!　すごいすごいコモ、陰陽博士《おんみょうはかせ》!!」

「ふふふ」

「暦《こよみ》、ぜんぶ覚えてるの？」

「もち、よ。もちのろんよ。この陰陽宗家《おんみょうそうけ》小諸家頭首《とうしゅ》小諸左京大夫《さきょうだいぶ》、陰陽頭《おんみょうのかみ》、兼務陰《おん》陽博士《みょうのはくじ》兼務天文博士《てんもんはくじ》兼務暦博士《れきはくじ》、兼務蔵人所《くろうどのところ》陰陽師、大宰権帥《だざいごんのそつ》勲四等従四位上《じゅしいのじょう》、子爵　橘《たちばな》るいか朝臣《あそん》、仕掛けて仕損じなし」

「超長いよ!!」すごい肩書きだ。たとえ本当にしろ、それだけ覚えてる執念がすごい。「でも、大宰権帥って急にトーンが違うね？」

「え、あかねん、よう解るねそんなこと」

「あ」しまった。危なかった。「れ、歴史好きなの。平安時代とか。ちょっとだけだけど」

「へー。ほしたらいうけど、大宰権帥っちゅうんは菅丞相接待してあげたらどうしてもくれるっていいだしたけん、それでよ。断ったら祟るってゆわれて」

「それもすごいね」

「かなわんよー。これでも宮内省外局《がいきょく》の陰陽庁長官（陰陽頭《おんみょうのかみ》）なんやけどなー」

「すごいねえコモ、高級官僚なんだ」仕組みはよく解らないけど。「それに、実は華族様なのね？」

「まあねー。すべては星のなせる業《わざ》よー」

「星？」

「ならばいわせていただこう!!　陰陽のちからを!!」

ばばん!!

また決める気だ。またその眼に灼き付けなければならないのだ。そろそろ飽きてきたけどそうもいえない……

「——そろそろ飽きてきたみたいやけんやめる」

「え!?」

「世界は星の支配のもとにある。あたしが実予におるんも、あかねんが実予に来たんも、あたしらがきょう学校で会《お》うたんもぜんぶ、星がくれた記念日といえる」

「そうなんだー」

ちょっと素敵かも。星がくれたんだ。へー。

……けれど。

あたしがここに来たのは……そんな素敵なもんじゃなくって……

「ほうよ。けどなあ」

「えっ？」

「ええことばかりと違うよ。世の中そんななまやさしいものではないけん。ええ記念日もあれば悪い記念日ももちろんある。生まれたときの星も背負っとる。教室でいったように、禁忌もいろいろある。けどあかねんも陰陽師も、きょうは暦が悪いからお休みいうわけにはいかんやろ。ううん、そういうときこそ大事や。星が悪いから人生やめいうことにはならん。それは逃げよ」

「――逃げ」

「ほしたら負けたことになる。自分で創り出したおばけに負けたことになる」

「でも悪い日って決まってたらどうしようもないじゃない。悪い環境。悪い運勢。悪い――家族」

「なるほど世界には意味がある。方角にも時間にも。陰陽道というのは意味論。世界の物語を読解する象徴哲学にして符号処理学。

なるほどたとえばいま銀天街で本買うて――」

ギンテンガイ？

「――一生懸命読む。誰が読んでも装丁も活字も変わらんよね。一緒の本やもん」

「ほやねえ」

まずい。あたしぞなもしになってる。

「そうよ、それは所与よ。ほやけどなあ。読んで辛《つろ》なるんも楽になるんもメモするんも焼くんも保存用にもう一冊買うんも、それは読者次第」

「読者次第やねえ」

「それは実は星も同じ。相手は所与。解釈する自分が変わるのみ。星が不変の宿業ならそれはそれでええ。でも運命は自分で読み込んで自分で実践するもの。すなわち凶方も凶日もそれを解読する者次第。誰でも自分でするもの。自分でしかできんもの。そして、どこまでも自分で責任を負うもの――陰陽道が妙遠《みようえん》なる象徴哲学、記号哲学にして開拓的実践哲学いう意義は、まさにそこにある。記号や意味いうんは自分で切り獲《と》るもの。それは居場所と同じ」

――居場所。

あたしの、居場所。

ならそれはあたしが決めるの？　だからあたしはここにいるの？

「なるほどあたしが言うたように水里あかねいうんは完全名。最強。けど、そのほんとうの意味はあかねんが独りで選んで独りで創ってゆく――

でぃすいず陰陽道。えくっともわびあん」

「いい話、だね」

「たとえばあかねんがどんなに貧乳でも――」

あたしはあざやかに小娘の下腹部に蹴りを見舞った。江戸っ子は肩から上は勘弁する。

かしゃあん。

ディオールの自転車が悲鳴を上げて倒れた。

「わっなっちょっ何するんいきなり!!」

「**初鰹《はつがつお》キックを喰れえやがれ**」

「は、初鰹キック!?」

「**二十万円出して初鰹。喰ってみろってんでえこの浅草のケコロバシ。てめぇの知恵は貧乳にしか回らねえのかい!!!!**」

「お、落ち着いてあかねん殿中よ殿中!!」

「**てめぇのようなかっぺ占い師のてれすこ野郎に意見されてたまるもんかいっ、大へら棒めっ!!!!**」

「どうしたんよおかしいよあかねんしっかりして!!」

「**濁音が嫌えだからこそ江戸っ子でい。本郷に産湯をつかって。あ。燃料と水たあぞろっぺえ。怪獣出て来て江戸っ子ぜんぶ。踏み潰されたそのときに。果たして国家賠償法。適用されるかされねえか。それと同義な稚児《ちご》難癖《なんくせ》。なるほどこいつぁ羅生門《らしようもん》河岸《が し》の、ケコロのケエたあ、あ、手前がことだア――**」

「意味は解らないけどデビュー当時の誰かへの口撃なので皆まで言うなと介錯をっ!!」

手刀が首に入る感覚。

「はっ」

「傷は浅いわよべべんべん!!」

「はっ」とあたし。何だ、この感覚は？「あれどうしたのコモ引っ繰り返って？」

「あかねんが蹴ったんよ酷いよ!!」

「——嘘よ、あたしそんなことしないもん。でもちょっと記憶が飛ぶんだときどき」

「危ないヒトだったのね」

「だから違うよ。記憶が飛ぶだけで害はないんだよ」

「おおありだよ。少子が執り憑《つ》いたんかと思ったよ。少子はヒトの暗黒面を糧《かて》にするけんね。でも少子の瘴気《しょうき》は感じられんし——あかねん、真物《しんもの》の強化人間だったとは」

「なによそれ」どうしてコモの自転車は倒れてるんだろう。もっと大事にしてあげないと可哀想だ。あたしはよっこいせ、と起こしてあげる。「物を粗末にしたら怒られるよ」

「……小さい頃からちゃきちゃきの江戸っ子なの？」

「変なこと訊くね。そうだねえ——確かに父さんまでは神田に住んでたんだ。ずっと神田明神の氏子《うじこ》で、筋違御門《すじかいごもん》生まれの町火消《まちびけし》だったんだって。その父さんたちが死んでから、兄さんが勝手に吉祥寺にマンションを買っちゃったんだけどね」

　コモがあたしから一定距離を置いてるのが気になった。あれ？　何の話だったっけ。まあいいや。

「——ねえコモ」

「ほら、あかねんの家だよ。それじゃまた遠くないうちにバイバイ」

「まだ訊きたいことあるんだよ。コモはさ、それじゃあさ、あたしの星も読めるの？」

「それはまた吉日を見てということで」

「もっと語ってよ。それとも星の話は口から出任せなの？」

「莫迦にしないでよーあたしの腕《て》は長いのよ!!」

「おさるさんなの？」

「惜し——違う!!!!　少女が生意気な!!!!　調伏《ちょうぶく》するわよ!!!!」

「調伏は嫌だよ」

「じゃあちょっとだけ教えてあげるよあかねんはあたしと同じ歳四月五日金曜日午後二時五分ゼロゼロ秒に生まれとるよね？」

「え!!!!」あたしは絶句した。そこへぼうん、とお尻に何かが当たる。くぅん〜。ばさらちゃんだ。勘弁して。「ど、どうして解るのよ!?」

「違《ちご》とる？」

「合ってる。誕生日はそう。時間もたぶん。でも秒までは」

「甲寅《きのえとら》の歳、己巳《つちのとみ》の月、丙子《ひのえね》の日未《ひつじ》の刻。それはヒトの雄叫びよ」

「すごーいコモ!! NASAのスーパーコンピュータ!!」

「そのたとえはどうかと思うけど——まあそれはさて措いて、あたしひとに会うた瞬間、そのひとの生年月日と時間と場所と、宿曜星案《すくようせいあん》がぱっと瞳《め》に浮かぶんよ」

「スクヨーセーアン? ドーマンセーマンみたいなもの?」

「うーん微妙——いわゆるホロスコープよ」

「ホロスコープって、星占いの?」

「まさしく。あたし陰陽師よ。要はじゃぱにーず星占い師よ。ほやけん、さくっといえばホロスコープ、さくっといわなければ、当該人物の出生時に全ての星がどこに位置していたかっていう、星座と惑星の三次元宇宙モデル。それがパッと映るんよ。便利に生まれとるなああたし。ええ陰陽師や頭首《とうしゅ》やもん。きゅうきゅうにょりつりょうや」

「ぜーんぶ?」

「ぜーんぶ、よ」

「誰でも?」

「いままで、誰でも」

「やばいよそれコモ。カバラだよ、ゼーレだよ」

「ゼ、ゼーレ」

「それであたしの星はどうなのよ？」

「おうちには早よ帰らんと怒られるよ」

「誰もいないわよ」兄さんは夜遅い。「ねえこもぷー。もうちょっとだけ、ね？」

「何がこもぷーよ。陰陽師を脅迫すると冥府魔道《めいふまどう》におちるんよ。イトーヨーカドーとは違うんよ――ほしたらちょっとだけ――

坤《ひつじさる》に海王星が、丁《ひのと》に月と天王星が、乙《きのと》に火星が、艮《うしとら》に金星と土星が入っとるな。癸《みずのと》に太陽、壬《みずのえ》に水星。戌《いぬ》に木星、最後に辛《かのと》に冥王星かあ――天が5地が1人が7。陰陽でいうたら6と7――とてもええよ。うん、やっぱりとてもええ」

「適当いってるんじゃないでしょうね」

「莫迦にすると調伏するよ」

「しなさいよ」

「うう。恵まれとる。ほんとうよ。でも、自分のことも他人のことも気になりすぎる。それができんひともおるから、それも含めて恵まれとるけど、ちょっと荷物積みすぎかな。そんなに気にせんと、ちょっと自分から踏み出したらええんよ。肩のちから脱けて、自分もみんなも楽になるよ」

「――――」

やっぱり。あたしがいるとみんな気詰まりなんだ。それが星にも出てるんだ。

「それに大事なことがふたつ読める。ひとつは――あかねんスポーツやっとるよね、かなり小さい頃から」

え。

「や、やってないよ」

「え!!!! ほんとに!!!!」

「――スポーツって？」

「スポーツはスポーツよ。すぴーくすぽーくすぽーくん、ぱるろぱるりぱるらと違うんよ。走ったり球技したり泳いだり拳に聞かせたりするあれよ。退かぬ媚びぬ顧みぬやつよ」

「それなら全然よ」

「ほんとうにほんとう？」

「パイのパイのパイよ」

「おかしいなあ。三年八月ぶりのおおはずれや。きのう六条御息所《ろくじょうのみやすどころ》といっしょに坊主めくりしたからやろか。あたしは雪月花にしよう言うたんやけどうるさくて。あのおばけひっこいんよ。無視すると式盤《ちょくばん》壊すし。あたし帝陛下のお田んぼ荒らした犯人、そろそろ挙《あ》げんと宮内大臣に大目玉なのに邪魔ばっかして。で、坊主めくり好きだよねあかねん？」

「嫌いよ。それより妙遠なるスクヨーセーアンが大好き」

どーん。

すごい音が聞こえた気がした。

コモが膝を抱えてうずくまってる。

「ど、どうしたのコモ？」

「失格や――」

「え？」

「辞任するわ。もう安倍んとこの和泉に免許皆伝や。あたし打たれ弱いんよ。駄目駄目や。おおバツや。大場つぐみはデスノートや。晴明師《はるあきらし》すんません」

「そんなに気にしないで!!　小さいときは大好きだったのよかるた!!」

「ふーん」

コモは生徒手帳を破って何か書きだした。あたしは叫んだ。

「ばさらちゃん!!」

「わんわん!!」

黄色い縫いぐるみがさっと跳ぶ。あざやかにコモから紙片を奪ってあたしにくれる。くうん、くうんと口で差し出す恭順《きょうじゅん》の姿がなんともいじらしい。

「いっしょにお風呂入ろうね」

「ばさら!!　裏切りもの!!」

叫ぶコモを無視して、ばさらちゃんを撫で撫でしながら書きかけのメモを読んだ。

宮内大臣　島津《しまづ》はしるとら様　辞任します

さがさないでください

陰陽宗家小諸家頭主小諸る

「くうん～」

──メモを破り捨てる。

「あかねん、素人でありながらここまで式を使役するとは」

「なんぞおにのはしらざる」

「くううん、くうん～」

「それで？　大事なことのもうひとつは？　確かもうひとつあったよね？」

「もう辞職するからどうでもええ。バイバイ」

「へーえ。教えないとあたし、はしるとら大臣に密告しちゃうかもしれないなあ。陰陽庁長官の小諸るいかさんはきょう歳刑神《さいぎょうしん》の方角を犯してお魚になってましたって」

「あたしの学費が止まっちゃうじゃない!!」

「帝陛下にもいっちゃうよ」

「解ったわよ、あたしも仕事は大事よ。ええと──間違いない、月と火星が方《ほう》で天頂と木星が六分《りくぶん》。月と太陽が実は引っ繰り返って合《ごう》。

あかねん、ひと、殺したことがあるよね」

「――――――!!」

「驚かんでもええよ。あたし知っとったけん」

「知って、いた――」

「だからあたしたちは出会った。だからあたしはあなたを求めた。それは既に天帝の勅」

「コモ……!?」

「あたしは望むものは必ずこの手に獲《え》る。あなた。兄さん。すべては星の支配のもとに。陰陽のちからを、その瞳《め》に――――――あっ待って!!!!」

がばっ。またからだごと地面になぎ倒される。お母さん助けて。

「ま、また百鬼夜行とか!?」

「ソルシエールで」コモは青ざめてた。「うらなりだんご、買うの忘れた」

第三章　七月八日（前）

I

『七月七日（日）　七夕　快晴

お母さんへ。

天国もこんなに暑いですか。

実予に来てから一週間が経ちました。井の頭公園で最後に泣いてからまだ七日。なんだか悪い嘘みたいです。

羽田空港で、飛行機に乗りたくなくて、やっぱり泣いてて。気がついたらゲートにはあたし独りしかいなくて。トランシーバーを持った空港のおんなのひとが慌てて探しに来て。独りだけ二両つながったバスで運ばれて。いちばん最後の乗客だったみたいで。シートに座らされたときはもう恥ずかしい気持ちとみじめな気持ちでいっぱいでした。みんながあたしをじろじろ見てて。飛行機の半券が何かの呪いのように重くて。

　そしたらスチュワーデスさんが、あたしの肩をそっと叩いてくれて。そしてみかんジュースをくれました。

　おいしかった。

　南の香りがからだいっぱい広がって。

　ここに来てやっぱり解りました。ここにはみかんジュース星人ばかり。いつも甘やかなにおいに包まれています。嫌らしくないくらいに甘酸っぱい。柔らかくて優しい。なんだか落ち着く不思議なにおいです。歩くのもたっぷりたっぷりしてて。それこそ『ぞなもし』な感じです。学校の友達を見ていても、べつに東京の女子高生と全然変わらないのに、学校全体街全体になると、やっぱり『ぞなもし』な感じで、とてもおもしろい。

　きょうは深沢さんと北野さんが住田温泉に連れて行ってくれました。

　おもちゃみたいな路面電車は強い木のにおいがして、きいきいと走ります。終点の駅まで行ったら、その駅も懐かしいおもちゃみたいで、白と緑がとってもメルヘン。ちょうど時間がよかったみたいで、駅前の絡繰《からく》り時計がきんこん、どんどん鳴りながら、坊っちゃんやマドンナを走り回らせていました。でもマドンナって確か実利に敏感な現代的女性だよね。坊っちゃんの感性からいったら天誅を加えなければならないような。いずれにしろここは漱石の街でもあります。たとえ『坊っちゃん』の舞台がここだとは原作中ひと言だって書かれていないとしても。だから漱石をしっかり読み直してみたくなりました。

ぞなぞなした温泉街（ニューシネマパラダイスみたいな花村紅緒《はなむらべにお》みたいな名前の温泉街でしたが、名前忘れちゃった）を越えると、古いお寺や神社みたいな、立派だけどぞなぞなしたテーマパークみたいなお屋敷がありました。住田温泉の『本館』というところだそうです。神隠しが流行ってるってちょっと怖いよね。お風呂はそんなに広い感じじゃなかったけど、お湯はとってもからだによいそうで、聖徳太子《しょうとくたいし》も湯治に来たんだって。それに、帝陛下のお部屋も見学できました。けど――お茶はともかくおだんごが出てきたのは、ちょっと、うーん。

こんど律子を連れてきてあげたいです。

クラスにはどうにか、自然な形で入れました。お母さんがずっといってたように、考えるよりやってみた方が早いってほんとだった。深沢さんや北野さんはもちろん、小西さんや相馬さんと友達になりました。みんな優しくしてくれます。

でもいちばん、うーん、すごいのは、やっぱりコモです。

だって変だもん――』

「変じゃない!!!!」

「きゃ、きゃあ!!　何よコモいきなり!!」

「何書いてんのよー」

「何って日記よ。昨日書くのサボっちゃって——ってひとの日記読まないでよ!!」

おかしいな。教科書と腕で隠しながら書いてたのに。コモの席からは絶対に見えないはずなのに。あたしは唇を尖らせながら、薄い緑のルーズリーフを机にしまった。

……ここ一月、素振りもしてない。

そのことは、お母さんには、どうしても書けなかった。

『負け犬』『駄目駄目』

きのうも日付が変わる頃帰ってきた兄さんにいわれた。あんなになるまで酔っぱらって。莫迦じゃないの。みんなに課長サン課長サンいわれていい気になって。祭り上げられてるのが解らないの。兄さんのこと好きなひとなんてここにひとりもいないよ!!

そしてまた喧嘩になった。

『おまえは家の恥だ』『異動先まで執り憑いて私に恥をかかせるのか』

まともに顔をあわせたらいつもそうだ。だからどろどろしてるあたしは日記に嘘ばかり書くのだ。だって仕方がないよ。日記なんてひとに読まれることを前提に書くものだから（読者を想定してない日記なんて絶対に嘘だよ）本当のことなんて書けるわけないよ。

はふう。

窓から見える海はしかし、きょうもいっそうキラキラしてる。あなたに悩みはないの。

こうやってちょっと遠くから眺めると、薄い、とても薄い水色で、なんだか煙《けぶ》ってる。まるでユザワヤにあるありったけのビーズを撒いたみたいに、光の粒が乱舞してる。水平線までには、いくつかぽこぽこした島や山や、なんていうんだろうか、もこもこっとした緑の岸がまばらに浮き出てる。漱石がターナー島っていったのは、あんな感じの岩礁なのかしら。岩肌が見えるのもあるけど、ぎすぎすした厳しい感じのはひとつもない。横にのっぺらと長い島や岸を、やっぱり横にのっぺらと流れる雲がぷかぷかと飾ってる。てっぺんが決めにくい、ぬぼっとした島のいちばん高いところには、電波塔みたいな、送電塔みたいな三角錐《すい》がちょこんと載ってる。

「ねえねえあかね、おべんと食べよ!!」

「海行って食べよ!!」

お手洗いや化学室の掃除をしてた深沢さんと北野さんが帰ってくる。きょうは進路指導だから、午前中の授業が終わったら掃除で放課後だ。英作文の授業は意外なほどレベルが高くてびっくり。

「ほらコモも!!」深沢さんがコモのお尻を叩く。

「海はもう飽きたよー」

コモが逃げる。北野さんがスカートをがっちり摘んで捕らえる。

「そんなことやから、カケラも灯台見えんのよ」

「見えんでええよー。それに、あたしみたいな都会のひとにとったらUVと潮風がいちばんいかんのよー」

「都会のひとが聞いて呆れます。そんな実予弁全開の都会人はおりませんー」

「おりませんー」都会のひと、都会のひとと深沢さんが爆笑する。「ほらコモあかね待っとるよ。自転車自転車!!」

あたしたちはますます元気な太陽のしたへ自転車を漕ぎ出した。あっというまに見えてくる台形の堤防。そのうえに座る。じりじりと夏が熱かった。そしてあざやかな波、どこまでも、どこまでも!!

「あかね、その自転車買うたんか?」深沢さんが意外に小さなお弁当箱を開ける。

「うん。市内も自転車でまわりたいから」

「小さな街やけん、すぐ覚えられるよ」

「ほうよほうよ」

「――北野さんのおべんと、おっきいね!!」

「夕子や。ええ加減夕子呼んでくれんかったらいじめるよ」

「夕子はな、大きなお弁当作るの癖になっとるんよ」

「癖?」

「三年の長野先輩とな」

「楓!!」

「ずっとつきおうとったけん。らぶらぶ弁当毎日つくっとったんよ、なー夕子?」

「そんなん知らん。あたし燃費が悪いけん、いっぱい食べんといかんのよ。それだけよ」

北野さんは確か二限が終わってすぐ購買でパンをいくつも買ってた。深沢さんの話だと、吹奏楽部が終わった後は必ずもだん焼きをふたつ食べていくそうだ。うらやましい。あたしなんか気を抜くとすぐ体重計の目盛りを小細工してしまうのに。

「深沢さんはあんまり食べないね?」

「楓はこんな顔のくせに胃弱いんよ」

「何やのそのいい方。むかつくわー」深沢さんは恨めしそうにかっぱ巻きを放り込んだ。「だいたい夕子は食べ過ぎ。あれ夕子違うの、調理部からおといケーキ用のシュガーパウダー五キロも盗んだの。とうとうそこまで堕ちたか」

「ああ、調理部の美里《みさと》めっちゃ激怒しとったあれなあ。けど、あたしもさすがに生の砂糖そのまま囓《かじ》るほど飢えてないよ」

「あたしは胃弱くらいでちょうどええんや。食べ過ぎてもうたら動き悪なるけん。走れんようになる」

「部活とかで？」とあたし。

「楓はなあ」と北野さん。「こんな顔のくせして実予南のナンバーワン・シューターなんよ。『スリーポイントの深沢』いうたら、四国でも結構有名なんよ」

「すりーぽいんと？」

「バスケ」と深沢さん。「うちバスケ部やけん。新聞部にも雇われとるけどな。でも夕子、話膨《ふく》らませたらいかん。実予南のエースは香西《こうざい》先輩や。全国出とるけん日本中の強豪が知っとる。実予南の香西礼子《れいこ》。二十得点のおんないうてな、ＭＶＰや」

「でもその跡《あと》継げるんは楓しかおらんて、その香西先輩もいうとったよ」と北野さん。「こないだマヨネーズキムチ玉食べながら先輩いうとった」

「へーすごーい深沢さんかっこいーい!!」

「あかねはまだ部活決めてないよね？」北野さんが首を傾げる。「前の学校では何やっとったん？」

「あ――何も――ていうか、大したこと何もやってないから。長続きしなくて」

「ほうやったらあたしらと普門館《ふもんかん》行かん？」北野さんが一枚の写真を見せてくれる。

「これ、うちら去年普門館――全国大会に行ったときの写真なんよ」

「あかね、たいがいたいがいに聞いとき。夕子は自慢話得意科目やけん」

「楓は黙っといて」

「これが北野さんだよね」とあたし。いいなあ。迷いがないよ。「サックスだね」

「ほうよ」

「このおとこのこ達は？　実予南の子？　でも校章が全然違うよね？」

「これは全然違う学校の子」北野さんがちょっと夢見るような瞳になった。「勁草館《けいそうかん》いうてな、東海大会でダメ金やったとこ。せやから聴きにだけ来とったんよ。この顧問の先生素敵や思わん？」

「ちょっと危ないおとこのにおいがするよ」

「この世界ではちょっとした有名人なんよ。あたしサインもらってもうた。あたしらと同じ『フェスティヴァル・ヴァリエイションズ』っちゅう曲で絶対全国に来るはずやったんやけどなあ。このホルンのおとこが」北野さんは写真を弾いた。両親たるコアラとパンダの因果が子に報いたようなえげつなくおもしろい顔をしたおとこのこのところだ。「東海大会でガタガタに崩れたらしい。自信がないんやったら『フェスティヴァル・ヴァリエイションズ』なんかでホルン1st.やるなっちゅうねん。ほやけど、こっちのおとこのこはええおとこやろ？　テューバやっとる柏木《かしわぎ》っちゅう子。実はあたし文通しとるんよ。メールと違うところがミソよ」

「あっ確かに格好いいね。ていうかこのコアラパンダ君がおかしすぎるんだよ顔」

「あかねにもこの顧問の先生と柏木君紹介してあげるよ。ほやけん一緒に普門館行こ？」

「甘いな!!」コモが納豆を唇から絡《から》めとりながらいった。納豆？「ほやからあんたらは世界の都合いうもんを洞察できんのよ。当該柏木先輩とコアラ先輩を量定してみなさいよ。どちらが人類以降の世界の救世主となるかは既に一瞥《いちべつ》して明らかといわねばならない。世界の帰趨《きすう》はきっと彼の手に委ねられているのよ、俗物が!!　排除すべきだ!!」

「コモは悪食《あくじき》やけん。でもよう柏木君が先輩いうんが分かったなあ」と北野さん。

「ふふふ。陰陽のちからをおそれよ」

「それはもうええけどコモ、きょうは練習サボらんといてよ!!」

「コモも吹奏楽なの？」

「あたしは陰陽部よ。あかね、あたしと来い」

「そんなもんありませんー」と北野さん。「そういえば柏木君にコモの話したら俄然《がぜん》興味持っとったよ？」

「興味？」

「『知り合いにちょっと似ています。今度是非《ぜひ》紹介してください』ゆうて」

「写真でも送ってくれたん？」とコモ。

「そこまでは」と北野さん。「コモは顔だけはええけん、横獲りされてしまう」

「顔だけはなー」と深沢さん。

「なー」と北野さん。

「おまえたちは‼︎」コモはしかし避けるように話題を転じて。「あ、空母や」

「クウボ？」海へ視線が収束する。

「灰色の点やん」と北野さん。「あれ軍艦なん？」

「ほうよ。あれは三河型空母二番艦」コモは楽しそうに。「『駿河《するが》』。呉《くれ》へゆくところ」

「コモは軍艦フェチなん？」初耳や、と深沢さん。

「あたしあれに用事あるけん」

きっと素敵。

そういうとコモは、とっととお弁当に専念してしまう。

あたしたちはよく解らないまま水際《みぎわ》に意識をもどした。

「でも、おかしいなあ」と深沢さん。

「何がよ？」と北野さん。

「あかねのことや」

「え？」とあたし。

「ほらチュウドウがな」深沢さんが首を傾げた。「あかねのこと、めっちゃ楽しみに待っとったんよ。腕がむずむずするいうて。わしも教わりたい、教わりたい言うとった」

「大村先生が？」わしも教わりたい？　あんな軍人さんの体育会系最上級みたいなひとに、あたしが教えられるようなことは何もないはず。あたしが教えてあげることができるのは弥助《やすけ》と蕎麦の食べ方くらいだよ。「あたしに？」

「ほうよ。ほやけんあたしら、あかねは陸上部のエースや思とったんよ。チュウドウは陸上部の顧問やけん。本人が実予南で生徒しとったときもすっごい実績残しとる、叩き上げのアスリートなんよ。まあ走り莫迦やけどな」

「ででもあたしマラソンはいつもドベだよ。ハードル倒さずに跳べたこともないし。ベリーロールなんて怖くてできないわ」

「ほしたら帰宅部やったん？」

「うーん」あたしは必死に言葉を探した。「まあそんな感じ」

「東京は色々しんどいから、遊んどる暇ないんよ楓」

「ほうやなーあかねジョガクインやもんなージョガクインやで夕子。ほしたらもう、勉強だけでしんどい思うわ」

「全然よ」とあたし。「全然ぱっとしなくて。いつも兄さんに怒られてた。どうやったらこんなアヒルの軍艦マーチみたいな通知表もらえるのか教えてくれって」

「でもあたしらが言うんもなんやけど実予南に転入してくるんはすごいよー」北野さんが怖いほどの青空を仰ぐ。「ここばりばりの進学校やけん、実予大なんか当然、東京帝大京都帝大行ってなんぼ、みたいな。あたし高校受験の時、実予南に合格したら一生結婚できんでもええですけん合格させてください、楓の分ひとり蹴落としてでもあたしの枠空けてください——いうて丑《うし》の刻参りまでしたんよ」

「えっ夕子、それは初耳や!!」深沢さんが跳び上がる。「ひどいおんなや。魔女や。マドンナや。藤尾《ふじお》や。里見美禰子《さとみみねこ》や」

「何とでもいうて。ほやけん合格発表の時自分の番号出とってほんまに嬉しかったんよー。人間ほんまに嬉しいときはひと殴ってしまうこと、よう解ったわー」

「彼氏殴ったらいかん」と深沢さん。「ほやけん、こないだも市電に轢かれそうになるんよ。どうやったらあのノロマな市電に轢かれそうになるん。今でもほんまよう解らんわ。そんなひと明治以来おりません」

「ほやからいうとるやん、一生分の運使ってもうたって」と北野さん。「でもなあ、じっくり考えてみたらそれが転落人生の始まりよー。聞くも涙語るも涙の物語よー」

どーん。

北野さんは膝を抱えてしまった。堤防はじりじり灼けてる。でもこの制服涼しいよ。よくできてる。

「す、すごい話になってきたね」

「いつものことよー」と深沢さん。「聞き流しとけばええ。北野夕子の生涯は、ザイゼンゴローやマンピョウテッペーやいういつもの話。まあ、夕子は坊っちゃん文学賞狙《ねろ》とる文学少女やけんね」

「ふふふ」と北野さん。瞳《め》が危ないよ。「あたしなんかどうせ結婚できんけん、華麗なる転身を狙《ねろ》とるんよ。女流文学やったるでー、だって漱石の街やもん。なあなあ、あかね、もうゆうたっけあの話」

「あちゃー、またでたよ夕子の『あの話』。あかね、三日に一回はあるから放っとき」

「何の話？」

「よう訊いてくれたなあ」

「あかねが訊いたわけやない」

「楓は黙っといて。ほら、清少納言《せいしょうなごん》っておるやんか」

「いるね」

「晩年むっちゃ貧乏してな、ほら御主人様やった皇后様が――」

「――皇后定子《ていし》ね？」

「あれっ、あかねよう知っとるなあ」

「ごめん」やばかった。「続けて」

「その定子がな、まあ定子一族やけど、藤原道長《ふじわらのみちなが》が仕掛けてきた苛烈な権力闘争に負けて、お飾りの皇后にされてもーて、ほんまの皇后は中宮彰子《しょうし》にとられてもーて。定子が生んだ皇子も皇太子にすらさせてもらえんかったんよ。皇后の奥さんの第一皇子が皇太子になれんかったなんて史上初よ。ほんなこんなでいびり倒されて尼にされて、とうとうぽっくり亡くなってしもたんよ」

「そうだね——じゃない、へーえ」

「権力闘争は、いつも悲惨しか残さんなー」と深沢さん。「兵《つわもの》どもがハトマートや」

「フジグランやなー」と北野さんが解らないことをいう。「ほんでな、御主人様が没落してもうたから当然清少納言も貧乏くじや。しゃーないから、乳母の子に舟出してもろて引っ越ししようとしたんやけど、その舟が案の定漂流してな。ちょっと文学的には芸がないなあ。それがまあ漂流して、たどり着いたんが何と実予観光港なんよ」

「平安時代に実予観光港はないやろー」

「話の流れやんかー。ほんで清少納言はな、草ぼうぼうのお化け寺に棲んで、種田山頭火《たねださんとうか》とクリーニング屋始めたんや」

「ク、クリーニング屋」山頭火は絶対嘘。

「ほやから当然恨み節になるわなー。『くっそー道長、調伏願いしたるでー。あたしを誰や思とるん、セレブーでジャーナリストな清少納言やでー。それがなんで洗濯やの。絶対這《は》い上がってもう一発当てたるでー。そんとき泣いても知らんぞ道長ぁ。そもそも目ぇ掛けてやったのあたしやがな裏切者《もん》。はぁ？　紫式部？　鰯《いわし》ぼりぼり食うとるぽっと出やないかい』とかなんとかいいながら、白髪ぼさぼさ頭で洗濯板こすっとったんよ。ちなみに髪質はかなり悪かったとか」

「へーえ!!　全然知らなかった」

「清少納言はそんな実予ことば話さんかったよー」と深沢さん。

「話の流れやんかー。ええと、話どこまで行ったんやったっけ。そうそう、クリーニング屋の話や。まあ、商売そこそこ繁盛やったんやけど、それもあってか、とても宮中の女房やっとったとは思えん飄零《うらぶれ》ぶりでな。ほしたらある日、その実予のクリーニング屋強盗に襲撃されて、おとこや思われて刀でぶっすり殺されそうになったとき」

「なったとき？」

「……やっぱやめとくわー。ちょっと下ネタやけん」

「それはひどいよ北野さん」

「まあ夕子はな」と深沢さん。「要は、実予は文学の街やいうことが言いたいだけやけん。ほやったら一秒掛からんのに、いっつもいっつもクリーニング屋お化けの話聴かされたらかなわんよ」

「漱石に子規。司馬遼太郎に清少納言。そこに北野夕子が加わるんも遠くない未来よ」

「漱石や司馬遼太郎は実予のこと書いとるだけよ。実予のひと違うんよ」

「ほやから。いちど訪ねたが最後べったり好きになる。もう永劫に抜け出せん。それが実予の怖ろしさ、恐怖のぞなぞなパワーよ。あかねももうぞなぞなから解放される術《すべ》はないんよ」

「ぞなぞなはちょっと怖いかも」

「まったりしとるけんね」と深沢さん。

「まったりしとるけん」と北野さん。「ぞなもしに染めてと君がゆうたけん、七月一日は、あかねのぞなぞなバースデー」

「ええことというた夕子。ほうよほうよ。あかねのぞなぞなバースデー」

「ぞ、ぞなぞなバースデー」それは絶対嫌。「で、でも転落人生の話じゃなかった？」

「ほうや夕子、話が見えんよ？」

「それをいま言うとこやったんよ」と北野さん。「ほんなこんなであたし、文学者になりたいんよ。あたし好きな先生《せんせ》おるから、先生大阪城の近くに住んどるんやけど、その先生んとこに書生で雇ってもらお思とるんよ。やっぱ出るなら大阪や。ヒルトンホテルや。あってもあそこのカフェ禁煙になったけん、グランヴィア大阪のバアかも。先生煙草ないと死んでまうけんね」

「何て先生なの？」

「ちょっといえんわ。内緒よ」

「外国人みたいな、皇族さまみたいなすごい名前やったな」と深沢さん。「確か生田もはまっとる」

「楓は黙っといて。

　ほうよ、ちょうど去年の今頃よ。先生、ファンレターの返事くれたんよ。ええ機会やけん押し掛けたろ思て、荷物まとめて家出したんはよかったんやけど……市駅の空港バス乗り場で捕獲されてしもた。親めっちゃ激怒してな。ぼこぼこにやられた」

「夕子あのとき、顔の形変わっとったもんなー」

「洒落にならん」北野さんはデザートのだんごを数本まとめて口に放り込んだ。深沢さんがそれを本能的な恐怖の瞳で見てる。「ほんで、『言うにこと欠いて小説家なんて博打《ばくち》打ちの成れの果てみたいなもんや』『おまえは北野の家に泥塗る気か』いうて、土蔵に一週間も軟禁された。玉簾《たますだれ》ちゃうんよ。あれはまいったよ」

「な、軟禁」そもそも土蔵があるのね。味噌蔵かしら。

「夕子の家は厳しいけんねー」深沢さんがすこんぶを嚙み締めた。「おうち弁護士なんよー。実予の名士や、実予南のＯＢで、学校にもいろいろ寄付とかしとるんよ」

「へーすごーい北野さん!!」

「凄いも何も、ええ迷惑よ」やっぱりマドンナだんごは甘過ぎると北野さんが顔をしかめる。「おまえは東京帝大行って在学中に文官高等試験の司法科と外交科受かるんぞいうて。幼稚園の頃から言われとる。あほや。ほんまもんのあほようちの親。とうだいとうだいって佐太岬《さだみさき》ちゃうんよ。赤ん坊や幼稚園児に東大東大いう莫迦親なんて実予で聞いたことないわ。町内でも笑われとるんに気付かんと、ほんまに莫迦父や。あたしはそういう人生は送りとない」

「心配せんでも夕子には無理や」と深沢さん。「実予大の法学部かて天地が引っ繰り返っても無理や」

「こっちから願い下げよー」と北野さん。

「なあコモ」深沢さんがまじまじと訊く。そういえばコモがいた。「夕子は弁護士に向いとるん?」

「はふふりや」

コモの口は一杯だ。何だか唇がどす黒い。何を食べてるのか。

「はあ?」

「はふ、ふりやねー」まず無理なのか。「へいほうへいと、ごくん、もとい、冥王星と羅睺《らごう》、火星と木星で大十文字やもん。なるなら革命家がええね――」

ラゴウ？

「──ほうよ、カクメイカよ。人民のために起ち上がるんよ夕子」

「何やよう解らんけど」

「あ」

　──そのとき、あたしは眼を疑った。

　というのも、コモのお弁当箱がふわりと浮かんだからだ。風？　ううん。海風はあたしたちの方に吹いてる。海に向かってお弁当箱がぽわぽわ持っていかれるなんて、バーナムの森がダンシネインにやって来たってあり得ないよ。

「あ、待って、待ってよあたしのシュールストレミングキャビアリゾット」

　お弁当箱はマリオネットのごとくスモーキーにそらと戯れて、どんどん水際に流れてゆく。

「何でよ──うげら!!」

　ぼこん。

　すると砂浜がきれいに陥没してコモを躯ごと呑み込んだ。薄墨色のスカートがぱっと咲く。満開に咲く。あたしは駆け出そうとした。

「コモ!!」

「あかね、大丈夫や」深沢さんが北野さんの食後のオムライスをちょこっと摘《つま》みながらいった。「いつものことやけん」

「いつものこと？」

「ぶはっ、ごほっ」

……罰ゲームのパイのような砂まみれのコモが這い上がってきたのは、それでも十五分後のことだった。

「ちくしょう御息所《みやすどころ》、あたしに大将軍を犯させるとは――だいたいあたしお弁当じゃなくって学食派なんよ。毎日学食でたぬきうどん食べんかったら死んでしまうんよ。何でたぬきうどんだけが二週間もつくれんのよ!?」

「学食のおばさん三週間いうとったよ」と深沢さん。

「きつねうどんなら食べられるやんか」と北野さん。「卵とじもざるそばも」

「あたしは先天的天かす欠乏症なのよ!!」とコモ。「ちくしょうこれも御息所の陰謀か」

「ええなあコモは。友達ぎょうさんおって」

「ええなあコモ」

「おまえたちは!!!!」

砂浜にばったり寝込んでしまったコモ。海は生き物のたくましい緑色だった。

II

「ほしたらあたし、これから進路指導やけん」と北野さん。「チュウドウんとこ」

「ほうやった、進路指導のこと忘れとった」と深沢さん。「あたしも四時ちょっと前からや――バスケやめて勉学に専念しますなんて嘘よう言わん。まあチュウドウ方でも期待してないやろけど。サボったろかな？」

「あっそういえば楓、後で数学のノート借りに楓んち行ってもええ？」

「ああ、話しとったあれな。ええよ。

あたしきょうシュート一万本やけん、その後なら」

「一万本は嘘やろ」

「実は嘘。でも礼子先輩と勝負するんはホントよ」

「なら九時頃行くけん」

「りょーかい」

「じゃあ夜になー。あかね、またなー」

　北野さんが自転車を思いっ切り蹴る。銀色がまぶしい。いきおいよく渚のカーブを曲がると、彼女はあっというまに見えなくなった。古い木の街角を、深沢さんとあたしとコモとでテクテク自転車を押してゆく。

おもしろい。

昭和レトロ。

ちょっと怖くもあるまるでこれはタイムトラベルだ。『フランスベッド』。『オロナミンC』。『森永ミルクキャラメル』。極めつきは『公衆電話』だ。見たことのない看板ばっかり。『ユカむらさき』って何だろう?

――ふと自分に戻ると、道の果てが陽炎に霞んでる。それは幻視だった。

「あかねとコモもあるんか? 進路指導」

「何いうとるん。あるよ。あたしは東京帝大の天文学部に特待入試やけん」

「天文学部も特待入試も聞いたことないわ」深沢さんが完全に笑い倒す。「だいいちコモが東大行けるならあたしはハーバードで教授ができる――あかねはさすがにないやろ? 進路指導」

「ない――はずだったんだけど、でも呼び出されてる」

「チュウドウに?」

「うん。四時だって」

「ほうか。あたしで最後や言うとったからその後やな。でも転校したてで進路指導も何もないやろー。何考えとるんやチュウドウ」

「あ、そうだ深沢さん」あたしはかねてからの疑問をやっと訊いた。みんな喋り過ぎだよ。「どうして大村先生のことチュウドウっていうの？」

「どうしても後《のち》シテもないよ。名前を音読みしとるだけ」

「大村、チュウドウ――」

なんだろう。あたしはその名前を知ってる。確実に。でも解らない。それが誰なのか。

「あかね、気ぃつけた方がええ」

「ど、どうして？」

「あかね可愛いけん」

「あたしが？」

そんなこといわれたの、特に友達からは、初めてだ。深沢さんが突然あたしの両頬をぐっと挟む。

「ほうよ、あかねよ!!

ただなあ、もうちょっと、こうやって、眼ぇ下げて笑《わろ》たら最高や!!」

「ほうやなあ。もちろん太白星《たいはくせい》の申し子たるあたしには完全に負けとるけどね」とコモ。「あかねんもまあまあよ。笑たら男子には困らんよ」

「あたしもコモも、ええおとこに縁、ないけんねー」

「俗物があたしに!!」

コモは激怒したが、深沢さんは全然斟酌《しんしゃく》しなかった。

「じゃああたし体育館やけん。あかね、チュウドウには警戒するんよ」

困ったことがあったらすぐあたしにいうんよ。靴箱のラブレターも報告するんよ。

真面目にいった深沢さんがちょっとおかしかった。

「う、うん深沢さん。じゃあした」

「またなー」

振り返るとコモはいなかった。

靴箱のなかにはまだラブレターはなかった。けど進路指導はかなり恐怖になった。

Ⅲ

2－8前の廊下には椅子だけが五脚並べてあった。窓際で寂しい。あたし以外誰もいない。あれは吹奏楽だろうか、楽器の大音量がここまで響いてる。どこからか、あはははは、と跳ねるような声も。学校はどこも同じだ。

お母さんの時計を見る。三時三十五分。

ちょっと校舎で迷子になってたけど、それでも早過ぎる。莫迦莫迦。気の小さいあたしの莫迦。人生早送りと待ち時間で絶対損してるよ。律子もいってた。おんなは待たせてなんぼだって。でも『なんぼ』って律子、確か秋田の子だよね——

仕方がないので新しい生徒手帳をぱらぱら見る。あたしの『ちゃんと質問しなきゃいけないリスト』は既に不気味な単語で溢《あふ》れてた。テツカーサイ。アリマスル。ラフォーレ。ギンテンガイ。ちなみにアリマスルのアにはアクセントが附してある。発音も大事なのだ。

——おう水里。

「はいぃ!!」

びくんと自動人形のように起立するあたし。でもチュウドウ先生は教室の扉も開けない。オウミナザト。ドスの利いた軍人声だけが、金管楽器の怒号のなか、どうにか無人の三階廊下に響きわたった。

——ええぞ、入れや。

「はい、失礼します」

からり。

景気悪く戸を滑らせたあたしは絶句した。

「————————!?」

眼前の展開がまったく理解できない。

「何しとるんぞ。座れや」

「は、はい」

「勝負じゃけんの。ほんこじゃ。負けられん」

「しょ、勝負――」

解った。

難破したあたしのこれが終着地。用意されたあたしが特別の御馳走《ごちそう》。このひとはとうとうあたしを絶望の淵のその底で嬲《なぶ》り尽くすつもりなのだ。あたしの尊厳の蠟燭《ろうそく》はここに空しく末期《まつご》の喘《あえ》ぎをたててこのひとをひたすらに喜悦させるだけなのだ。ひと殺しの終末に顎《あぎと》を開くこれが淫猥な宴《うたげ》なのだ。ストレイシープ。ヘリオトロープ。夕ーナー島。彷徨《ほうこう》して、苦悶して、理性を失い狂踏《きょうとう》することだけがこのひとの御意《ぎょい》に適うのだ。今日を境にあたしの幸福な五年後はもうないのだ。梟《ふくろう》の墓穴で鳶《とび》に棺桶を担がれた哀しみのあたしが贄《にえ》なのだ。ジャック・スプラットの脂身なのだ。夕暮れの喫茶店なのだ。何て悪戯なひとなの。ひと殺しを溺《おぼ》れさせようとするなんて。旅路の果てに陵虐《りょうぎゃく》を知るべきこれが実香ちゃんへの贖罪《しょくざい》なのね。さあ犯しなさい好きなだけ。いまはそれだけが望み、どこまでも汚穢《おわい》な緋文字のそれが舞台だから――

「どうしたんぞ？」

「もう駄目――」

「はあ？」

そこには畳が敷いてあった。机は掃除のときのようにすべて後ろに片付けられてる。畳といってもくるくる巻く可搬式のものだが、底意地のようにぴんと張ってあった。縁《へり》は紅梅や桜色が綺麗な繧繝縁《うんげんべり》、すなわち最高級品である。ひさしぶりに見た。

チュウドウ先生は弓道のごとく袴《はかま》。

袴――

黒筒袖《そで》に黒袴。それぞれあざやかにぱりっとしてて平安の雅《みやび》。けれど。どうして黒なのよ。それじゃ公家のふりした忍者だよ。黒筒袖なんて初めて見た。腰板までドスが利いてる。

知っているのだ。陸上にしては、衣装が――こんなプレイ――

あたしのことを、確実に、知っているのだ。必死に逃げてきたここまで追い掛けて来るとは。こうまでしてまさか袴プレイフェチなどという救済話や執行猶予はあり得まい。この道はそんななまやさしいものではないのだ。

窓際にいかめしくしつらえた教卓の上には、黒光りする楕円形のミニコンポが置いてあった。そうだ。

準備、万端なのだ。

「お願いします」先生が座礼する。どうしようもなく奇矯《ききょう》な沈黙の後、先生は畳み掛けた。「何しとるんじゃ。はよ並べえよ。それとも相手が不足か？」

「——し、進路指導は。深沢さんは」

「あん莫迦娘《ばか》、すっぽかすゆうて宣言していきよった。後で蹴《け》つり倒してやるわい。まあええ。わしの狙いは端《はな》からおまえぎりじゃけんのお」

「こ、これは何の真似ですか。ひとを呼びますよ」

「誰も要らん。真剣勝負じゃ、いうたはずじゃ——ふふふ」大村先生の瞳は狂気の焔《ほむら》にぎらぎらと征服されている。その真紅はどこまでも魔性だった。「わし、おまえ待っとったんぞ。この二週間よう眠られんかった。水里あかね、いうたら」

「やめて——それだけは——先生、もし教育者ならば——許して——助けて」

「い、い、名人じゃ」

ああ。

「帝陛下勅許《ちょっきょ》の名人じゃ。十四のとき名人襲名。化け物《もん》ぞ。わしもこの道密《ひそ》かに十七年、おまえが生まれる前からひとに知られず精進を重ねてきた。ここで会うたが盲亀《もうき》の浮木《ふぼく》、優曇華《うどんげ》の花待ちえたる今日ただいま名人を倒し、我が修羅道の一里塚にしてくれよう。『四国のバロン実予』いうても今を時めく名人には解らんか?」

「バ、バロン実予——あなたが」

そうだ。

知ってるはずだ。実力制第七代名人、大村忠道《ただみち》——バロン実予。

「名人位は奪われて久しいが、痩せても枯れても永世歌将《かしょう》の大村忠道。おまえとここでこうして勝負できるんは最っ高の名誉じゃ。第十代名人『桜札の水里』――水里あかねよ、手加減一切無用ぞ。ええか。わしもおとこ懸けとるけんの」

「ちょ、ちょ、ちょっと待ってください!!　あたしは、あたしはもう」

駄目だ。

全然聞いてない。

指を払ったり何かを指したり数えたり、瞳を閉じて詠唱したりしてる。いきなり全開か。

「それで、そうだ、そうです、あたしの進路指導は」

「はあ？　そんなんいらん」

「そんな出鱈目《でたらめ》な」

お母さん助けて。変なひとばっかり。吉祥寺に帰して。

……でもとても堪忍してくれそうにないよ。

仕方が、ないのか。あたしのこれが業《ごう》なのか。どこまでも執り憑いたそれが修羅なのか。

――札に触れる。

何か月ぶりだろう。

まさかこんなかたちで。

こんなかたちでかるたに再会するなんて。

落ち着いた緑色。

誓ったのに。あたしもうかるたなんか一生しないって誓ったのに。どうして逃げてきたその果てで待ってるの。これは何かの嫌がらせなの。復讐なの。あんなふうに実香ちゃんを葬ったあたしへのこれが意趣返しなの。

「——できません——あたしにはかるたができません——できません——」

「何じゃ、わしごときでは真面目に勝負できん言うんか。小便臭い貧乳小娘がほざきよる」

しゃらくさい腰板に痛撃をお見舞いする。江戸っ子は肩から上は堪忍するのだ。

「うお痛!! 何すんぞいきなり!!」

「**わっちの吸付け煙管《キセル》を喰らいやがれ**」

「お、おまえ、高校生が煙管だと——」

「**バロン実予だかサロンエロだか昨日の味噌だか。ハロ—ハロ—ミスタ—モンキ—だかうわああなた見てハロン湾が見渡す限りあたしたちのものよだか何だか知らねえが。傍若無人な名前《なめえ》つけやがって。このドサンピン!!**」

「ど、ドサンピン!?」

「真剣勝負？　冗談いっちゃいけねェや、こちとらかるたでもって恥掻いたことのねえお姉《ねえ》さんだ。狸の仲間が関の山。へちま面《づら》の癖して。堅気な名人に屁ェぶっこくような真似しやがって。もう生かしちゃおけねえ。おんなは一匹取換《いっぴきどっけ》え。おう、やっちまうよッ、やっちまってもいいんだねッ。あたぼうよッ。名人はあかねさんあかねさんは名人、ぱっぱよかちょろ――」

――鳩尾《みぞおち》に痛撃。


「はっ」

「しっかりせえと抱き起こし、べべん!!　痛《いた》た、痛たた――」

「はっ」あたし。また記憶が飛んでる。何だ、これは幻覚か？「大村先生どうしたんですか――腰痛!?　これは火傷!?　きゅ、救急箱!!　保健の先生呼んできます!!」

「か、かまん、かまんのよ」大村先生は脅えたような翳《かげ》りを瞳に浮かべていたが、すぐに威儀を正した。「いずれにせよ勝負じゃ。あかねさん、ここまで来て後には退かせませんよ」

「――なるほど」

何だろう、この胸を焦がす怒りの衝動は。大村先生をどうしても膺懲《ようちょう》しなければ私の存在論的基盤が危殆《きたい》に瀕するという、この勝負への尋常ならざる闘争心は。大村先生は魔法でも使ったのだろうか。かるたを自ら封印したあたしは、このおとこを徹底的に屈服させローファーの裏を舌もて浄めさせなければ済まないまでに、激烈な戦意を躯じゅうにほとばしらせていた。

「お相手、仕りましょう」

八十七センチ×三段の自陣。あたしはゆっくりと畳の上にそれを構築する。そうだ。これがかるたとりの宿業、畳の上の闘技場《コロッセオ》。いずれかが栄光を摑みいずれかが奴《ぬ》僕《ぼく》に堕ちる一札先は地獄のこれが修羅《しゅら》長夜《じょうや》なのだ。大村先生は指で虚空に呪言を刻むような儀式を終えると、十五分前じゃと告げあたしの陣形の暗記に入った。短髪のしたの瞳がぎらっと光る。

野生の、おとこ。

ざぱあ。ざぱあ。

海が咆哮する。そしてあたしの魂が震えた。二分前。ふたりの素振りが空を斬る。

そして。

「お願い、します」

おう。

大村先生は刹那《せつな》の間も惜しそうにミニコンポの再生ボタンを押した。吹奏楽に負けないように最大音量。ＣＤがきゅっと哭く。そしてあたしたちの死闘の幕をあざやかに切り落とす、序歌。

難波津にぃし、咲くやーこの花ー、冬籠もーりぃし、
今ぁをー春辺とぉし、咲くやこのー、はなぁー
今ぁをー春辺とぉし、咲くやこのー、はなぁー
ふたりの膝《ひざ》が静の磁縛《じばく》のなかでずんと鳴る。触れそうに突き出される頭。

その一秒!!

『うか――』

ぱあん!!!!

あたしの髪が舞う。

教室の窓に、緑と白の札が当たって。

一拍。

とん、とん、とんとん――

あたしの視線の先で、札は軽く回転しつつぱたりと倒れた。極限まで接地した頭を戻しながら大村先生が札を拾う。

『――はげしーかれとはー、いのらぬーものーをー』

おとこだ。

本気の、おとこ。

アドレナリンのにおい。

ふたりの瞳が一瞬だけ衝突した。

一秒の静。

『し——』

ぱあん!!!! ぱあん!!!!

不可視の鞭が眼前でしなる。

制服の二本のネクタイが。あたしのネクタイが左右にぱたぱたとはためいて。

——海だ。

日本海の海が見える。先生の背からどうどうと逆巻く日本海が見える。

そして左右に飛び散った札。

『——ものやーおもうとー、ひとのとうーまでー』

兼盛《かねもり》の札は先生の陣をきれいに越えてた。まして。『つらぬきとめぬたまそちりける』。いまひとつの文屋朝康《ふんやのあさやす》の札も、反対側の競技線を二センチ越えてる。これがバロン実予。

「こんなものか名人」

ふっ。

嘲弄。

……あたしは自分の髪が逆立つのを感じた。

「畳み掛ける」そのおとこ。

「面白い」あたしが嘲《わら》い返した、そのとき――。

――ブツッ。

え？

しかし唐突にラジカセは断線してしまった。うんともすんともいわない。

「何ぞー」とおとこ。

「停電か。興醒めだな」とあたし。そして被せるように四時の鐘。

灯《つ》けてあった教室の蛍光灯もすべて消えてる。もちろん夏の日差しは何の支障もないほど灼熱の恵みを注いでるけど、読み手がいなくなってしまっては勝負にならない。

「吟者《ぎんじゃ》を用意するのだな。このままでは終わらせんぞ」

「このバロン実予の熱情をみくびるな」とおとこ。懐からぼとぼとと充分に過ぎる乾電池を零す。「いわれんでも首と名人位は頂戴する」

「過分なる傲岸は、身を滅ぼすだけだよ」

るるる。きぃぃぃ――

ミニコンポは、激流となった闘気におののくがごとく哀れを奏《かな》でた。

次の刹那。

『はな――』

ばしゅう!!!!

無数の腕が乱舞する。

「うっ!!」あたし。

「甘い――」そのおとこ。

こん。

とん。

天井で跳ね返った緑の札が、一拍置いて突き上げた先生の右手にすっと収まった。

さらに一拍置いて落ちるあたしのバレッタ。

そして激流が鎌首《かまくび》を収める。

「――バロン実予の、これが『阿修羅節会《あしゅらせちえ》』か」

「桜札は、獲るのでは？」

敵陣から札が送られる。

『――ふりゆくーものはー、わがみなりーけりー』

あたしは瞬秒の映像を網膜で必死に再現した。

敵の腕が五本、いや六本。

敵陣の上の句『はるすぎて』に、あたしの陣の『はるのよの』『はなさそふ』。すべてが剛腕で突かれたと見えた刹那、正しい獲物だった藤原公経《きんつね》の札を渦潮のごとく巻き上げたのだ。『はなのいろは』は空札だったから、『は』で始まる札をすべて千手で突いたことになる。さらにフェイクに腕二本、バレッタを抜き去って撥ね上げるのにもう一本。バロン実予の『阿修羅節会』。お母さんから聴いてはいたが、これほどとは――

――あたしの陣が一枚奪われた。つまりこちらに札が一枚送られる。

かるたとは、つまるところ自陣の札を先に零《ゼロ》にする遊技だ。百人一首だから総枚数が百枚。ランダムに五十枚を用い（『出札』）、残りの五十枚は結局使用しない（『空札』）。使用する出札五十枚を更に半分割して二十五枚ずつ。そのランダムな二十五枚でおのおの自陣を構築する。

吟者に読まれた札の得喪を一枚ずつ争ってゆき、この自陣二十五枚を先に消滅させた者が勝者となるのだ。自陣の札を獲《と》ればもとより自陣札が一枚減る。そして自分が敵陣の札を獲れば敵陣札が物理的には一枚減るわけだが、獲った自分の陣の枚数が減らないのはおかしいから、その場合は自陣から敵陣に一枚送ることとされている。いずれにしろ獲れば獲るだけ自陣は減る。自陣を無くせば勝利である。ここで、読まれた札以外の札に触れればお手つきであり、ペナルティで敵から札が送られてしまい、ペナルティの質に比例して自陣の枚数が増えることとなる。

そこで。

今の藤原公経の札の例でいえば。

大村先生は正解の『(花さそふ嵐の庭の雪ならで) ふりゆくものはわかみなりけり』の冒頭『は』一字が読まれた時点で、大村先生自身の陣にあった同じ『は』で始まる『(春過ぎて夏来にけらし白妙の) ころもほすてふあまのかくやま』をブロックしつつ、あたしの陣にあった同じ『は』で始まる『(春の夜の夢ばかりなる手枕に) かひなくたたむなこそをしけれ』をもブロックし、最終的にそれらとは別だった正解の『ふりゆくものは~』を巻き上げたのだ。百人一首に『は』で始まる歌は四首。それを暗記しているのと下の句から上の句頭が自然に浮かぶのは当然で、更にそれらが今回の競技でどこに置かれているのか、敵陣にあるのか自陣にあるのか、陣の何段目に配置されているのか、実は使用されていない空札なのかどうか——等々をも競技前の現場暗記持ち時間最大十五分で完全に把握してしまっているのである。今回は有名な小野小町『(花の色は移りにけりないたづらに) わかみよにふるながめせしまに』が空札だったから、つまり場に並べられてはいない。結局『は』の札は三枚だったということになる。そして百人一首で『はな』で始まる歌は二首。うち小野小町が空札であることを見切っているから、『はな』と読まれた段階百分の一秒で正解の藤原公経を確定的に獲《と》ることができることになる。

言葉にするとこれだけ長いが、これらの判断を最初の『は』が読まれた段階、『はな』までが読まれた段階でそれぞれ瞬時に行い、彼は正しい札を獲った。それはあたしの陣にあった。だから大村先生はこの札について勝負あってから、あたしの陣に札を一枚送ってきたのである。

そしてまた地獄の静寂、修羅の一秒。鬼気がふたりの世界で臨界に達する。

『ひさ――』

あたしの左腕が新たな百分の一秒を舞った。これだ。これがかるた。これが競技かるた。

「うおっ!!!!」

「『桜風紋《さくらふうもん》』――」

自陣の札が上野の桜のごとく乱舞し、ダイヤモンドダストのように敵へ散りそそぐ。水無き空に描くこれが桜の波。おんなは水里、桜は満開。はらり、はらり。最終的に友則《とものり》の札があたしのスカートの中央へと落着した。そのおとこが目頭を擦《こす》りながら何度も何度も頭を振る。

それはそうだろう。

七月に咲き誇るこれがあたしの。

「水里あかねの、これが『桜風紋』――」

「桜札はいただく。いったはずだ」

「ふふふ――やりよる。負けられん」

「貴様の賭するおとこなど。その程度のものだよ」

「小娘がほざきよるわ」

『たちわかれ――』空札。

「桜の幻惑に負けて死ね」

『こころあてに――』空札。

『いに――』

「おお!!!!」

あたしの陣が旱天《かんてん》の慈雨となる。整然たる厚い壁となり奴の両腕を阻む。敵は神威に打たれるようにはっと腕を引く。あたしは自分の瞳《め》のまえを降りそそぐ滝から伊勢《いせの》大輔《たいふ》を横薙ぎに引き去った。

「『雨乞小町《あまごいこまち》』――」

「おお――」おとこはそれでも歓喜に打ち震えて。「神が――かるたの神が」

「あたしは無限」

「神――」

「今のうちに降《くだ》れ。おまえに勝機はない」

「いい気になるなよ、小娘ぇ!!」

『よのなかは――』

実朝《さねとも》!!

お母さんの得意札。そしてあたしの。

あたしは水里あかねかるた七奥義がひとつ、あの最も淫猥《いんわい》なる『饗応女房《きょうおう》』でこの愚昧《ぐまい》な挑戦者の僭越《せんえつ》な野望を最終的に抹殺しようとした。そのとき。

ぴんぽんぱん、ぽーん。

陳腐なまでに無粋《ぶすい》すぎるグロッケンの予鈴。

『2－8の小諸るいかさん、2－8の小諸るいかさん。今日はサボらないで、至急吹奏楽の練習に来てください。至急グラウンド部室棟前に来てください』

「くそう。かるたの神が降臨しよるそのときに。とんだ座興じゃ」

蛍光灯もいつのまにか灯いてる。蟬時雨《せみしぐれ》と『暴れん坊将軍』や『猪木ボンバイエ』、『蒲田行進曲』が激しく響いてる。芯のとおった金管楽器の音。あれは野球の応援だろう。野外で練習してるのだろう。コモはサボってるのだろう。盛夏。

……まずい。

あたしは素に返ってきた。

たった数秒のあいまに、臆病で人見知りな自分が戻ってくる。気がついたらミニコンポの停止ボタンを全力で押してた。

「あの——あの、大村先生、いえ永世歌将」

「何ぞー。勝ち逃げは許さんぞ!!」

「いえ、あの、その、どうでしょう」どうすれば撤退できるのか。あたしは必死で演算した。「あたしも衣装を整えたり、そうです読み手の方も頼んで、例えば弓道場とか武道館とか——ちゃんとアナウンスも切って。立会人と審判を置いて」

「ほんなんいらん。わしはただおまえと勝負できればそれでええ」

「きちんとしたらあたし名人位を懸けます」言った者勝ちだ。この場を撤退すればあとは野となれだ。もう先生とふたりっきりにならなければいいのだ。「名人位継承を懸けるとなれば公式のものとしなくては。帝国かるた連盟も歴代名人や永世名人の各位も御納得されません」

「——なら、仕切り直したら」やった。食指が動いたよ。「名人戦にするんじゃやな?」

「はい。再戦の日まで壮健なれ。もちろん返信はいりません」

「約束やぞ」

「約束です」

「何ぞー、さっきとは別人じゃなー。おまえは三重人格か」

なあ水里。

いつのまにか大村永世歌将は教育者に戻っていた。あたしにはそれがよく解った。

「はい」

「名人位、どうして返上しよったんぞ。

わし『月刊競技かるた』読んで腰抜かしたわい」

「それは――」

「それはひょっとして、対戦者のあの娘《こ》が名人戦で……あんなことに……」

それには触れないで。

こころで叫んだときは既に手遅れで。あたしの生き方そのものだよ。

「……違います」

重過ぎる時間の果てに、やっと断言してるあたしがいた。

「嫌いになったんです。大嫌いになったんです。それだけです。大っ嫌い、こんなの。大の大人がたかがカードゲームにムキになって。そんなのがひとのいのちまで――莫迦みたい――あたし、実香ちゃん、莫迦みたい――」

「嘘じゃ」

「嘘――」

「さっきまでのおまえにはかるたの神が憑いとった。大嫌いなんて大嘘じゃ。同じ道歩いとんぞ。札並べたときから解るわい。かるたが喜んどった。わしには解るんじや」

「大嫌い!!!!」

「やめえ!!!!」

ぱしん。

思いっ切り頬が叩《はた》かれる。そんな。あの兄さんだって手は挙げないのに。

「札の前で、嘘吐いたらいかん」

「そんなのあたしの勝手でしょう!!」

おとこのひとの、膝。おとこのにおい。あたし泣いてる。また泣いてるよ。

「だって——あたし殺しちゃったんだもん——名人戦で——だってあたし名人で——絶対防衛しなきゃってみんな——あたし知ってたのに——だって実香ちゃんがあんまりあたしを——だから実香ちゃんの病気知ってたのに、あんなに酷《ひど》いこと——だってお母さんのために防衛しなきゃって——兄さんがあんなこと——あたしはそこまで——けど——殺しちゃったんです——あたしが実香ちゃんをかるたで殺してしまったんです!!!!」

袴のにおいが頬を包む。袴のにおい。お母さん。実香ちゃん。ごめん。ごめんなさい。

大村先生があたしの頭をがしっと摑んだ。あたしは莫迦みたいに泣いて。莫迦。恥知らずなあたしの莫迦。実香ちゃんを殺して、もうかるたはしないって誓いすら破って、弱いひと相手に調子に乗って、それで最後はおとこのひとに泣きすがってる。最悪。

もう泣きたくないのに。

おとこのひとのまえで泣きたくなんてないのに。

もう人前で泣きたくないよ。兄さん死んじゃえ。大村先生も殺す。こんなとこ見られて。絶対に生かしてはおけないよ。ひとり殺すのもみんな殺すのも同じだよ。

――でも。

先生の袴はべたべたになった。

鼻の奥が痛い。先生を掻きむしった指が痛い。

どれくらい経ったろう。

「もうええ水里」

「何がよ」

「自分を許したれ」

「何よ。知ってるんでしょあの名人戦」

「そんなに虐《いじ》めたら辛かろうが」

「だって」

「そがいに自分虐めたら痛かろう」

「ひと殺しだから」あなたもこれから殺す。

「おらんくなってしまう」

「え」

「誰もおらんくなってしまう。自分も。自分も無うなったら。独りぼっちでもなくなってしまう。それは哀しすぎるぞな」

なんでよ。

優しくしないでよ。

あたし生きてる価値ないんだよ。

だってひと殺しだもん。ひと殺しでないあなたに何が解るっていうのよ。兄さんだって。誰だってそうだよ。みんな陰ではあたしのことひと殺しの成れの果てだって蔑《さげす》んでる癖に。あんなことまでして名人に固執した恥知らずだって囁いてる癖に。だったら殺してよ。もういいよ。ひと殺しは殺される。それがかるたでも江戸っ子でも因果だよ。これ以上生き恥を曝《さら》すくらいなら死刑にしてくれた方が気が楽だよ――

――ことん。

まさにそのとき。

あたしの制服のポケットからだんごが零れた。

あの、ナギコさんにもらったガラスのだんご。

大村先生はびっくりしたようにそれを見詰めた。そしていった——

「のお、水里」

……それ以上舌を回転させるならいっそ俺が殺してやるっていってよ。それが一番の慈悲って奴だよ。それ以上解ったふりして同情がましいことといったら本当に殺しちゃうよ。

「緑と、黄色と」

「はあ？」

「茶色じゃろ。このだんご」

少なくともそれは同情がましいことではなかった。あまりにもあざやかなそれは奇襲だった。

「それぞれ何か解るか？」

「解りません」

「漱石が何で東大受かったか知っとるか？」

「知りません」

「ほうかの。ほしたら、まだ生きとらんといけんのー」

「どうしてよ!!」

「わしは教育者じゃ。おまえに宿題を出す権利があるわい」

「――――――」

「解ったらわしとこ口述に来いや。さもなくば」

「さもなくば」

「かるたでわしに勝ってみい、へっぽこ名人」

「貴様!!!!」

「おっと」大村先生は別人のように飄々《ひょうひょう》とあたしの手剣を捌《さば》いた。「勝負はそれまで預けといたる。今度はさっきみたいに手加減せんからの」

「――――――」

何だろう。

敢えていえば悔しさか。

さっきまでのとは本質の違う涙がすっと落ちる。

おとこのひとの、におい。

あたし。

あたし、このひとに。

はっと気がついて飛び退いた。

「先生」

「泣き虫名人、返り討ちじゃ」

でも。

このひと、とことん本気だ。

つまりあたしのことおんなとしては見てくれてない……それに返り討ちって日本語おかしいよ。あたしの気持ちもほんとおかしいよ。

「先生、あっあたし、せ、先生のこと――」

そのとき。

どごおおん!!!!

突然の爆音にあたしはしゃがみ込んだ。すごい轟音。何？　どこ？　爆発？

先生もハッと起ち上がったまま動けない。

行き場を失ったあたしたちの視線が交錯して。急に世界が静寂に満たされる。

幻聴？

違う。あれは確かに爆音だ。

「何じゃあ」と先生。「爆発――？」

けれど何かを確かめる暇《いとま》もなく、今度は、定規が耳許《みみもと》で唸《うな》るような音がして。

「**うわっ、うわっ、とっ、とっ――**」

「四階？」

一階上から声がする。誰だろう、季節を取り違えた酔っぱらいのような声。

「――生田のくそ餓鬼の声じゃ。あいつの仕業か」

あの翼の美少年さん。どうりで聞き覚えがある声だ。

「でも、四階って三年生の教室ですよね？」

「**うわうわ、うわあ――――――――――――――――――――――――‼‼**」

これをあたしは忘れない。

生まれて初めて見たのだから。

眼のまえの窓を、ひとが落ちてゆくところなんて。

しかも、頭から真っ逆様に――

あたしと大村先生の瞳がまた、どうしようもなく交錯する。

――どすん。

一拍置いて。

ひとが死んだと確信させる音がした。

すぐに悲鳴を上げたのは、どうやら、あたしらしかった。

第四章　七月八日（後）

I

『七月八日（月）　快晴
お母さんへ。

大変なことになりました。

生田《しょうだ》君が四階から飛び降りたんです。

それに、爆発。なんと新聞部が吹き飛んでしまいました。

あたし混乱してます。順を追って話さないと解らないよね。ごめんなさい。

生田君は覚えてるよね？　あたしが２－８で自己紹介したとき最初に質問した子。

美少年を思わせるあの子です。あたしたちが三階２－８でかるたをやってたとき、あの子がいきなり四階から地面へ、いきなり……あたしたち、すぐに一階へ降りて生田君のところへ駆け寄りました。

校舎の横の、アスファルトの道。

そこには居合わせた北野さんが待ってて。抱きついてきて。

生田君、頭から血がどくどく出てて。大村先生がしっかりせえ、しっかりせえって応急手当したんだけど、瞳はぎゅっと閉じられたまま。そしてもうそのままでした。

中指の指輪の跡が、まだ生きてるよって言ってる気がして。とても痛々しくて。

救急車やパトカーがけたたましく学内に入ってきました。あと、消防車まで。どちらもグラウンドの入口まで必死で疾走してゆきました。やがてあたしも。コモと一緒に。百葉箱を大きくしたような古い木造の部室棟まで。その二階むかっていちばん右。そこが爆発した新聞部です。新聞部の残骸は、まだもくもくと邪悪な粉煙を噴き上げていました。

そしてあたしとコモは一緒に――』


――あたしたちが校舎を出ると、生田君の顔は深紅に染まっていた。

「おい生田、しっかりせえ!! おい生田!!」

「チュウドウ、怪我人揺らしたらいかん!!」

コモが震えながら大村先生を制する。あたしはコモのその震えに激しい違和感を覚えた。

それは怒りの発作だったから。

あたしもそれをよくしたから……

——大村先生は必死に生田君へ呼びかけた。

「莫迦野郎生田、莫迦野郎、ほやけん変なとこで本読む癖、やめえ、あれほどいったのに——水里119じゃ、救急車呼ぶんじゃ。おい生田、大丈夫じゃけんの、絶対助けるけんの、しっかりせえよ生田!!」

——どくん。

こんなときなのに。

あたしはまたお腹からときめいた。もしあたしが墜ちてたら。大村先生がこんなに一所懸命介抱してくれる。お七と吉三郎のように。世界はあたしたちのもの。ああやってちからづよい腕であたしを抱き締めてそしてあたしは生死の絶望的な狭間で先生の背中を掻きむしると先生の熱すぎる涙があたしの蒼白な喉につつうと落ちるのだ。

おまえさん。あかね。ここに在るよあたしたちの物語あたしたちのそのすべて。もっと、もっとあたしを無茶苦茶にそしてお父様と御縁をお切りになってチュウドウというその名を捨ててそれが駄目ならあたしのものだって愚民どもに宣言してそうしたらあたしも名人の座を捨てるわともに愛し愛されるおとことおんな、このようなふたりこうして抱擁できるものであればあたしは全世界に是認させてやるのよあたしたちこそ悠久の歴史に比肩のない美に生きたつわものどもああ燃える、八百八町が紅にあたしたちのいのちを幣《みてぐら》におまえさんあかね――

「水里、水里!!」

「はっ」

「おまえまで呆《ほう》けてどうすんぞ」先生があたしの頬を打つ。「救急車じゃ。急げ」

「あたしが行く」それでも北野さんは口を押さえて嗚咽《おえつ》した。「何でやの生田、あたしここで掃除しとったら、どすん、いうて生田降ってきて。何でやの生田」

「生田君――」

あたしはようやく淫らな妄想を謝絶した。現場が瞳に灼きつく。

ぱっと飛んだらしい血飛沫《ちしぶき》。

どくどくと溢《あふ》れる血溜まり。

強い鉄錆のにおいが潮の香りを征服してゆく。

あたしたちが校舎を出るまえからずっと嗚咽してた北野さんが、やっと救急車を求め駆けてゆく。薄墨色のスカートがはためく。彼女は自分の鞄と大きな竹箒《たけぼうき》を抱き締めたまま、あっというまに職員室の方角へ消えていった。そこで初めてあたしは依然として自分が呆けてることに気付いた。

「先生!!」聞き覚えのある声。振り仰ぐ四階の窓。そこには半身を乗り出した深沢さんがいた。ユニフォーム姿の彼女は掃除のブラシの柄を大きく振る。「チュウドウ!!」

「深沢!!」大村先生が怒鳴る。「そこの教室からか!!　いったい何やっとったんぞ!!」

「解らんのよ!!」深沢さんがいるのはあたしたちがかるたをしてた2－8の真上、あたしが思いっ切り開けてそして絶叫した窓の真上だ。「あたしら教室の後ろに——掃除道具入れんとこにおっただけよ!!」

　掃除のブラシが、そう首がかくかくする床用の箒《ほうき》がまた大きく振られる。

　その深沢さんの隣では、知らないおんなのこがあたしたちを見詰めてた。キッとした唇が強気そうな制服のおんなのひと。髪の真ん中から入れたスライドカット。風になびく髪先が、綺麗な首にもうひとつ女性らしさを添えてる。こんなときなのに見とれてしまうそれは美でもあった。そして彼女は無言だった。

「飛び降りたの見たんか!?」大村先生の絶叫。

「うん、いきなりや!!」深沢さんが被《かぶ》せる。

「おまえらふたりぎりか!?」

「他に誰もおらん!!」

「独りで飛び降りたんか!?」

「そうとしか見えんかったよ!!」

「なんちゅう、ことじゃあ――」

他に集まってくる生徒はいない。午後はずっと進路指導だったからだろう。いや、あの爆発の方へみんな行ってしまったのかも。あたしはどうしていいのか解らなくて、へなへなとしゃがみこんでしまった。


「香西も見よったんか⁉」

「はい、楓と一緒に」

……まるでシベリアおろし。何て声なの。

コウザイ。するとあれがバスケ部の香西先輩。

「誰もおらんかったんじゃな⁉」

「誰も。3‐8にはあたしと楓だけでした。生田君を除けば」

「チュウドウ先生‼」はあはあ。肩だけで呼吸する北野さん。両膝を押さえる手が必死だ。伏せた額からぼたぼたと雫《しずく》が落ちる。それは夏の太陽にいじられて、場違いなほどキラキラした。「救急車のひと来ましたけん、はあ、はあ」

波のあいまに無線のノイズ。ざざ。ざざ。神経に障る。それが無視できない大きさになったとき、もう視界一杯に白いヘルメットのひとたちが溢れてた。担架。尋問。ヘルメットの赤いラインは、現世と何かの境界線のように思える。

「先生」119のひとは住民票でもくれるみたいに落ち着いてる。大村先生と救急のひと。ふたりの黒筒袖と白衣とが悪い嘘のようだ。「大変なことで。あっちでは何やら爆発も——ちょっとお話よろしいですか？」

「ちょっとも何も。いきなり窓から飛び降りよったんじゃ」

「先生の生徒さんで？」

「まさに担任じゃ」

「状況を、ゆっくりと」

「わしとそこの水里は、三階の2－8におった。あそこじゃ。窓が全開のとこじゃ」

「そこで事故があったわけですね？」

「違う。わしらは見たんじゃ。いきなり、生田が窓の外を落ちていきよるところ」

「2－8からではないんですね？」

「違う。一階上。3－8からじゃ。

　いまおんなの生徒がふたりおろう。あそこからじゃ」

「屋上からでもないんですね」

「違ういうとろうが!!」大村先生の額は怒りで裂けそうだ。「ほがいなことどうでもええけん、生田助けてやってくれ!!」

「もう病院に着く頃です」

「えっ」

気がつくと担架もない。救急車もない。サイレンも遠くへ消え果てた。あるのは尋問だけ。

「――3‐8の教室からなんですね？」

「ほ、ほうじゃ。三年生用の四階からじゃ」

「あの子の名前ですが」学校に残った救急さんはとことん冷静で。それがあたしには不満なほどだった。「ショウダというのですか」

「ほうじゃ。2‐8の生田雅実《まさみ》。二年生じゃ。十六じゃ」

「血液型は」

「A型じゃ」

あたしはかなりびっくりした。血液型まで知ってるの。

「何か病気をされたことは。この歳なら貧血とか」

「生田のことか。何もない。あいつが最後に病院に行ったんは去年の今頃、鯛飯《たいめし》の食い過ぎで赤十字病院に運ばれたぎりじゃ」

あたしはもっとびっくりした。生活空間の濃密度が東京と遥かに異なる。このひとおとこの先生なのに。

「今の時間は、生徒さんは何をしていたんですか？」

「放課後じゃ。いうても午後は全部放課後じゃったけどの。昼から半日、授業はなかった」

「放課後」ほう。救急車のひとが首を意味深に傾げた。「そうすると、二年生の生田君が、自由時間に三年生の教室にいたと。ははあ。何をしておられたんでしょう？」

「おい深沢!!」大村先生の絶叫にあたしは跳び上がった。お母さん助けて。「生田は何しとったんじゃ!?」

「ほやから解らんて!!」

「見よったんじゃろ!?」

「あいつはいつものとおり。窓んとこで本読んどった。独りで。ずっと」

「先生、それってこの本かなあ……」

　北野さんが、ばさっと開いて転がった白と銀の本を拾った。品のいい装丁のハードカバー。あれ。この作者さん。北野さんが好きな先生じゃないかしら。開いた頁は一七二頁と一七三頁の見開きで、水がちょっと滲《し》みて泥が付いてる——アスファルトが濡れてるからだ。

「……ほやけん、窓枠に座って本読むのやめえ言うたのに」

　あたしは三階と四階の中途に視線をさまよわせた。あたしが通ってた吉祥寺の学校と比べて、窓の高さは二倍もある。前の学校の窓は横一列に並んでたけど、この実予南の教室の窓はさらに横一列を重ねた感じで、つまりあたしのなかの普通の学校のサイズの二倍の高さがある。だからかな。深沢さんのさっきの声はとてもこだました。

「もし――」と救急のひと。「――もしですよ。これは仮定の話ですが、生田さんが、もし自ら」

「絶対にない」大村先生は巌《いわお》のように断言した。「ありえん」

「絶対に？」

「絶対にじゃ。あいつには飛び降りるような悩みはない」

「確信が」救急のひとは執拗《しつよう》で。「おありになる」

「なかったら教師なんぞしとらんわい。ついでにいうとくと、あん莫迦きょう髪切りに行く予定だったはずじゃ。わしと同じ美容院じゃけん絶対じゃ。違《ちご》とったらこの首くれたるわい」

あたしは信じた。大村先生がいうなら絶対だ。絶対に絶対。だって大村先生だもん。でも美容院派なんだ。

「大変失礼しました」白ヘルメットがぺこりと下がる。「では事故ですな」

「ほうとしか考えられん。助けてやってくれ」

「最善を尽くしています。それで先生、これから私と御一緒していただけませんか。赤十字病院の救急外来です」

「大村よ、すぐ行っておやりいな」

「芳山先生――」

　あたしは再度びっくりした。アリマスル先生がいつのまにかガッチリいる。赤い蝶ネクタイが苦しいほど沈鬱だった。それが何よりもアリマスル先生の気持ちを代弁してた。

「あとのことはわしがするけん。おまえさんお行きなや」

「解りました――すんません――芳山先生すんません――」

　黒袴のまま救急のひとに同道する大村先生。

　あいつあんな格好のまま行きよって。アリマスル先生のため息。

　オイキナヤを生徒手帳にメモする駄目なあたし。

　四階からはずっと深沢さんと香西先輩があたしたちを見詰めてる。

「大丈夫だよね」北野さんがすすりあげる。「アリマスル先生、生田大丈夫だよね？」

「北野」アリマスル先生が北野さんをぽんと叩く。「大丈夫じゃ」

「――これ」北野さんが血溜まりのなかの鞄にそっと触れる。「生田の鞄だ」

　それは、実予南のオリジナル鞄だ。あたしももらってる。薄墨色の厚いフェルト地がトラッドな感じのするショルダーバッグ。肩に掛けるベルトは優しいベージュで、蓋の縁取りは制服のネクタイの一本と同じ品のある深紅。同じ深紅の革で、ランドセルのようにかちゃんと差し込むベルトがふたつ。大きすぎないエンブレムは落ち着いた感じ。しかも、ちょっとした旅行もできそうなほどたっぷりしてる。普段づかいにもよさそうで、あたしはとても気に入ってた。

「いかんぞな北野、勝手に触ったら。おまわりさんも来るけん。鞄も生田と一緒に落ちた証拠物件ぞな」

「でもアリマスル先生、生田に届けてあげんと。水に汚れて可哀想」

なるほど、アスファルトの打ち水がちょっと水たまり気味で、生田君の鞄を血とともに濡らしてる。

北野さんは鞄を一回抱き締めると、なかのものを整えだした。かちゃり。開けられた鞄のなかではカンペンにルーズリーフ、USBメモリ、それにアナログカメラのクラシックなフィルムケースがごろごろ――あたしがそんな北野さんを手伝おうとした、そのとき。

「――きょうは己卯《つちのとう》」

「コ、コモ!! いつからそこに!?」

「ずっとおるよー」そ、そうだったたっけ？「夕子が119呼び行った頃からおったやんかー」

「そうなの？」

いなかったよね。でもコモだから。

「なんぞー、小娘陰陽師」ため息ふたたびのアリマスル先生。「おまえは何しとったんぞな、もし」

「アリマスル先生、楽器吹いとりました」

「あのド下手な楽器かな。ほしたら野球の応援の練習しよったあれかな」

「ほうです。ボンバイエですけん。キネマの天地です」

「ほりゃおまえの頭んなかぎりぞな——楽器吹いとったゆうことは、部室棟の前かな」

「ほうです」

「何ぞ目撃せんかったのかな」

「それはこれから星に訊きますけん」

「使えんやっちゃのー」

「あたしは使えますよー」

どうしてこんなときまでぞなもしなんだろう。あたしは泣きたくなった。

でも、部室棟？　それってさっきあたしも——

「——いったいこの騒ぎは？」

まさにそのとき、不思議な声が聴こえた。温かいのに涼やか。つつみこまれるのに壁がある。激しいのに蒼ざめてる。

あたしはふりむいた。

そのおんなのひと。声の主。

このひとは。あたし知ってる。このひとをもう知ってる。

——小さい。

コモよりちょっと大きいだけ。ちょっと伏し瞳《め》がちで、長い睫《まつげ》が不思議に遠い。白い胴着。黒袴。これは弓道着だ。すらりとした腕が別の黒い袖に包まれて。胸当ての黒。スリット（スリット、でいいのかな？）からちょっとのぞく赤い帯。うしろで束ねた、嘘みたいにきれいな黒髪。

……かなわない。

あたしはこのひとの白足袋《しろたび》にも及ばない——

——それは、空港で親切にしてくれた、あのナギコさんだった。

何なのこの高校。おばけばかりなの。みんなきれいすぎる。お母さん助けて。

「オヤ、檜会《ひのえ》かなもし。弓道場からかな」

「はい芳山先生。しかしこれは何の騒ぎです。あの爆発音も」

「爆発は部室棟が吹き飛んだ音ぞな」

「え？　部室棟が吹き飛んだ？」

莫迦《ばか》みたいな声を出したのは、あたしだ。恥ずかしい。ナギコさんもあたしに視線を流した。でもあたしの顔は覚えてないみたい。無理もないよね。あの空港での大騒ぎ。あれだけ学園のアイドルしてたナギコさんに比べたら、どう考えてもあたしその他大勢だもん。

「そうぞな水里。わしもさっきちょっと寄ったぎりじゃが……二階の角部屋、見事にぼこん、行きよった」

「はあ、行きよったですか」

うーん。さしたる事件でもないように聞こえてしまうのがぞなもしの怖いところだ。けど爆発ってそれテロだよ‼

「こちらの血痕は？」と弓道着のナギコさん。

「二年の生田が窓から落ちよったんじゃ」

「——生田君が」

「檜会は生田、知っとるんかなもし？」

「個人的には、それほどは」

「ほうじゃのー。檜会は三年じゃけんのー」うんうん。アリマスル先生は瞑目《めいもく》した。

「けど」コモの声は夏の空によく響いた。「あほやなー」

「**あほ？**」

全員がユニゾンする。よかった。莫迦をやってしまったのはあたしだけじゃなかった。

「なにがあほじゃー」とアリマスル先生。

「だってあほですよー」とコモ。

「ほじゃけん何が」

「だってきょうは天恩日《てんおんにち》で復日《ふくにち》やもん。中段は成《なる》、二十八宿は張《ちょう》で大々吉やと思たんやろなあ。そこがあほよ。素人の成れの果てよ。生兵法はヘアヌード、いうやろ」

みんなの何ともいえない視線がコモに収斂した。夏の日のプリズム。

「六曜《ろくよう》が先勝《せんかち》や。いまは十六時四十五分、申《さる》の刻。

こんなときに仕掛けたらいかんよー」

「仕掛ける？」莫迦莫迦。はなしを催促してしまうあたしの莫迦。

「小娘陰陽師、もう迷信はこりごりぞな」アリマスル先生はばっさり斬った。さすがだ。「こん歳になると気になってどもこもならんくなる」

……気にはなるのね。

「失礼な。迷信と違いますー。霊妙な象徴哲学ですー」

「お慎み。ひとひとり事故で大怪我しとんぞ。たいがいにおし」

「事故違います。仕掛けた、いうたでしょー」

「事故でなかったら、なんぞな」

「――あ」

そのとき、生田君の鞄を整えていた北野さんが、小さく絶句した。

「指輪――」

カンペン。ルーズリーフ。USBメモリ。アナログカメラのクラシックなフィルム。鞄の中身はぜんぶ北野さんの膝にある。

ところが今、からっぽと思った生田君の鞄から、銀色の指輪がぽとんと落ちた。

II

パトカーのサイレンは、赤い色で塗ったよう。

神経に悪い音がこだまして、今、パトカーが一台突入してくる。パトカーは、グラウンドの入口至近、部室棟へとぞろぞろ動き始めたあたしたちを、車体で制止した。ききい。ブレーキが号泣する。

――どっこいせ。

数拍置いて、その鋭角的な運転にまったくふさわしくない、よれよれ灰色のスーツ姿がひとり、助手席からのっそり降りてきた。

「あにょう県警察部の、そと――」

「あ」とあたし。

「あ」と灰色のおじさん。「お、お嬢様やないですか!!」

「ですからお嬢様じゃありません!!」

「ほうじゃった。お嬢様は実予南。実予南はお嬢様じゃった」

あー、ほうじゃ、ほうじゃ。

もそもそ頷《うなず》く外田さんは、やっぱりぞなもしで。

すると、ぞなもし同士の引力なのか、アリマスル先生がひょっこり近づいてそして言った。

「お暑いなか、御迷惑、かけるのー」

「おお、教頭先生お久しぶりですー。外田ですー」

「もう教頭じゃないぞな。嘱託講師ぞな」

ショクタクコーシ。これもラフォーレ級だ。即座に生徒手帳の語彙リストに追加メモをする。

「なにいいよります。教頭先生は教頭先生ですけん。おまけに先生は実予市の――」

「しかしおまえが来るとはのー。国家警察も、使えんのー」

「ワタシは使えますよー。

まあ個人攻撃はええですけん、話、訊かせてつかーさいや。いったい何があったんです？」

「ほじゃけん部室棟が爆発して、３－８から生徒が落ちたんじゃ。四階から落ちたんぞ」

「部室棟はグラウンドのあたりじゃろがな」と外田さん。「校舎からは五十メートル以上ある。それが爆発して、どうやったら３－８で生徒が落ちるんかなもし。部室棟からなら３－８までは、全速で駆けても十分十五分掛かろうがな」**【次掲『実予南高校校舎群配置略図』参照】**

「それを調べるのがおまえさんの仕事ぞな」

「落ちたいうんは、あの窓からかな？」

「ほうじゃ。窓辺で本読みよったとき、すこーん、落ちてもうた言いよる」アリマスル先生が首と唇を思いっ切り傾げた。「爆発の音でぎょっとして、バランス崩しよったんかな……」

「いけん、いけん、教頭先生」外田さんが両掌《りようて》で押すようにアリマスル先生を制した。「アタシも一応優秀な警察官ぞな。予断を持ったらいけんのよ。アタシこれから３－８の教室調べるけん、教頭先生はここの現場、保存しておいておくれんかな。ほんで、この子らが目撃者かな、もし？」

「ほうぞな。水里は２－８の窓から生田落ちるとこ見よったんぞな」

「おお、お嬢様」

「それからあれら」アリマスル先生が顎《あご》と唇をぐっと持ち上げる。その先には深沢さんと香西先輩がいた。「四階の窓にふたり、バスケットのユニフォーム着たんと、セーラー服着たん、おるじゃろが」

「おりますのー」

「あれらは、3-8のなかから落ちる瞬間を見よったらしいわい」

外田さんはちびた鉛筆で頭をぼりぼり掻いた。そしていった。

「止めんかったのかな？」

「ほんじゃって生田からはえらい離れとったいうけん、仕方ないぞな」

「ほしたら四階のおんなのこから事情聴取しようわい——ぐはっ!!」

意気揚々と校舎のなかへ入ろうとした外田さんの鳩尾《みぞおち》に、コモの膝《ひざ》が炸裂した。

「な、何しよんぞ小娘!!」

「保丞《ほじょう》、お待ちな。あたしも行くけん。おまえ補助せえ」

「——なんぞー小娘、保丞《やすすけ》じゃ。けどなんでわしの名前知りよんぞ」

「こん世迷者《よまいもん》」

ばし。コモはあざやかな体術で今度は外田さんの顎を蹴り上げる。ぐはあ、と引っ繰り返る警部。

実予南高校校舎群配置略図（関係部分）

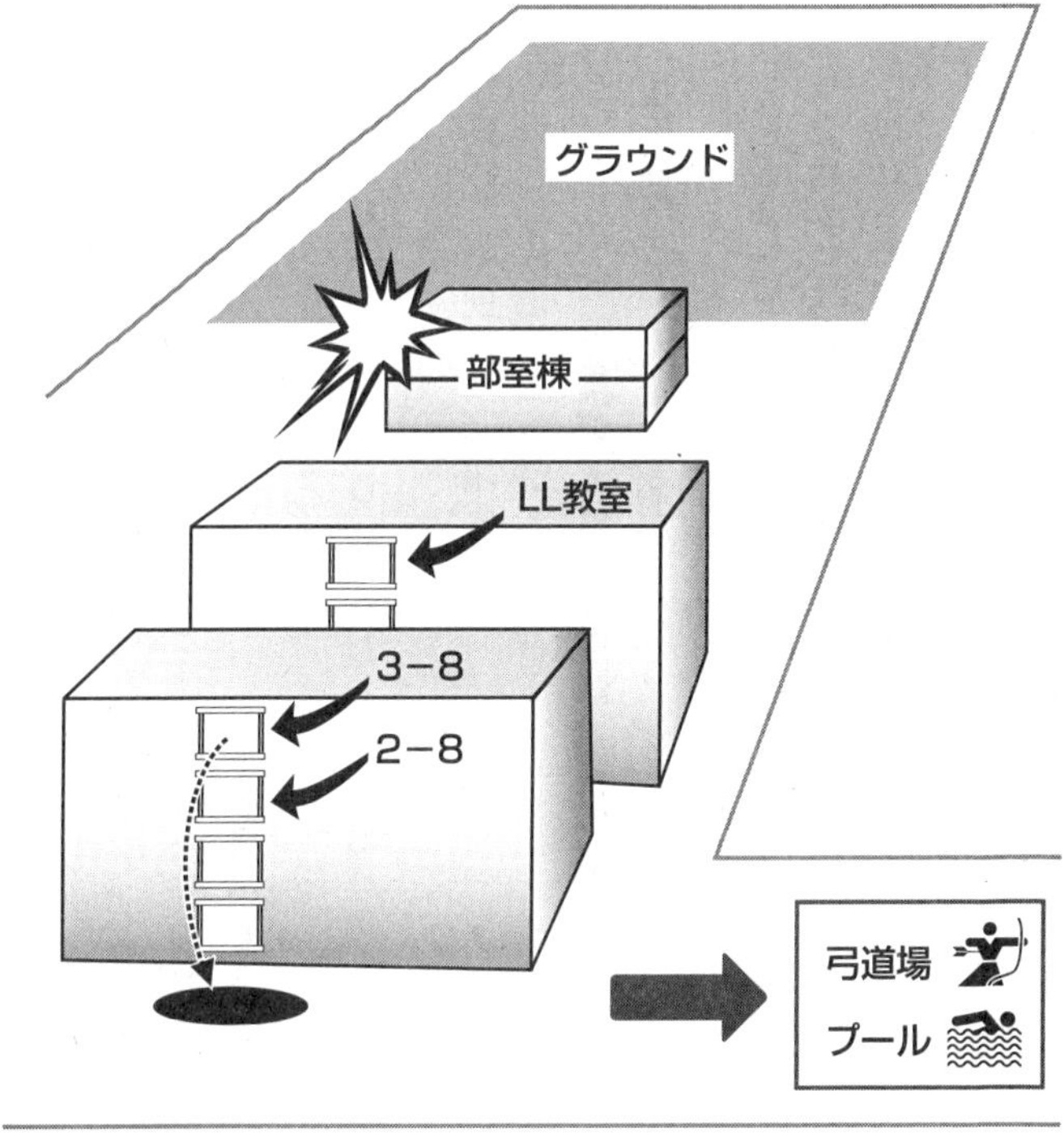

「おまえ何者《なにもん》じゃ!! 公務執行妨害で逮捕すんぞ!!」
「『帝陛下お田んぼ毀棄《きき》等及び 后宮《きさいのみや》陛下お蚕《かいこ》虐殺事件特別捜査本部』であたし訓示したやろ。もう忘れたか保丞《ほじょう》」コモがやっと体勢を建て直した外田警部の眼鏡に、名刺みたいなものを突きつけた。「たいがいにしいや。おまえ今日限り警察馘《クビ》じゃ」
「な、なんぞ――」
外田警部が瞳を眼鏡ごとぱちくりさせる。あたしも思わず覗き込んだ銀の名刺にはこう書かれてた。
　宮内省陰陽庁長官　式部官長　宮中顧問官
　小諸るいか
「――子ども銀行かなもし。官職を偽ると警察犯処罰令違反の現行犯やぞ」
「うるさい平民、位階勲等《いかいくんとう》なし――あ、名刺まちがえた」
もとい。
コモはやりなおしを宣言しながら、やっぱり名刺みたいなものをもう一度突きつける。怪しげなオーラを発散している銀製のカードにはこう書かれてた。
　勅任警察官　勅任警察員警視監
　小諸るいか
「りょーかいりょーかい。おまわりさん忙しいけん、おままごとしとる暇――

うげら!!!!」

その刹那。

どーん。

すごい音がしたような気がした。

外田警部の口は顔の33％を凌駕するほど全面展開されてる。

ぼとり。

明らかな冷や汗がひと筋、その額から靴先に落ちた。

「な、それ、ほんまに、(勅)《マルチヨク》!!!!　警視監!!!!」

「最初からいうとるやろあほ」コモの頤《おとがい》は極限まで反っくり返った。「県警察部長の支倉《はぜくら》警視長は息災《そくさい》か？」

「しゃ、社長ですか……ワタシら直接お顔に接する身分の者じゃないですけん……生きておられるとは思いますけんど……」

「なんじゃー小娘陰陽師」ふむふむとアリマスル先生。「ほんまに、偉かったんかな」

「アリマスル先生ほやけんあたし毎日いうとるでしょー。こんな保丞より四階級上ですよー。

よって保丞、たったいまから最上位階級者であるあたしが現場の指揮とるけんね」

「ほ、ほじゃけど」外田さんの顔は滝のようになってた。何だか解らないけど可哀想な立場に追い込まれてるのは解る。「管轄の実予東署長にもいうとかんと……し、指揮権は難しいけん……」

「実予東署の署長さんは」コモはしれっと訊いた。「階級、なんやったっけ。忘れてもうた」

「け、警視正、でありますが……」

「警視正と警視監では、どっちが上よー」

「小諸警視監閣下」外田警部が転ぶのは眼に見えて早かった。「小職は小諸警視監の忠実なる部下であります。徹頭徹尾最初から最後までそうであります」

「ようできた」ぱんぱん。コモが塵《ちり》でも落とすように手を叩《はた》く。「この事件はおまえたち通常の警察官では無理よ。だって火星と土星が衝《しょう》やけん、ばりばりの確信犯や。火星は冥王星とも三斜《さんしゃ》で手加減なしよ」

「おっしゃるとおりであります」外田さんはがっちり頷きながら、呪文のようなものを唱えていた。『警部、警視、警視正、警視長、警視監――四つ上じゃ。ほうじゃ、四つ上じゃ』云々《うんぬん》としきりに自分を納得させてる。あたしは暴力装置の厳格さに、ちょっと嘆息してしまった。

「保丞、今のを五行でいうたら解るか？」

「解りませんであります」

「全部の星が牡羊座《ムルキダル》、獅子座《ヴルキアル》、射手座《アドヴキアル》に入っとる。これすなわち火のみ。最初の支配は射手座でこれも火。本命宿《ほんめいしゅく》は觜宿《ししゅく》。つまるところこの事件は」

「この事件は」

「きれいで芸術的なもんや。

よって帝陛下の勅任警察官たるあたしにしか処理できん」

「おっしゃるとおりであります」

「全然解らないよコモ」あたしは思わず突っ込んだ。「きれいで芸術的な、何なの？」

「殺人」

あたしはきょう絶句してばかりだ。

「ほしたら保丞おまえ付いて来い――ほらあかねん行くよ」

「ま、待ってよコモ」

「あたしも!!」

コモと北野さん、あたし、そして外田警部。奇妙な仲間たちが四階への階段を登った。

Ⅲ

「ねえコモ」

「どしたんあかねん」

「さっきのも占いなの？　火星とか土星とか、射手座とかシシュクとか」

「占い違う。妙遠《みようえん》な象徴哲学よ。陰陽のちからを!!」

ばばん!!

「その眼に灼き付けてほしいな♡

つまり世界は、星の支配のもとにある」

「おまけにコモは、帝陛下直々《じきじき》の警察官なの？」

「平安のいにしえより検非違使《けびいし》は穢《けが》れすべてをつかさどる。犯罪はそのいち要素に過ぎん」

「東署長に、がんがんに、いかれるぞな……」ひとりごちた外田さんは完全にしおれてしまってた。「女子高生に現場、とられてしもた……」

「何かいうたか保丞《ほじよう》？」

「年寄りには、階段、しんどいですけん……」

「それでも警察官か。しっかりせえよ」

「星の支配って」と北野さん。「生まれたときの星の支配いうんと違うの？」

「さくっというたら、そうよ」とコモ。

「でもほしたらおかしいやん」と北野さん。「さっきコモこれ殺人、やいうたな？」

「いうたよ。そうやもん」

「コモまだ生田君死んでないよ」とあたし。「縁起でもないことといったら駄目だよ」

「ほやなあ。ごめんなー生田」コモの声は、それでも全然反省してなかった。「殺人未遂や、言わんといかんかったなー」

「殺人未遂なら殺人未遂でいいけど」北野さんの声がちょっと硬くなる。「ならコモは犯人の生まれたときの星から占ったんか？　ほしたらおかしいよ。だってそれなら犯人解っとるいうことになるもん。犯人解っとるなら捜査せんでもはよ逮捕したらえやんか」

「そうだよ。解ってるのに探偵するなんて趣味だよ。デュパンだよ」とあたし。

「違うよー」とコモ。「犯人のことは別論よ。解っとるのは事件よー」

「事件はみんな解っとるよ」と北野さん。「生田が落ちたんだよ。新聞部も爆発したけど」

「生田は確か新聞部やったな？」とコモ。

「そうだよ」と北野さん。「ほうやなあ、いわれてみたら、『新聞部が爆発して生田が落ちた』。新聞部が、何か関係あるんかなあ」

「保丞」コモは瞳を閉じたまま階段を登ってる。

「は」

「新聞部の方には被害者出とるんか」

「幸いにして零人《ゼロ》であります。部室棟はほぼ無人であったとの報告を受けとります」

「ほしたらさしあたり生田殺人未遂に限っていうたら」コモはぱっと瞳《め》を開けて、北野さんを視線で捕らえた。「事件が発生したんは十六時三十分五十秒プラスマイナス四秒ずつやろー」

「何でそんなことコモに分かるん」北野さんが強気な視線で応じる。

「夕子、そんなんはな」コモはむしろ戯れるように。「生田の制服に付いた水飛沫の乾き具合、それとこの季節の太陽の射角が分かればすぐ割り出せるんよ」

「便利やなー」

「便利やないよー天才少女陰陽師だよー」

「北野さんコモ嘘いってるよ」とあたし。「そんな計算しなくても、生田君の悲鳴が聞こえたときが事件の発生時間だよ。誰だって時計見たら分かるよ」

「ぎく」

「あかねは時間見たん？」と北野さん。

「うん」あたしはお母さんの時計をもう一度見遣った。「四時三十一分ぎりぎりか、ちょっと前だった」

「近代科学があれば陰陽師はいらんなあ」と北野さん。

「いるよー失礼やなー」とコモ。「近代科学なんかに霊妙な象徴哲学はできへんよー。象徴哲学いうんはな夕子、４＋２＝六に木星とセレスの軌道がいつしか交錯して魚座の蝕がくるのを感じてなんぼなんよー」

「そんなん感じんでもええ」北野さんがばっさり斬って捨てた。ここが斬りどきというう覚悟が伝わってくる。「話狂ってもうたやんかコモのあほ。ほやから事件の発生時間なら発生時間でええけど、それが火星と土星と射手座にどう関係するん？」

「そこがまさに、世界は星の――」

「それもう飽きたわ。コモくどい」

どーん。

階段の踊り場でいきなりコモは膝を抱えてしまった。

「コ、コモ？」と北野さん。

「飽きた言われた」どんよりとコモ。「あたしの存在価値、ぜんぶ否定されてもうた――もうしまいや。安倍んとこの和泉に禅譲《ぜんじょう》や」

「こ、コモ解ったけん急ごうよ!!」しまった、と北野さん。

「——星に飽きたいわれた。あたし、調伏《ちょうぶく》願いしてしまうかも知れん」

コモは顔を妖しく伏せたまま、踊り場のタイルに何か字を書きながら変な木の人形を採り出した。制服のどこに持ってたんだろう。

「実は夕子の撫物《なでもの》、持っとるしなー」

「何しとるん!! それコモがこないだ『息吹き掛けたらええことあるよ』いうてあたしにいじらせた人形やん!!」

「——陰陽道の邪法面」ふふふ。コモが自分の膝のなかで笑う。「もうあたしの手には負えんけんね。禁秘の呪法をその身にうけてみよ」

「何でや!! あたしが何したん!!」堪忍してよ～と北野さん。そりゃそうだ。これじゃ難癖《なんくせ》だよ。「調伏は嫌!! 解ったけん、ほうよ、もっと星の話教えてよ～」

「もうそんなんどーでもええよ。それより大事な話しよかー。あたしの兄さんの友達が言うとったけど、毎晩、某県某駅の二番線ホームの同じところに五百円玉落とす背広のおっさんがおるんよ。何でやゆうたら」

「あのう」と外田警部。「急いだ方がええ思うんですけど……」

「おっさんは黙っとれ」と北野さん。「星が読めるなんてコモすごい超絶陰陽師!! 天才!! 天才少女陰陽師降臨《こうりん》や。なああかね?」

肘で突かれる。あたしは笑顔全開でいった。

「そうだよコモ天才だよ。事件を解決したら、はしるとら大臣もきっとびっくりだよ」

ぴく。

よし、喰いついた。

「——はしるとら宮内大臣もびっくりかな？」

「**びっくりよ〜**」

「お小遣いアップしてくれるやろか。あたしジュモのアンティークドールでチャッキーごっことブラームスごっことエクソシストごっこしてみたいんよ」

「え、エクソシスト」知ってるあたしは幾つなの。

「高校生に顎で使われたいうたら」外田さんは愚痴る。「処分ものじゃろか——」

「お小遣いアップ、してくれるしてくれる」北野さんが無責任にいう。「コモと安倍の跡《あとつ》継ぎとは比較にもならんいうて、こないだ『四国ぴあ』に載っとった。はしるとら様のインタビューが載っとった。なああかね？」

「う、うん」

あたしは最終的に決めた。絶対にコモの人形には息を吹き掛けないと。

「ほうやろなあ。ほうでなかったらおかしいよ」うんうん。コモが大きく頷く。「実力が段違《ダンチ》やもん実力が」

「ほんで、事件発生の時間と星の話やけど――」

北野さんが絶妙な修正で話の軌道を回復させた。

「ほうよほうよ。星の支配はなあ夕子、ヒトにも物にもあまねく及んどる。ヒトの個性が誕生日の宿曜星案《すくようせいあん》に現れるんなら、物の個性も事件の個性もまたしかりや。いつどこで。これが正確に分かったならその事件発生時の宇宙モデルが分かる。宇宙モデルが分かったら事件のすべての属性は既に一目瞭然といわなければならない。だからあかね、あたしと来い」

「ふーん」北野さんの声がまた硬くなる。「一目、瞭然か」

「減俸は、ボーナスにも、響くんかな……」

「あっ夕子――」

そのとき、新たな声とともに3－8の引違い戸ががらりと開いた。あたしたちはいつのまにか四階にいる。

声の主は、ユニフォーム姿の深沢さん。こんな厳しい顔の深沢さんあたし初めて。まるで焔《ほむら》だ。

オレンジ色の焔が瞳《め》に燃えている。

「――あっ楓」

「夕子、そのおっさん誰なん？」

「あたしの一の手下《いちのてか》で」コモが宣告した。「外田保丞警部や」

「南堀端《みなみほりばた》の県警察部から来ました、外田いいます」あうー。ため息。「使いっ走りですけん、よろしく頼みます」

「おまわりさん？」深沢さんが視線を突き刺す。

「ちなみにあたしもよ」コモの注釈は無視される。

「おまわりさんってどういうこと？

生田は独りで落ちたんよ。おっさん何しに来たん？」

「あのですねー」

――え？

外田さんの左瞳《ひだりめ》がいまぎらりと光ったような。

「まあ、たいがいに形式的なことの確認を、ひとつかふたつ。

いちおう大きな事故やけん、話訊かんといかんのですよー」

「大きな殺人未遂事件な」とコモ。

「もとい。大きな殺人未遂事件です」と警部。

「さつじんみすい？」ぼとん。深沢さんの腕からバスケットボールが転落した。

「――アナタが深沢さん？」

「そうですけど」

「ではアナタは？」

警部のその言葉を制しつつ、風を感じさせる香西《こうざい》先輩が立ちはだかった。違う。あたしなんかとは風が違う。このひとの風は自分に勝ってるひとの風だよ。圧倒的だよ。整然と並んだ机のなかで、あざやかに過ぎるそれは清涼だった。

「警察手帳、見せてよ」

外田さんがちょっとびっくりする。でも思い出したかのように黒い手帳を呈示する。香西先輩がじっくりとその写真を確認して、ぴしゃりと言い放つ。

「とても警察官には見えんけどね」

「生まれつき優男《やさおとこ》やけん。よう言われるんよ。かないかなんわ」

「生田いう子が落ちたこと訊きたいん？」

「まあ形式的なもんやけん。ほがいに怖い顔せんでもええ」

「生まれつきやけんね。よう言われるわ」

「かなんな」外田さんが戯《おど》けたように肩を竦《すく》める。「あんたは何年の、何ちゅう子や」

「三年八組の香西礼子」

「こうざい、れいこ、さんと。3‐8。ほじゃけんこの教室におったんやね？」

「そうよ」

「あんたが目撃したこと、頭から、話してくれんかのー」

やっぱり。あたしの瞳《め》に狂いはなかった。外田さんには今はっきりと異質なちからが滾《みなぎ》ってる。このひと自分がいうような道化じゃない。この左瞳——

そうだ。

かるたのときの大村先生と同じ瞳だ。そしてあのときと同じアドレナリン。このひと、怖い。しょぼくれたおじさんなのに。よれよれスーツなのに。これがあたしを空港から送ってくれたあの人だとはとても思えなかった。外見はまったく農協の経理さんのままなのに。

「おっさん」と深沢さん。「あたしが説明したるけん、香西先輩は……」

「楓」と香西先輩。「余計なことすな。喋るのはあたしやけん。楓は黙っとけ」

「——でも」

「ええな」

「はい」

深沢さんのユニフォームがひときわ小さくなる。その香西先輩は一同をゆっくり睥《へい》睨《げい》すると、外田警部に凍て付くような視線を送りながら、さっき深沢さんが落としたバスケットボールを拾い上げた。その瞳には深沢さんのそれに比肩する、しかし青白い焔が燃え猛《たけ》ってた。

「外田――警部さん」と香西先輩。「これ何か分かるか？」

「バスケットボールですねえ」

「そうよ。バスケットボールよ」

「何やマジックで一杯書いてあるぞな――名前かな、もし？」

「これは寄せ書きや。後輩に頼まれて――」香西先輩が深沢さんを見遣る。「――まあここにおる楓やけど、楓に頼まれて書いとった。あたしら、この3－8で四時半に待ち合わせとったんよ。楓は四時ちょっと前から進路指導が入っとったし、あたしも昼からちょっと野暮用があったけんね」

「あんた制服やね」

「見れば分かるやろ」

「ちゅうことは家に帰っとらん」外田さんは左瞳で香西先輩を圧した。「ユニフォームでもないけん、こちらの深沢楓さんみたいに体育館で練習しとったわけでもない」

「図書館におった」バスケットボールにちからが滾《たぎ》る。「これでも受験生やけんね」

「けど先輩――」と深沢さん。

「あ」と香西先輩。唇がちょっと噛まれる。「いうても三時半頃、ちょっと体育館に行っとった。楓のシュート見てやる約束やったけん」

「ほしたら、寄せ書きはそこで書いたらよかったんと違うかな？」

「あたしも楓にそういうた」香西先輩は強気な笑みを返す。「でもこのボールが他の子に回っとったけん仕方がない。今日の午後、一年の子があたしらバスケ部の三年のとこ駆け回っとった。ほやけん、あたしが書く番は四時半になった——楓が着替えてチュウドウ先生との面接片付けた後の方がええ。そういう話になったんよ」

「ほんで、二年生の深沢楓さんがこの３‐８に来たと」

「まさしく」

「アナタ、香西礼子さん自身は何時にこの教室へ来たんかな、もし？」

「四時十五分よ。入ってきたとき黒板の上の時計見たけん」

「その時分、生田君はこの教室におったんか？」

「おった」

「生田君も寄せ書きする予定やったんかな、もし？」

「バスケ部の寄せ書きいうとるやろ。新聞部の生田君には関係ない」

「ほう」外田警部は鉛筆を舐めた。なるほど、なるほどのー。大振りに感心するところがかなり胡散臭《うさんくさ》い。「生田君は新聞部なんか。よう知っとったな」

「あたしようインタビューされたけんね」香西先輩はむしろ落ち着いて。「諾子らと一緒に。『特集!!　実予南のエースたち』いう下品な題の記事やったけどな」

「なるほど、なるほどのー。ほんでアナタ香西礼子さんが入ってきたとき。深沢楓さんはこの教室にもうおったんかな？」

「おらんかった。楓が来たんはあたしよりちょっと後や」

「深沢楓さんが来たんは何時頃じゃったかな、もし？」

「――何でそんなに根掘り葉掘り訊くん？」香西先輩の眉が戦闘的に吊り上がる。

「あたしらが生田君いう子突き落としたとでも思とるんか？」

「かなんなー」ぼりぼり。鉛筆が奇妙なリズムで頭を掻く。「ほじゃけん、形式的な話や最初から言うとるぞな。もっと丸う、笑うてみたらどうじゃ。実予のおんなが、ぎらぎらツンツンしとったらいけん。せっかくの美人さんが台無しじゃー」

「それはセクハラや」

「せ、セクハラ」外田さんが絶句する。

「そうよ。セクハラよ。おまわりさんのセクハラよ」とコモ。「国連規約人権委員会に訴えたる」

「小諸警視監、すんません、ちょっと黙っとってつかーさい」

「偉なったもんやな保丞《ほじよう》」

「どがいにすればええんぞな!!　仕事やけんしょーがないぞなもし!!」

「――楓が来たんは」香西先輩が仕上げに入った。「四時二十五分やったな」

「時計見たんかな、もし？」

「見た。黒板の上のを」

「ほしたら違うこと訊くけん――」と外田警部。「――アナタ深沢楓さん。アナタここに入って来たの何時かな、もし？」

「どこが違うことや」がくっと深沢さん。「せやから四時二十五分。いま香西先輩がいうたやないか」

「おう、ほうじゃったのー」外田さんはぞなぞなと警察手帳にメモをした。「きれいな時間じゃーのー」

「時間にきれいもきたないもない」と深沢さん。

「ほうじゃのー。ほしたらまとめるけん。

生田雅実、アナタ香西礼子さん、アナタ深沢楓さん。アナタたち三人がここ3－8におったんは四時二十五分から――いうことになるのー」

「まさしく」と深沢さん。

「ほんでどうなったんぞ」と外田さん。「アナタとアナタと生田雅実。あんたら三人、教室のどこにおったんぞな？」

「あたしたちふたりは」

がらり。香西先輩は苛立たしさを込めて教室の後ろの引違い戸を開けた。指一本でドリブルをするように、教室最右翼最後列の机を指し示す。

「そこにおった」

「香西礼子さんここアナタの席？」

「違う」

「ほじゃけどアナタここに座っとったんやろ？」

「午後全部放課後やったけん誰もおらん。どこでも座れた。楓が体育館から来ることになっとったけん、分かりやすいように一番引違い戸に近い席に座っとった。前の扉の横だと後ろが見えんけんね」

「いちばん、分かりやすい、席に——」外田警部が胡散臭く感心しながらメモをする。それにしても今時こんなちびた鉛筆どこで売ってるんだろう。「——なるほどのー。で、生田君はどこにおったんぞ？」

「あそこよ」香西先輩が腕で示したのは教室の対角線上、最左翼最前列の席だった。

「いちばん前のいちばん左。より正確には、その横にある窓枠の上に座っとった」

「なるほど、なるほどのー。ほしたらアナタたちとはかなり離れとったんじゃのー」

「最初からそういうとるやろ。おっさんくどいよ」

「ほうじゃったのー」ぞなぞなとメモ。どうせまた粘《ね》ちっこい質問を続けるんだろうなと油断してたら、意外にも警部はせかせかと机の合間を縫って最左翼最前列に詰め寄った。生田君が座ってたっていう窓枠に自分も座ったり、その周囲で立ったり座ったり屈《かが》んだり跳ねたり。急に猟犬のよう。「なるほど、なるほどの━━ん？」

あたしたちはぞろぞろと外田さんの周りに集合した。外田さんの眼鏡のその先。あたしは視線でそれを追った。落着する先は教壇の下。教壇の中央にある教卓の真下。

瑠璃色の何かが落ちてる。

教卓と最前列の机の狭間。
ガ、ガ、ガラスだ。
割れたガラス。瑠璃色の割れたガラス。

━━さっきかるたをした2‐8と違って机が整然と並んでるから、後ろの引違い戸の位置からは見えなかったんだ。瑠璃色の、小さな花瓶のような、大きなフラスコのような切子ガラスとガラスコップの残骸。フラスコの上にグラスを被せるあれの残骸。

「水、水差し」思わず言葉にしたのはあたしで。

「ほうじゃ」警部の声はどこかしら歓喜していて。「水差しじゃ━━まだこの水差し使《つこ》とるんかな。がいに懐かしいのー」

「保丞が実予南であほ高校生やっとったときも」とコモ。「これ使《つこ》とったんか？」

「ほうですわ。雑巾のミックスジュース入れたら、若かりし日のアリマスルにどん叱られたりしよったです。しかし綺麗に割れとるのー」

「割れてますね」

全員から凝視されるあたし。莫迦莫迦。気の利いたことのいえないあたしの莫迦。そんなあたしの劣等感を知ってか知らずか、外田警部は何と床に零れてる液体をぺろりと舐めた。警察官恐るべし。

「水じゃ」

「焼酎じゃ、ないですか」

全員から凝視されるあたし。莫迦莫迦莫迦。外したあたしの莫迦。

しかし、まるで割れたて。柳田格之進《やなぎだかくのしん》の碁盤のような、番町青山主膳《あおやましゅぜん》の南京絵皿のような運命をたどったその切子ガラスは、あざやかな割れ口と手付かずの水たまり、そして手付かずの水飛沫を残してる。いい割れっぷり。おんなは水里。

「アナタ香西礼子さん。アナタが割ったんかな？」

「ほうよ」先輩に躊躇はなかった。

「何でぞな？」

「生田君が落ちたときに」香西先輩の視線の先に、いちばん大きな瑠璃色の破片。

「生田君の悲鳴が聴こえたけん、あたし慌てて窓に駆け寄った。そのとき教卓に躯《からだ》が当たった。それで落ちたんや思う」

「思う？」

「今まで全然気付かんかった。けど実際割れとる。なら可能性としてはそれしかない」

「ほうじゃったんか。

しっかしこの教壇汚《きしやな》いのー。チョークの粉だらけじゃ。ごほっ、ごほっ!!」

ぺっぺっ。勢いよく粉を巻き上げてしまった外田さんが咳き込む。おとっつぁんしっかりして。コモがお約束のようにその背中をばんばん叩く。雪みたいに積もってたチョークの粉は、たちまちふたりの三文喜劇によって、もくもくした煙になった。

「け、警視監、堪忍してつかーさい。この官品《カンピン》のスーツアタシの一張羅じゃけん――おっと、布巾、落としてもうたわい」

「布巾」

言葉を返したのは深沢さんで。

――あたしは外田さんの靴元を見た。教壇。チョークの粉に烙印のごとく押された警部とコモの足跡の狭間《はざま》に、おろしたてと思しき白い布巾が。山科閑居《やましなかんきょ》のごとく真っ白だ。

「黒板のチョーク置く縁《ふち》んとこに引っ掛けてあったんじゃ」たいがいな干し方しよる、と外田さん。たちまちのうちに当該布巾を引っ張ったり揉んだり嗅いだりする。ううん、古い喫茶店や居酒屋でサラリーマンがするように顔まで拭き始める――ええっ――「がいにええ手触りじゃ。これは今貼《いまばり》もんじゃ。極上品じゃー」

イマバリは極上品。あたしは生徒手帳のリストに追加メモをした。それにしても宿題が多すぎるよ。

「しかも、ちょっと濡れとる」もちろんあたしに構わず警部が続ける。「アナタたちが使《つこ》たんか？」

「はい」再び答えた香西先輩に躊躇はなかった。

あたしも外田さんに釣られてその布巾を触ってみる――ほんとだ。ちょっとだけ湿ってるよ。真ん中あたりだけほんのり濡れて、かすかにベージュがかってる。でも、あとはやっぱり真っ白だ。

「その布巾は、おっさんがいうように、黒板の縁に突っ掛けてあった」と香西先輩。「あたしは覚えてないけど、水差し割ってもうたけん、発作的に使《つこ》て拭いてもうたんや思う」

「ア、アナタが？」

「あ、あたしが」

「――なるほどのー」何だろうこの。何だろうこの冷気。凍気だ。寒い。とても寒い。あたしは眼前の官憲を理由も解らぬまま恐懼《きょうく》した。失神しそうなほどに。「ほしたら、よっぽど慌てとったんじゃのー」

外田警部はそういいながら、ひょこひょこと教室の対角線を踏破して、新しい布巾をわざわざ最右翼最後方、後ろの引違い戸のたもとで鎮座する木の掃除道具入れに片付けた。どこにでもある、ありふれた掃除道具のロッカーだ。

「お、何ぞなこれ。ハイカラなもんがありよる――ええなあ最近の子は。箒《ほうき》使わんでもええんか」首のかくかくする柄の長いブラシが採り出される。しかも二、三本が取っ替え引っ替えされた。「いわゆる西洋の箒か。がいやのー」

あたしは普通の箒の方がしっとりしてて使いやすいと思うんだけど。ブラシはデジタルな感じがする。不必要に幾何学的というか。箒の方が融通無碍《ゆうずうむげ》だ。だいいち、あのプラスチックの長柄と竹の落ち着いた節とでは手触りが違う。

――けれど、引き続きそんなあたしの感慨に構わず警部は続けた。

「きれいじゃのー。使《つこ》とらんのじゃろ。しかも軽いぞな。

グラスファイバー、ゆうやつかのー」

「中が空になっとるだけやんか」香西先輩は疲労を通り越して呆れ顔だ。どうでもいいことを、と眉《まゆ》で一蹴してる。「アリマスルが学校じゅう新しい掃除道具そろえたんよ。アリマスル掃除大好きやからな。校舎のなか用としては、竹箒はもうない」

「やっぱほうか。アリマスルもますます盛んじゃーのー」

「もうええですか？　あたしらこれでも忙しいけん。田舎公務員とは違うんよ」

「それもそうですねえ」

え？

あたしの膝がかくんと落ちた。そんなにあっさり。あたしは全身で愕然《がくぜん》とする。

「解りましたー。ほしたらこれで失礼するけん。暑うてかなん。労働基準法違反や」

気がつくと前の引違い戸が開いてる。外田さんはもういなかった。何が解ったんだろう。いずれにせよ珍客が撤収してしまったので、3－8はたちどころにたっぷり蓄積された悪罵と嘆息《ためいき》が支配するところとなった。

「何やのあれ」粘着的な取調べを受けた香西先輩が言い捨てる。「形式的形式的いうて、ほんまに通り一遍《いっぺん》のことしか訊かん。あほちゃうか。あんなん税金で養うとる思うとさぶいぼ出るわ」

「でも先輩、あたしら」深沢さんがちょっと躊躇した。「どうやったたって生田を突き落とすことなんかできんかった。絶対に無理や。そう、物理的に無理いうんが解ったけん、事故やて確信したんやと思います。何ならあたし――」

あたしは深沢さんのどこかしら自己弁護のような、あたしに聴かせる弁論のような言葉を聞くともなしに聞きながら、生田君が座っていたという窓枠をまじまじ見分した。窓のしたをちょっと覗いてみる。離れたところにあるプールも見える。

……駄目だ。

あたし高所恐怖症なの忘れてた。こんなところから落ちたら絶対痛い。死んでしまう。生田君頑張って。どこでどう頑張るのか解らないけどこのまま死んじゃったら痛すぎるよ。だって、ぐしゃってぶしゃってぼきんだよ。

まずい。想像力が豊かすぎるあたし。後頭部がくらくらする。眼を逸《そ》らせてしゃがみ込んだ。まぶしい。太陽が直接瞳を射る。網膜にあざやかで凶暴な夏の残像を感じながら、あたしはそれでも違和感を感じた——

その、違和感。

ガ、ガ、ガラスが光ってる。

生田君が落ちた窓枠のガラス。校舎に冷房がないから横に滑らせた全開のガラス窓。

そのガラスが、キ、キ、キラキラ、し、し、してる。

水飛沫が掛かったみたいに。あたしはもう一度ガラスを仰ぎ見た。間違いない。大きな太陽の光がちょっと歪んでるから——海のキラキラ。プールのキラキラ。ガラスのキラキラ。あたしは実予の夏三昧に酩酊してた。他方で、深沢さんの言葉は続いてる。

「——あたしらきっと目撃されとる思うんです。ほやけん、あたしらが動いてないってこと証言してくれるひと、絶対おると思」

「あのー、ちょーっと、すみませーん」

全員が跳び上がる。外田警部だ。引違い戸のたもと。いつからいたの。

「電気毛布は、ありませんかねー」

「何で急に標準語なんよ、やらしいな。

この滅茶苦茶暑いのに電気毛布があるわけないやろ。おとさい来て」

「そうですかー香西礼子サン。電気毛布は、ないですかー」

「久麻高原スキー場にでも行っとけ」

「え!?」あたしだけが跳び上がる。「実予でスキーができるの?」

全員に無視された。莫迦莫迦。いじめのネタを自ら提供してるあたしの莫迦。

「久麻高原かあ。忘れてましたー」外田さんは香西先輩のぶった斬りを捌《さば》いた。「ところで香西サン、香西サン下の名前は何でしたっけ?」

「あんた少なくとも六回はいうとるやろ」香西先輩は結構細かいようだ。「礼子や。何か文句あるんか」

「いやーすみませーん」ぼりぼり。「ロサンゼルス市警に勤めとったけん、細かいことが気になりましてねー。そうなると夜も眠れんのです。いやーどーもすみませーん」

「なにがロサンゼルス市警や。不眠症ゆうならちょうどええ、夜も寝んと県民のために働け。頭んなか時差があるから惚《ぼ》けとるんか」

「いやねー、ちょーっと、もうひとつだけ。あれ、なんですけどねー」

「何やの。早よして」

香西先輩が怒って首を振る。あたしはその外田さんの視線をずっとなぞった。警部がいる教室前側の引違い戸越しに、普通の教室とは明らかに色調の違う、内装の白い教室が見える。右隣の校舎。同じ四階。その上の屋上もはっきり見える。その白い教室のなかにはいくつか段差がある。小さな講堂っぽい。その教室、この建物の窓、引違い戸、外田さん、あたしたち。この順番で生温かい風が吹き抜けてきた。

「おお、風が出てきましたねえ。とても暑いですから嬉しいですねえ」と外田さん。

「そう思たら県議会にでも陳情して冷房入れて」香西先輩の額もうっすらと濡れている。でもそのおかげで香西先輩のいいにおいも強まってた。素敵。「それで？　あれって、あの教室のこと？」

「そうです、あの白い教室です。ちょっと、何ですか――その、気になりまして。ちょっとだけなんですけどね。いやあ、アタシの上司にはね、いっつも怒られるんですよ。おまえは執拗《しつこ》いって。でもねえ、ちょっとアタシには解らなくって」

「ほやから標準語はやめえ」そういった深沢さんは、でも何だか安心してるようで。

「何やおまえら」外田さんがいきなり素に戻った。「せっかくひとが留学の成果出しよるのに。いなげな餓鬼どもじゃな。ほら要は、斜め向かいのあの白い教室、あれ何ぞな」

「ＬＬ教室や」と深沢さん。

「英語の教室かな」

「まあ、実態からいえばそうや」

あたしは頭のなかで整理した。まずプール・弓道場のエリアが一番外れの袋小路にある。そこから出てくると生田君が墜落したアスファルトの道。もちろんその真横にこの校舎。２‐８、３‐８などがあるこの棟だ。その隣に並行してもうひとつ校舎の棟があって、同じ高さ、同じ造り。その向こうが、グラウンドの入口近くにある部室棟——爆発事件が起こったらしいところ。その向こうにグラウンド。なるほど、関係部分に限っていえば、実予南高校は至ってシンプルな構造をしてる。今話に上ってるのは隣の校舎、その四階に見える白い教室だ。

「人が一杯おるぞな、もし」

「英語部や。久松杯《ひさまつはい》のスピーチコンテストが近い言うとったけん、その練習やろ」

「アナタ深沢楓サン、よう知っとりますねえ」

「知っとったらいかんのか」

「そう嚙み付かんでもええじゃろがな。ほうじゃ」外田さんは柏手《かしわで》を打った。瞳が閉じられる。警部は左手の指二本で額を押さえながら、大仰に何度も頷いた。「あそこにおる子ら、何か目撃しよったかも知れんの。ここから顔までガッチリ見えるくらいやけん。ほうじゃ、これから話訊きに行ってこうわい」

アナタらここで待っとってな。そういった外田さんは、警察手帳とちびた鉛筆を出したまま、ぷらっと廊下に消えていった。

「コモ、外田さん行っちゃったよ？」

……うげ。どうも静かだと思ったらコモ寝てる。手近な机を勝手に占領して。

でも。

肘のうえに載せられたコモの横顔。

何て可愛いの。

欲しい。

食べてしまいたい。

その唇は性愛神《イシュタル》の罠だよ。

思いっ切りキスして、そしてそして。

寝息は夏のプリズムのなか、まるで恋人のささやきだよ。あたしの膝はがくがくした。お腹が疼く。端的には——どうしよう、あたし欲情してる。

おなじおんな同士で欲情するのはおかしいよ。

でも。

そんな俗事なんてどうでもよくなるそれは剝《む》き出しの欲望だった——

「あかね、どうしたん？」

「あっ、ご、ごめん、北野さん。

こ、コモ、コモ起きて!!　外田さん行っちゃったよ!!」

「うーん」

可愛くて妖艶な寝起きの目蓋《まぶた》。

机に落ちたいわゆる涎《よだれ》は震えるほど淫靡だ。

——どうしようあたしおかしくなっちゃった。

しかしあたしのこころの欲情にまったく気付かず、北野さんがコモを引き摺って3－8を出てゆく。香西先輩が悠然《ゆうぜん》とそれを追うと、深沢さんも駆け出した。あたし独りで残るのは嫌だ。慌ててあたしも駆け出す。

でも結果的には焦ることなかった。警部は廊下のある地点でもっそり逗留《とうりゅう》してたからだ。あたしは自分の頰を叩いてコモの呪縛を振り払う。

「おっと、手ぇ洗っていこうわい」古風な石造りの流しで水道が全開にされる。「さっき、チョークの粉でがいに白うなってもうたけんね。

しっかし相変わらず汚《きしゃな》い流しじゃのー」

石、粉吹きそうじゃ。からっからで埃だらけ。他にきれいな流しはないんか。ようし知っとるやろないわ。階にひとつよ。

おっと飛びついたら損じゃ、水、温《ぬく》とうなっとるけんね。ちょっと流しよったら冷《つめ》たなるわい。公務員の知恵じゃ。

しょーもな。無駄遣いすな。アリマスルに怒られるのあたしらよ。

――いまや外田さんと香西先輩のやりとりは芸人の域に達してる。

「はふう」外田さんは心底爽快な笑顔を見せた。「ええ感じに冷たいぞな。ほうじゃ、顔も洗っていこうわい」

「そのまま住田の本館にひと風呂浴びいったらええよ。あたしら暇じゃないんよ」

「アナタたちは一緒に来んでもええゆうとるじゃろが。変な娘っ子たちじゃのー」

結局外田さんは眼鏡まで洗った。ハンカチ忘れたとかいいながら、何と3－8から持ち出してきたらしい、さっきの新しい布巾でぞなぞなと眼鏡を拭く――ええふきんじゃ。眼鏡もよう見えるようになった。そう独りごちた警部は御機嫌だ。そして気が済んだみたいにひょこひょこ階段を降りていってしまう。一同莫迦みたいにとぼとぼその後を追った。

けれど。

階段の踊り場で。

不用意にもあたしは外田さんと並んでしまった。

ふたりの視線が交錯する。

外田さんの驚愕《きょうがく》した顔。

一気に氷点下まで急降下するあたしたちの四囲。

あたしたちは今ふたりで。ふたりだけで。もう誰もいない誰も見えない暗黒の宇宙に漂流してる。あたしたちふたりを哀しい星々が憐れむ。

今解った。

このひとは獲物を求めてる。

そしてその獲物はあたしなのだ。そうだ。こんな素っ惚《とぼ》けた道化のような役割を演じながら殺人者であるあたしを狩り立てるこれが人狩り。あたしが実香ちゃんを殺した血に飢えた殺人者であることをとっくに知ってたのだ。そして殺人淫血症であるあたしが犯人であるまさにそのことを立証するためにただあたしを油断させ襤褸《ぼろ》を出させるために。こんな三文歌劇を演じながら。ひとたびヒトの血の野趣に目覚めた流血の亡者は何度も何度も繰り返してヒトを屠《ほふ》るであろうということを解ってるのだ。理解し尽くしてるのだ。このひとの照準鏡のいよいよ捕囚となったあたしの汚穢《おわい》な動機がいま白日のもとに曝《さら》されたのだ。あたしはあたしの動機に思いを巡らせた。そうだ。きっとあたしは兄を陥《おとしい》れるそのために兄に深紅の恥辱を舐めさせてから兄を最終的殲滅《せんめつ》的に破滅させるそのために実予の街中に放火を繰り返す犯罪者の成れの果てなのだそれが新聞部である生田君に露見したのだ。がっちり目撃されてたに違いない脚本上はそれしかあり得ないそして生来的犯罪者であるあたしの血塗られた来歴を調査しだしたのだ生田君はその社会派推理小説的執念でもってあたしが実香ちゃんを衆目のなかで激情的に殺害し去ったことをも。そうあの部長の愛人が破滅へ短絡的なまでに直結する破廉恥な脱税の記録を押入れに隠匿してたことを真夏の灼熱のもと靴を磨り減らせながらそうあの四分間の奇跡のアリバイ崩しを証明し尽くした熱情を持った生田君ならば。いや生田君ならばあたしがクラスで自己紹介して生田君があたしに質問してもうそのときに閃いたのだあたしが通常人の規範を汚辱してしまった呪わしい咎人《とがびと》市中引廻《ひきまわし》の上磔《はりつけ》で火焙りにされるあたしが。おまえが犯人だ!!　進退窮《きわ》まったあたしは発作的に生田君を突き落として!!

あれ。でもあたし一階下にいたよ?

それともこれが石もて駆逐される逸脱者に転嫁すべきいわゆる濡れ衣《ぎぬ》――

「さて、お嬢様」

「な、何よ外田さん」

「ふふふ」

「ああ」

やめて。嘘なのよあたしじゃないそれともあなたは自分の功績のために無辜《むこ》を。

「こんな簡単なことが分からんなんて、わしのこと、さぞかし見くびられよったでしょうねえ——わしも、今の今まで人が善すぎました」

「助けて——違うのよ——これが罠——」火刑台に釘づけるこれが官憲。

「お兄様にはとてもお話しできませんけんねえ——」

「そうよ——なら——いっそその銃で——」美は豚どもに投じられるそのために。

「あにょう、何を今更なんですけんど、お嬢様のフルネーム、何じゃったでしょう?」

「……あの、水里あかねです。東京から来ました」

IV

あたしの諸々の欲望及び妄想をもちろん斟酌《しんしゃく》せず、LL教室にはたくさんの子が。

「**あのー、ちょーっと、すみませーん**」

全員が一斉にあたしたちを見る。付いてこなければよかった。解っていながらみすみす恥ずかしい。

「南堀端《みなみほりばた》から来た外田ですー。ちょーっと、一分だけ、確認させてくださーい」

「ほやけん何で標準語なんよ」すかさず香西先輩が突っ込む。するとそのとき。

「――ひょっとして」

すっ。制服のおんなのこがそのときひとり進み出た。制服の深紅のネクタイを緑のにしてる。ふわくしゃっとした髪が両肩に掛かり、とても大人っぽい感じがするのに、前髪を眉上で厚めにとってるので重すぎない。なるほど、こういうやり方もあるのか。

「その確認というのは、生田君が四階から落ちたことについての確認ですか？」

「あれー、よく御存知ですねえ」外田さんが芝居調で天井を仰ぐ。御丁寧に西洋風な肩の竦《すく》め方。これがロサンゼルス流か。ぱん、と柏手《かしわで》まで打たれた。「まるで、そうですねー、皆サンで打ち合わせたみたいですねー」

「何なんですそれ」緑のネクタイの娘《こ》が腹筋を利かせた。「楓、この警察のひと……」

「美里」深沢さんが首を振った。「かまわない。話してやって」

「――なら刑事さん、何を確認したのか知りませんが……あたしたち、ちょうど見てましたけん」

「ちょうど見よった？　生田君が落ちたところを？」

「まさに」

「ここから見えるんかのー」外田さんは窓辺に侵攻すると、さっきまであたしたちがいた校舎へずずっと身を乗り出した。「おお、見えよる見えよる。一直線ぞな」

それはそうだろう。ふたつの校舎棟は並行して建ってるから。

「説明がいりますか」

「もっちろんですー」

「……生田君は独りで教室の前の方の窓枠に座ってました。ずっとです。あたしらずっと見詰めてたわけじゃないですけど、ちらちらとみんなが見ていたと思います」

「生田君は美少年っぽいけんね」

「下世話ですね刑事さん――で、この英語部の誰に訊いていただいても明らかだと思いますが、生田君の位置は一切変わりませんでした。このLL教室からそれがよく見えるのは御自分で確認されたとおり。いいえ、見るつもりがなくても見える。

ですから断言しましょう。

あのとき生田君に接近した人もいませんし、生田君が近寄って行った人もいません。ちなみに生田君のいた校舎の屋上にも、現場の3－8の左右すなわち3－7と3－9の教室にも、誰ひとりおらんかった。校舎群はこの棟と3－8がある棟で終わっています。後者の先にはプールや弓道場以外に何もありません。さらに申し上げるならば、今あたしたちのいるこの棟の四階にだって今日の午後誰もいなかったでしょうね。何故ならばこの階については、芳山先生がどの教室の鍵も開けていないからです。これらを要するに、四階のレベルについて言うのならば、楓たち及び英語部以外、おそらく無人だったということです。

　そして爆発音が響いた。『どおん』と響いた。

　だから英語部全員が今度は３－８の反対側、グラウンドの入口方向を見に行った。引違い戸から廊下に出て、部室棟を見ようとした子もいた。ＬＬ教室内に残っていた子もいた。いずれにしろびっくりしてそちらに神経を集中させたことには疑いの余地がありません。廊下へ出て、そちら側の窓からグラウンドのたもとを見ると、鮮やかに炎の舌が新聞部のあたりを包んでいた。それは火蜥蜴《ひとかげ》のような業火《ごうか》だった」

「なるほどのー」と外田警部。「ちょっといいですか。するとそのとき、ＬＬ教室に残っていた方も多い」

「そのとおり」

「よござんす。そしたらその方々は、物が割れる音は聴いておられましょうか」

「あたしが残っていた子に訊いたところによれば」と美里さん。「爆発音の後、またもや突然『ぱりん』と音がして、立て続けに『うわあ、うわあ』と悲鳴が聞こえたとか――ですから残っていたほぼ全員が、今度はまた、いま刑事さんがいらっしゃる窓辺に駆け寄った。こうなります」

「いやあ、流麗なと申し上げましょうか、きれいな証言でござんすねえ」

「証言にきれいもきたないもないでしょう。問題はそれが事実かどうか。それだけです」

「ほうですねえ。今アナタがおっしゃったこと——例えば生田君の姿、爆発音、物の割れる音。アナタも見たんですか、アナタも聞いた？　アナタも廊下に出たり、駆け寄ったりした？　御自《おんみずか》ら？」

「あたしは」絶句。「それらの直前までは見とった」

「なるほど。なら直前以降は？」

「あたしはちょっと外していましたが、他の全員は爆発までは目撃していました」

「ほほーお」

「——そして気がつくともう生田君の姿はとらえられなかった。だから、『あ、落ちた』と——これが他の全員の公約数でしょうね。そしてそれは事実です。確信水準の蓋然性《がいぜんせい》をもって」

「その『どおん』『ぱりん』『うわあ』——ですがねえ」と外田警部。「よく聞こえた？」

「はっきりと聞こえたらしいです」と美里さん。「部員によれば。もっとも、四時二十五分くらいまでは吹奏楽の大音量が響いていましたから、それが続いていたら無理だったでしょうが」

「もうひとつだけ、そのう、確認させていただいてよろしゅうござんしょか」

「また形式的なことですか？」

「ほほう。面白いことをおっしゃる。そう、そうですー。とても形式的なことで。いやあ、今時の女子高生のネットワークいうんは、がいいじゃのー。こないだも、アタシの上司なんかね――」

「そういう芸風はあたし嫌いです――御質問を端的《たんてき》にどうぞ」

「ほしたら二年一〇組英語部部長兼調理部員八木《やぎ》美里サン、アナタにうかがいましょう」警部の左瞳がまたぎらつく。「生田君はあの窓のところ、そうあそこです、そこに独りでおったんですか？」

「そう申し上げているつもりですが。誤解があったのならお詫びして訂正します」

「周りには誰もいなかったんでござんしょか」

「そう申し上げているつもりですが。理解していただけないのはあたしの説明が不具合だったんでしょう」

「美里」深沢さんが外田さんに喰って掛かる。「この警部さん、あたしらが生田君突き落とした思とるけん。ほやけんしつこいんよ」

「ほんまにしつこいね。ならばはっきり証言しておきましょう」美里さんがきれいなターンをする。そして警部を真っ正面から見据える。今度は美里さんの瞳から全身から、あのオレンジ色の焔《ほむら》が燃え上がっている。そう、あたかも火蜥蜴《ひとかげ》のように。「英

語部員は確実に、香西先輩と楓が教室の反対側にずっといたところを目撃していま
す。最初から最後まで、ずっと。香西先輩や楓が生田君を突き落とす――そんなの莫
迦莫迦しくて論じるに値しませんわ」
「ずっとかなもし？」
**「しつこい!!　二十二人ずっとっていうとる!!　あんたあたしを調戯《からか》っとるんか!!
不満ならひとりひとり取調室に呼んで納得いくまで調べぇ!!」**
「うひゃあ!!　解った、解ったけん――」それでも質問を止めなかった外田さんの職
業的使命感はある意味賞賛に値した。「こ、この子八木美里サンはこういうとるけ
ど、英語部ミナサン二十二人が同じ証言をする、そういうことで間違いないんか？」
ＬＬ教室に元からいた全員が一斉に頷いた。外田警部の顔が初めて渋面になる。ま
るで出がらしだ。
「ほうかのー――ほうじゃのー――全員が全員いうことになったら、これはほういう
ことになろうのー。ひとりふたりならどうとでもなりよろうが、二十二人全員の口裏
合せいうんは、アナタ八木美里サン、いくらアナタでも無理じゃろうけんのー――」
それはそうだろう。
美里という娘《こ》が嘘を吐くつもりなら二十二人は危険すぎる。みんなただの高校生。
厳しい取調べがあったら、絶対に数人は脱落してしまう。脱落するつもりはなくて

も、警察のひとに個別に尋問されて、そのとき『誰それはもうこう喋ってる』って騙されたら。『ここで本当のことをいえばまだ罪は免《まぬか》れる』とか諭《さと》されたら。

　あっけなく自白してしまうだろう。

　全員に必死な動機があればまた別論なんだろうけど、二十二人が全員生田君を突き落とす必死な動機を持ってたなんて、常識では考えられないよ。それだったらあんな殺し方しなくてもよさそうなものだ。そしてそれでも国家警察の追及を免れることはできはしない。

　理屈だけで考えてもすぐ解る。あたしにはそれがよく解る。なぜならばあたしがまず喋ってしまう側だから。現社で教えてもらった囚人のジレンマってこういうのかな。ちょっと違う気も。Ａの焼き鏝《ごて》が全裸にむかれたあたしの胸にじゅうっとあたしの肉は淫猥で酸鼻を極めた腐汁を漏らしながら黒煙を立てるそうしたら足の爪に指揮棒のような長針がゆっくりと一本一本でもそれはほんの序曲に過ぎないのだ醜悪なほど極太な白蛆《しろうじ》のごとき蠟燭からぼたりぼたりと灼熱の白蠟があたしのあやめてそこだけはうるさい戻り異端め罪状を洗いざらいぶちまけるのだおんなとして生まれたことを後悔させてやるこの辱めを許してあたしはふふふこれが何か解るか売女それはまさか電極天国を味わうがいいカナリス提督もかヴィッツレーベン元帥もかポピッツにシャハトもだな一味だろう売国奴違うあたしはただ獣の愚昧さには偉大な知恵があって学者の知恵には過大な愚昧があるということをただそれだけを黙れこの腐敗した肢《えだ》め他の肢を汚染し堕落させる淫売おまえの神がいまおまえの純血を救うために降臨するものかどうか確かめてみようじゃないかひひっああ父はジャックダルク母はイザベルドンレミの村ではジャネットと呼ばれそんなことを訊いてるんじゃねえんだよ赤いオーケストラめ総統への宣誓を犯した者に許されるのは死あるのみああこれがゲシュタポの長い腕《て》裁いて罪咎《つみとが》もしあらば道を見失った子羊を明日を見失った婢《はしため》を違う違う実はそうじゃない実はこのひとたちの穢《けが》れた快楽に溺れそうなあたしを——

「あかねん」

「はっ」

あたしはコモの香りで我に返った。あの官能の果実の香り。

そしてたちまち。

唇が甘やかに塞がれる。

ああ。

コモのキス。

ふたりの架け橋が雨上がりの蜘蛛の巣のごとく淫猥にひかって。これは原罪だよ。

そして。

もう駄目。

あたし愛してしまったコモを愛してしまった。お爺様は殺してないけどコモを愛してしまった。チュウドウ先生ごめんなさい。あたしは不貞なおんな。あなたを愛するに値しない売女。みんながはしたないあたしを穢らわしいものでも見るように——

見ていない。

おかしいよ。

黒魔術のようにあたしたちの空間だけがストップ・モーションで孤立してる。こんなにはしたないあたしの姿を、コモの陵辱を、誰も見てない。

おかしいよ。

でも。

もうそんなことはどうでもいい。

コモ解ったよ。

コモがあたしをこんなにも。ううん。あたしがコモをこんなにも求めてるっていうことが。

あなたとゆく。

それがコモがあたしに科した愛欲の鎖。

もういちど。

ゆっくりと。

コモの唇があたしを強姦しつくした。

「こ、コモ――あ、あたし――もう――」

「南にむいてる扉を開けて」

「開けるわ――」

「金星の愛欲に船出をするの」

「船出するわ――」

「あたしはあなたが欲しい」

「あたしも――だからもっと――」

「想像力の暗黒面。それがあたしの欲するもの」

「あげる――何でも――あたしが毎日兄さんを拷問する方法をベッドで列挙して育てたその暗黒も――だから、お願い――」

「あなたはあたしのものよ」

「あたしはコモのもの」

「あたしと来るのよ」

「あなたとゆく――あなたとゆくわ――その日が来ても。その日が来たなら!!」

ぱん!!

はっ。

あたしたちの結界は再び世界に霧消《むしょう》していった。外田警部の声がクレッシェンドで戻ってくる。何だったの。今のは何だったの。誰も見てないの。コモあなたは誰なの。

「――よござんす。キラキラした女子高の皆さんありがとう。ほしたらこれで」

「保丞《ほじょう》、あほ、ここ共学よ、おまえOBやろ」

コモが何もなかったように突っ込みを入れる。それはいつものコモでしかなかった。あたしは脊髄が満ちたりないようにわななくのを感じた。それは寂しさだった。

「え？」他方で美里さんは警部の唐突な幕引きにびっくりだ。「これで終わりですか？」

「いやなーに、うるさい上司にいわれて一応辻褄《つじつま》の合う報告をしないといけないだけでござんして。執拗《しつこ》いことといってどーもすみませーん。いやどーもどーも。御協力ありがとうございましたー」

「は、はあ」

「あ、そうだ。スピーチコンテスト、久松杯ですか、頑張ってくださーい」

「あ、ありがとうございます警部さん」

外田さんは美里さんの手を両掌《りょうて》でぶんぶん握った。美里さんがセーラー服ごと揺れる。気がついたとき警部はもうLL教室から消えてた。その奇妙な沈黙の後、美里さんがやっと毒づく。

「……ああいうんを慇懃《いんぎん》無礼、いうんやろな」

「あたしら莫迦にしとるんが見え見えよ」深沢さんも開け放しの扉を睨《にら》む。「ほやけど美里ありがとう。美里たちが目撃してくれとらんかったら、あたしらみんな実予東警察署のぶたばこ行きやった」

「何いうとるん楓」美里さんが心底意外そうな顔をする。「あたしら見たままを喋っただけよー。それにあたし、もし楓が突き落としたんやったら黙っとくだけ。違うとこにおったなんて、訳の解らん嘘は吐かん。嘘嫌いやけん」

「ありがとう。あんた八木さんいうんか」香西先輩がぺこんと美里さんに頭を下げた。「あんたとは初めて話すね。ほんとにありがとう」

「ほんとのこというてお礼いわれるんはおかしいです」と美里さん。「それに香西先輩のお役に立てたんならうれしいし」

「ありがとうな」と香西先輩。

「ありがと美里」と深沢さん。

「あのー、もうひとつだけ」と外田警部。

……跳び上がったのはあたしだけだった。莫迦莫迦。お約束どおりにビックリしちゃうあたしの莫迦。

「何やのおっさん!!」香西先輩が睨む。「もう驚かんよ。それがロサンゼルス流か」

「ほうじゃ。わしこれでようやく警部になれたんぞ。

ほんで、下の名前は礼子サンでよかったかな、もし」

「何が訊きたい。はっきりいえ。それに警部が独りで捜査するなんて考証おかしいよ。ほんなん安手の警察小説でもないわ。おっさん部下おらんのか」

「やかましわ。大人には大人の都合いうもんがあるんじゃ――それで二年一〇組英語部兼調理部の八木美里サン。これ、何ですかねー」

「見て分からんか。集音マイクや」

「はあー。集音マイクねー。ほしたらこれは何ですかねー」

「見て分かるやろ。レフ板や」

「いや、それは見ても分からんじゃろ――いや、でっかいのー。畳ほどあるぞな。ぎらぎらに光っとる。ぎらぎらに――ぎらぎらにのー。ほんで？　このわやくそでかい三脚は何ぞー？」

「レフ板用の三脚や。この上にレフ板載せるんよ」

「人は持たんでもええんか？」

「人は角度を調節するだけや。レフ板は三脚に載せる」

「ほーかの」銀板を粘《ね》ちっこく撫でていた外田警部は、そのたもとから今度は銀色の長い棒を採った。びょんびょん、びょんと釣り竿のようにそれを振る。「三メートルはあるのー。三本、四本か。四本あるぞな。軽い。これ、いわゆるグラスファイバー

「ですかねえ」

「知らん」

「いやー、実はウチの義理の弟がね、ジョージっていうんですけどね」

「何でいきなりジョージや」

「釣りに凝ってるんですよー。こないだも、いやあ、両腕ぐらいの鯛《たい》釣ってきましてねえ。それで課長サンのおうちへも持っていったんですけどねー」兄さん捌《さば》けもしない癖に。どうしたんだろう。「やっぱり、釣り竿もこれくらい撓《しな》るんですかねー」

「義理の弟なら直接訊いてみたらどうなん?」

「何に使うんぞこの棒」

「ほやから、さっきの集音マイクを先に着けて、こう、録音をするんよ」

「あんたら演劇部違うやろ。何でこがいな物《もん》持っとんぞ」

「あたしら英語劇もやる」美里さんに澱《よど》みはなかった。「春に熟田津《にぎたつ》城の櫓《やぐら》の中庭で野外劇やった。何もおかしくない」

「解りやすい答えじゃのー。ほしたら演劇ゆうんは何やったんぞ」

「おっさんみたいな浅学《せんがく》な地方公務員にいっても解らん思うよ。『菅原伝授手習鑑《すがわらでんじゆてならいかがみ》』よ」

スガワラデンジュって何だろう。しかし外田警部は左瞳でにやりとした。何気に怖い。

「なんぞー。知っとるけんね。菅丞相《かんしようじよう》のやつじゃ」

「――ほしたら、うちらスピーチコンテスト、久松杯ですけど、その練習頑張らんといかんけん。もうこれでええですか？」

「よござんしょう。いやあ、御協力どうもありがとうございましたー」

「たいがいにせえよおっさん」香西先輩がほぼ全員を代弁する。

しかし――

ＬＬ教室を出るときコモはいった。その瞳《ひとみ》は、さっきの愛欲とは全然違う輝きに満ちてた。

「保丞《ほじよう》」

「はい小諸警視監」

「おまえ、なかなかやるな。いいいや、ないない。警察部長の文倉君《はぜくら》によう言うといたる」

「わし苦労しとるけんねー」初めて外田警部の両瞳《りようめ》いずれもが輝いた。「もう管理職試験二度も落ちとるけん、ほしたら頼みますー」

「あいなかとって陰陽師補《おんみようじほ》にしたるよ」

「どこがあいなかですの」

そのとき階段の下から制服のおまわりさんが駆け込んできた。

「外田警部。爆発現場の鑑識が結果を——」

ごにょごにょ。官憲の密談はあまり気分のいいもんじゃない。

しかし。

警部の両肩がどーんと落ちて、あたしたちは、生田君が死んでしまったと察した。

幕間1　彼女が警部と捜査すること

　グラウンドの入口至近。埃がにおうような白い部室棟。古びた木造、二階建て。ちょっとした校舎ほどの大きさ。正対すれば二階最右翼から煙がまだ幽《かそけ》く靉靆《たなび》いている。官憲たちは燻《いぶ》したような新聞部室の残骸に臨場した。教室の半分もない縦長の部室は屋根を一部失い、壁を相当失い、一枚で構成される入口の横滑り戸を失い、またガラス窓を失っている。機動隊員が警戒しているが、現場は一段落したよう。横滑り戸の対面《といめん》に窓。他の二面は純然たる壁だったようで、窓はない。

警部　ここが爆発現場であります。
陰陽師　うむ。
警部　丸焦げですねえ。
陰陽師　綺麗に燃えまくったな。ザラマンデル・ゾル――
警部　巻いていきませんか。
陰陽師　ちっ。鑑識の結果を見せえ。

警部　こちらの書類でござんす。

陰陽師　ちょっとカット。いくらなんでも早過ぎる。リアリティがないよ。探偵小説舐めたらいかん。おまえ馘《クビ》。

警部　ふふふ。田舎警察思《おも》て見縊《みくび》っていただいては困りますねえ。当県警察部は人数こそ少ないですが実力全国一。毎年内務大臣賞を受賞しておりまして。いやあ、実はウチの姪のマリリンも鑑識の捜査員と再婚して。

陰陽師　何でマリリンや。あたしに術策を弄《ろう》せんでもええ。ええから鑑識の報告の、要旨をはよいえ。

警部　はい。採取した爆発残渣《ざんさ》を分析したところ、火薬類は検出されませんでした。

陰陽師　えらいカンタンにいうな。絶対か。

警部　絶対です。

陰陽師　Ｘ線解析は。

警部　蒸留水と有機溶媒で抽出、解析しました。

陰陽師　蛍光Ｘ線は。

警部　当然でござんしょう。

陰陽師　むむ。キャピラリーもか。

警部　アタシしつこいんで、ラマンに高速液体。ガスクロマトグラフも。

陰陽師　えっ。全部やったんか。
警部　ふふふ。
陰陽師　おまえ惚《とぼ》けた顔してほんまにやるな。
警部　管理職試験は来月でございますんで、ひとつよしなに。
陰陽師　支社長の支倉君にようというといたる。しかし。ということは。
警部　火薬爆薬の類《たぐい》による爆発ではござんせん。絶対に。未反応の爆薬物質はぜーんぜん。
陰陽師　ふーん。なら爆心は。
警部　特定できません。
陰陽師　莫迦いえ。漏斗孔《ろうとこう》と破片からすぐ分かる。
警部　ないのです漏斗孔。あえていえば、部屋中で一様に爆発が。
陰陽師　起爆装置は。雷管。乾電池。ニクロム線。回路の類が出てきたら終《しま》いよ。
警部　まるでKGBのようにお詳しい。ところが、それが微塵《みじん》も。もともと電子機器ないですけん。家電はこの炭焦げの扇風機ぎり。それも爆裂してないんですよねー。
陰陽師　扇風機なあ。公立高校で貧乏やけんなあ。他に検出されたのは。
警部　それがですねえ。面白い物は何も。
陰陽師　面白いか面白くないかはあたしが決める。

警部　炭酸ガスに、水に、窒素に、炭素に。あ、化合物の名の方がよろしかったですか。それともイオンの名にしましょうか。
陰陽師　爆発前の名前でいえ。おっと、もちろん日本語でええけんね。
警部　ちっ。
陰陽師　何かいうたか。
警部　アタシが？　まさかぁ。
ええと、爆発前はですねえ。まず大量の紙。これは新聞や雑誌、ノートの類でござんす。綺麗に吹き飛ぶか焼け焦げてます。読める物の方を数えた方が早いでしょう。それから木。木造の校舎ですからねえ。破片の大多数は木です。竹もありました。後はロッカーや椅子のスチールにプラスチック。バケツや塵採《ちりと》りのアルミ。ガラス。
陰陽師　待てえ。竹いうんは何よ。
警部　箒《ほうき》の柄だと思われます。
陰陽師　ふーん。なら被害品列挙してみい。
警部　被害品としてはですねえ。戦前から使《つこ》とる樫《かし》の机。新品の金属ロッカー。蛍光灯。引違い戸。寝袋。
陰陽師　ね、寝袋。それでか。これ羽毛寝袋の毛ぇか。領置《りょうち》したファスナーいうんも、寝袋の奴いうことか。

警部　アタシゃまたそうとばかり。で、被害品続けさせていただいてよろしゅうござんすか。あと陶器のマグカップ。シュガースティック多数。ティーバッグ多数。木机の中の小《こん》まい文房具類、これ原形はとどめております。吹っ飛んどりますけどね。あと扇風機。カメラ。
陰陽師　扇風機やけど、これも外殻はとどめとるな。
警部　千舟《ちふね》のベスト電器で腐るほど売りよる奴です。タイマー機能、首振り機能あり。
陰陽師　これが首振りの摘みか。
警部　引っ張ると首振り止まりよります。
陰陽師　でもこの書類、面白いこと書いとるな。ショ糖の検出量が窓際と横滑り戸でほぼ同量。
警部　鑑識としてはシュガースティックが現場中央で四散したと推測するいうとります。
陰陽師　ふうん。あと、ええっ。マグネシウムと薄力粉《はくりきこ》微量検出やて。
　これは新聞部とどういう御縁があるんよ。想像もできん。
警部　そういわれる思いました。カメラです。携帯型フラッシュバルブ・ストロボ。
陰陽師　そんなもんまだあるんか。マグネシウムぼしゅん焚《た》くあれか。
警部　骨董ですねえ。公立高校で貧乏ですけん。

陰陽師　真似するな。ほやけど薄力粉はカメラに入ってない思うよ。
警部　入ってない思います。
陰陽師　出所徹底究明せえ。
警部　アタシ細かいことは得意ですけんね。
陰陽師　マリリンにもいうとけよ。
　しかし蛍光灯の残骸が十二本分。この貧乏長屋みたいな小部屋に、十二本分か。
警部　実は、先代新聞部長が秘密主義で。
陰陽師　ああ、ガラス窓全部鎧戸《よろいど》で封鎖したいう話か。入口の横滑り戸のガラス部分も。冷房ないのにソラシド沙汰《ざた》や。これはキーが違うイメイジで理解せえよ。
警部　外道祭文ですねえ。ただ当該横滑り戸の部分は、アリマスルの命令で先月ガラスに戻りよりました。風紀上いかがわし過ぎるいうて。横滑り戸のルイXVI世直伝みたいな錠前も外せいうて。アリマスルならそういうやろね。けど新しく替えたガラスも濃ゆい磨《す》りガラス。おまけにそこにはカーテンも渡してあった。
陰陽師　どのみち室内は二十四時間ほぼ真っ暗いうわけか。
警部　蛍光灯がなければ。
陰陽師　いずれにしろ窓ガラスは鎧戸ごと消滅。けど待てよ。窓、の方のガラスはギザギザに割れとる。なのに、何でおまえのいう入口、の濃ゆい磨りガラスはギザギザもなくぽっかり無くなっとるん。要は、窓はギザギザ、入口はぽっかり。
警部　新しいもんは根性がないけんね。
陰陽師　（しばし絶句）
　ほしたら、屋根が抜けとるのに床が抜けんかったのは何故よ。
警部　警視監ドノが御転校されておいでになる前に、資料の重さで床が抜けたからでござんす。それ修理して、つまるところ爆発前の状態はかなり補強されていたゆうことでござんして。
陰陽師　それでこの部屋だけ鉄板床なんや。へー。（キャンディードでタップダンス）
警部　（ピケ・アラベスクからシャッセ、グランジュテ）はふう。ほうじゃけん、ロッカーは全部新品だったんでござんして。ぶっといオークだった奴を、全部アルミの軽量な奴に買い換えたいいよりました。本校OB弁護士サンからの寄付。さらぴん。
陰陽師　どうせもう使い物《もん》にならん。戦前からの樫の机もアルミロッカーもあおい輝彦の鰤《ぶり》ウォッカもないわ。
警部　里見浩太朗《さとみこうたろう》の方が味が濃かった。
陰陽師　石坂浩二《いしざかこうじ》はやり難《にく》かった。
警部　あゝ人生に涙ありはどんぐりころころの歌詞で代替できると部下に教えてもらった。

陰陽師　おまえの警察官にあるまじろ長閑《のどか》さが嫌になった。
警部　こんなことというとったらファストフードミステリ派があれまあたキレないか思た。
陰陽師　トリポリしとるんはカルシウムがたりんからよ。既存の物語に魂を曳かれよって。探偵小説に安近短も濹東綺譚《ぼくとうきたん》も歌風長舌《かふうちょうぜつ》もあるかと。
警部　教養とは寝言と前衛と型式の最適化であると。
陰陽師　巻いていくけん。本格探偵小説的にはアナログカメラのフィルムが怪しいといったら。
警部　これが本格探偵小説かどうかはともかくとして、焼増しが全部生田君ちのアルバムにあるそうです。金庫のなか。
陰陽師　あいつおんなの腐ったように細かいとこあるけんね。金庫。それはそうやろ。ほやけんこの部室も、たとえ横滑り戸の施錠設備のうなってもダイヤル錠だらけやったはずや。あの楓も、番号知らんいうとった。楓自身新聞部員なんよ？　なのに錠開けられんのよ？　確か、全部同じダイヤル番号いうことは分かっとるんやけどな。まったくソラシドや。
警部　施錠されてなかったのは樫の机のほら、ここだけやったことは調べました。
陰陽師　すなわち、椅子スペースのうえの平ひきだしか。薄うて辞書ひとつ入らんからな、鍵かける意味なかったんやろ。ただ、その『施錠されてなかった』いうんは、それは一般論か。それとも事件当時の具体的状況か。
警部　それはもちろん。どちらもでござんす。
陰陽師　どうして断言できる。
警部　鑑識結果及びここに入室した大村教諭の証言。ガチガチのガチ。
陰陽師　ふーん。そうなるとテグスがほしいが。
警部　テ、テグスでござんすか。採取できるとしても偶然頼みですねえ。なら、若い衆《し》にいうて現場に仕込ませましょか。
陰陽師　あたしのタマ獲《と》る気か。証拠仕込んでどないするん。裁判官はそんなになまやさしいものではないんよ。ええか。それ絶対現場から領置せえ。発見できんかったなら、おまえは砥倍焼《とべやき》の燃料じゃ。
警部　いい音色になるまえに、ちょっと、もうひとつだけ。事件の発生時間ですが。
陰陽師　十六時三十分五十秒プラスマイナス四秒。
警部　いやあ。
（ドボ九シンバル並みのタメ）
さすがは実力無双の天才少女陰陽師警視監サンですねえ。田舎警察ではとても敵いません。小諸警視監のようなお方に内務省を率いていただきたい。蚊帳《かや》吊りたい綾辻だい。耶律大石《やりつたいせき》はカラキタイ。そう希望するのはいち地方警部の身でありながら僭越《せんえつ》に過ぎましょうか。そんなわたしを許していただけますか。可哀想で大嫌いでござんしょか。

陰陽師　ふふふ。おまえ実予東署長・警視正にふさわしい器やな。

警部　わしこれで生き残っとるけんね。

陰陽師　あたし、実はこの建物の前におったんよ。部室棟のまえ。吹奏楽が、野球の応援の練習を外でやるいうけん。

警部　あれー。おかしいですねえ。校内放送で呼び出されるまではサボ

陰陽師　当該時刻にはここの眼前におった。あたしの記憶が確かならば、十六時二十八分から爆発までの間にこの部室棟に入った人間はおらん。出た人間もな。そしてここに起爆装置はない。

警部　吹奏楽は十三時前後から練習しよりました。部室棟の入口はひとつ。鍵は十二時四十五分にアリマスル、もとい、芳山元教頭が開けました。スペアも含め鍵は芳山元教頭だけが保管しております。

陰陽師　それは確実やろな。

警部　絶対です。

よって、全員のほぼ一致する証言を述べます。十二時四十五分に部室棟に入ったの

は当該芳山元教頭、生田雅実、吹奏楽部員のみ。十四時二十五分前後、大村教諭入る。五分未満程度で同者出る。ただし生田同伴。十五時三十分前後、水里あかね入る。
陰陽師　あかねが。
警部　五分未満程度で同者出る。十五時四十五分前後、檜会諾子入る。十五時五十五分前後、芳山元教頭出る。十六時十五分前後檜会出る。十六時二十五分前後八木美里入る。ゼロアワー爆発。八木駆け出る。以降機動隊によって現場が封鎖されるまで一切の出入り無し。そして機動隊の検索結果、現場部室棟内は無人であることが判明。
陰陽師　あかねが。
警部　あのー、ちょーっと、ひとつだけ。
陰陽師　いらん。
警部　十六時二十八分前後、小諸るいか様出る。校内放送直後。
陰陽師　あかねが。
警部　もしもーし。
陰陽師　あ、ＬＬ教室にまだ美里おるなあ。この部屋の入口から、廊下の窓越しに見える。
警部　よござんすか小諸るいかサン。アナタには自己に不利益な供述をしない帝国憲法上の権利がありますよ。

陰陽師　莫迦いわんと、英語部員から爆発の詳しい状況の調書巻いとけよ。生田が何しとったかは調べついとるんやろな。

警部　アタシを見くびっちゃあ不具合ですねえ。大村教諭から裏採《と》っとります。それが大村教諭の証言、すなわちアタシがさっきガチガチのガチいうた奴。要は生田君、これを部室から回収しとったそうです。

陰陽師　日記か。いうても一週間分しかないやん。『生田記録Ⅶ』。ナルシストやな。

警部　取材先が全部書かれとります。むしろそれぎり、、、

陰陽師　生田個人のみに係る記録だけ教ええ。

警部　『ヨーグルトの砂糖を掻き混ぜたかったが、さすがにボールペンでは。本質は実存を凌駕《りょうが》する。卓球部に借りる』。ちなみに卓球部の部室は隣です。あとは。『寝袋にエマージェンシーブランケットは最高』。エマージェンシーブランケットいうんは非常用毛布。ゆうかアルミです。またアルミ。さらにもうひとつだけ。『いきなり底が抜けた。ムスカ君きみは英雄だ。書類がまるでゴミのよう。アリマスルに予算要求』。

陰陽師　（キスオブデスのように脛《すね》を蹴る）

警部　ぐはぶ!!　何ですのいきなり!!

陰陽師　おまえの階級不相応な眼鏡の奥でぴかぴか光っとるのは何よ。
警部　瞳《め》ぇです。
陰陽師　機能せんなら刳《く》り貫《ぬ》いてマグネシウムでも入れとけ。
　こんなもん落ちとるやん。
警部　アラほんと。それは、紙の燃えカスでござんしょか。
陰陽師　いや、王手やな。

V

——生田君が死んでしまったなんて。そしたらいよいよ殺人事件だよ。
どうしようどうしようと意味も意義もなく悩んでたら、いつのまにか職員室にいた。コモに導かれるままに。あたしはさぞかしふらふらと入っていったんだろう。あたしはコモの愛欲の奴隷だから。

その職員室では、大村先生がまた死人でも見たような顔をする。あたしは幕間狂言《まくあいきょうげん》を演じてるだけだ。しかし、コモはまるで主演女優のようになめらかな脚どり。陰陽師だからだろうか。たぶん関係ないよ。ごめんなさい。けれど――

――職員室の蛍光灯のもとで、コモにはやっぱり、かげがなかった。そのコモがいった。

「なーチュウドウ」

「何やコモ」

チュウドウ先生は絵に描いたように憔悴《しょうすい》してる。漆黒の改まったスーツ。同じ色なのに袴のときとはまるで別人のよう。アドレナリンどころかお線香が似合う。おまけに先生はだんごの茶色をした数珠まで採り出した。

「わし忙しいんぞ。これから生田の家行って、警察行ってほんでまた病院じゃ。暇なら量《はかりう》売りで時間売ってくれ」

「そういわんとひとつだけ頼まれてよ。3-8の学級日誌見せてくれん？」

「おまえで占っとけ」

「何やのその言い方むかつくわー。みんなにいうたる」

「何をじゃ」

（チュウドウは）

芝居っ気一杯なコモのささやき。

（実予のおとこの癖してかるたなんかしとる。しかも無謀にもあかねんに勝負を挑んでコテンパンにのされとる）

「五月蠅《うるさ》いわい。おとこがかるたに懸ける野望、莫迦にするとおまえこそのしたるぞ」

（とどめはこれよ）コモが何かの写真を突き出した。いい突き手だ。

（おまえこれ!!!!　どこで撮りよった!!!!）

（陰陽師の腕《て》ぇは長い。わざわざ京都の風俗博物館まで行って何しとるん思たら——）

（解った、解ったからやめえ!!!!）

（——十二単着とる。毬栗《いがぐり》頭で十二単。変態や。コスプレの変態や）

チュウドウ先生は写真を猛烈に奪って左右をばばっと確認するやクリスタル灰皿の上で燃やした。コモは当然のように印刷ずみの画像をばばぬき開きにする。

（あたしが一枚しか用意せん思とるんか？）

「せ、先生!!」叫ぶあたし。「本当に変態なんですか!!　何で変態なんですか!!」

不貞を働いたにしろあたしの恋心はどうなるのよ。

（莫迦いうな!!!!）先生は泣きそうだ。（名人倒すためには名人の気持ち読まんといかんけん、ほじゃけん……）

（ちょっと無理があるなあ）コモが詰めに入る。（かるたは袴《はかま》やろ。どっから十二単出てくるんよ）

「くっそー待っとれド腐れ陰陽師」わしを尾行しとるんか。先生は限界まで首を振りながら、結局黒い表紙をした糸綴じの学級日誌を一冊持ってきた。「ここで見いや。よそのクラスのじゃけんの」

「十秒要らんわ。なになに――」

コモの視線をなぞる。3－8。男子二十一人女子二十人。七月八日（月）、半日。1日本史、2体育、3生物／物理、4英語C。掃除、十一時五十分から。A班教室B班LL教室C班プールサイドD班家庭科室E班流し／トイレ。午後は下校、欠席二人夏風邪。日直檜会諾子。連絡、夏期講習の希望票締切り、夏休み前に全図書返却……

ナギコ先輩は諾子って書くんだ。へー。

「ありがとなーチュウドウ先生」

「いったい何に使うんぞ」

「陰陽のちからを!!」

ばばん!!

「以下省略。すべては星の支配のもとにあるそれが因果」

「省略されてちょっとがっかり。因果なんはおまえを生徒に持ったわしじゃ――おう、ほうじゃコモ、おまえ生田の辞書盗んでないやろな」

「何であたしに訊くん」

「おまえら生田の鞄さばくっとったいうやないか」

「あかねんかも知れんよ」

「水里がほがいなことするか」

「辞書って何なんです？」

あたしは介入した。いつまでもぞなぞなされてたら話が進まない。

「これ生田の鞄じゃが」チュウドウ先生は、実予南のトラッドな鞄を小脇の折畳み椅子から持ち上げた。「荷物確かめたら、紙の英和辞典がないんじゃ」

「あほちゃうの」とコモ。「紙の英和辞典なんか持ち帰らんよ」

「それはおまえぎりじゃ」とチュウドウ先生。「みんな真面目に勉強しよんぞ」

「でもあたしも普通学校に置いていきます」とあたし。「もう一冊家にあるから。電子辞書だってありますし」

「ほじゃけど水里」先生は圧倒的な確信を示した。「わし見とるんじゃ。生田が進路指導の後、帰りしな緑の英和辞典を鞄に入れよるとこ。わしも使《つこ》とった研究社の英和辞典やったけん、印象に残った」

「ほんなんまた机に戻したかも知れん。廊下のロッカーに入れたかも知れん」とコモ。

「わし、生田帰ってからはまさにずっと2－8内で進路指導やっとったんぞ？

それにロッカーなんぞもう確認したわい」

「なら楓と夕子に訊いといたるよ」

コモが大きな放物線で学級日誌を投擲《とうてき》する。チュウドウ先生はそれをシングルキャッチすると、諦めたように車の鍵を採り出した。あたしが気付くとコモはもう職員室にはいない。慌てて廊下でコモに追いすがった。昔の恋人から今の愛人に追いすがった形になる。許して。

「どうしたのコモ。今の学級日誌は何？」

「なら、あかねんも付いといで」

コモはにっこりいうと校舎をわたり、つなぎ廊下に出、また校舎をわたり、プールの入口を横目にコンクリートの塀が入り組んでるところまで歩いた。ここは実予南の一番奥。

「どこに行くの」

「弓道場よ」

「弓道場……？」

コンクリートの塀に延々挟まれながら道を紆余曲折《うよきょくせつ》すると、突然左の塀がすっと抜けて視界が開けた。左手の、ずっと続く数段低い地面に、緑の芝生が薄く敷き詰めてある。じんじん暑い夏のなかで、そこだけは別世界のような凜《りん》とした直線の風がわたってた。空気が緊張してる。はりつめてる。どこまでも儀式のそれは風だ。それは理解できた。これでも名人だ。

ひゅん。

うん。

空気を切り裂く鋭い矢。

あたしは的《まと》よりもその射手に瞳《ひとみ》奪われた。

落ち着いた板張りの弓道場。

そして。

ナギコ先輩、そう諾子先輩がいる。

コモと同じくらい小さい。すらりとした弓がとても大きく感じる。白筒袖に黒袴。白足袋がまぶしい。弓と左手に残った矢の描く輪郭が凜々《りり》しくて。へえ、二本持って射るんだ。

「やっぱりなー」と頷くコモ。「一射絶命《いっしゃぜつめい》の檜会諾子が、弓道場におらんわけないよ」

無意識にうんうんと頷いてたらコモにネクタイを引かれて哀しい子牛のように連れて行かれた。それがあたしのさだめ。通路を折れて、折れて、プールの消毒槽やシャワーのあるあたりを想起させるコンクリートの回廊を抜けるとそこは弓道場の入口だった。コモは学年色のスリッパを脱ぐとすたすたと自分が床に映えるくらいぴかぴかな射場に上がり込んでしまう。考えてみたらあたしは今日コモの後を追い掛けてばかりだ。

ひゅん。

ぅん。

瞳《め》が奪われる。まず諸子先輩に。そして、先輩が明らかに支配を及ぼしてる的に。先輩が自然に放った矢は、もう物理の桎梏《しっこく》を忘れたかのように、的の真ん中、白丸を縁取る最初の黒輪に刺さってる。白丸のちょっと左側に刺さってる。もう一本は白丸の右肩にあった。

――黒い矢。

すらりとした三枚の羽根は美に溢《あふ》れた髪のよう。

諸子先輩はゆっくり数秒、両腕をきれいに伸ばして、瞳を的から離さない。伏し瞳《め》。長い睫《まつげ》。実予南は官能にあふれてる。許して。

弓がゆっくりと倒され、顔が戻って。そしてあたしは先輩と正対してた。思わず脚をそろえる。

「小諸さん」やっと零《こぼ》れた笑みはそれでもやっぱり高校生のものだ。あたしは安心して肩を落としたとき初めて、自分が息を止めてたことを知った。「また来たのね」

「あたし檜会先輩の大ファンですけん。そうだ、名人襲名おめでとうございます!!」

「よういうわ」くすり。「あなたは——さっき会ったね?」

「は、はい。転校生の水里あかねです。東京から来ました」

「あっ」諾子先輩は破顔した。「空港で会った娘《こ》やん!! ごめん、あたし全然気付かんと。ほうやったなあ、転校生、いうとったなあ。実予南やったんか。また会えたなあ。あたし嬉しいよ」

「あ、あたしも、諾子さん、いえ檜会先輩にまた会えて嬉しいです。おまもり、いつも持ってます」

「そんなに大事にせんでもええんよ、元は箸《はし》置きやけん」

「今、あたしが学内案内しとるんです」とコモ。

「なら通常の三倍は掛かるわ」諾子先輩は爆笑した。躯《からだ》の線はしかし全然崩れない。後ろで束ねた黒髪がぱたんと跳ねるだけ。無意識にこんな躯の線つくれる人ってすごいよ。「ゆうたら、小諸さんはいまだに迷子になって、あそこのほら、的の前へ飛び出てくる娘《こ》やけん」

「それはまた別の機会に詳論《しょうろん》するとして」とコモ。「せっかくやけん、あかねんに試射させてあげよ思て連れてきました」

「え？」そうだったの？

「大歓迎よ」躊躇《ちゅうちょ》なく断言する諾子先輩。

「あかねんよかったなあ。檜会名人、直伝《じきでん》や」

「あ――あの――その――お、お願いします」

「ちょうどよかった」と諾子先輩。「今日はみんな対外試合やけん、午後は部員、誰もおらんのよ」

「夏風邪は大丈夫やったん？」

「うちの部員？　全員休んどらんよ。みんなそろって行った」

「名人は何で残っとるん？」

「名人はやめて。あたしが残っとるんはね、そう、あたしもそろそろ人を育てること勉強せんといかんけん。『自分が自分が』いうのは止め、いうことよ――

ところで、あかね、でよかったよね？」

「は、はい」

「あかね、あたしのこと怖い？」

「いえ、あの、そういうわけじゃ」

「リラックスリラックス!!」先輩があたしの髪を撫でる。あたしはその指先にどきどきした。「素敵なバレッタね――綺麗な髪。うらやましい」

「先輩の方が全然きれいです」

「綺麗な髪」うらやましい。そこには不思議な妄執があった。

「先輩？」叱責するようなコモの声。

「あら」先輩の声が震えて。「あたし綺麗な髪に目がなくて」

「知ってます」コモの瞳が凍《い》て付いて。

「さあ!!」先輩は振り払うようにいった。「そしたら真似してみて。腕《て》は大きな丸太抱えるみたいに、こう」

「こ、こうですか？　あの、弓は」

「まだええんよ」

先輩はあたしの指を導くように形づくると、八つ数えながら基本動作を教えてくれた。一でさっきの腕。脚はこう。もうちょっと足の角度真似してみて。おなか、ゆったり。気を静めて。二でこう。的を見る——

「的が呼んどるよ」

芝生にぎらぎらした太陽が映えて、あたしの額にはたちまち幾筋かの雫が落ちた。

「え？」

「あかね、あかねいうて」

「——はい」

「呼ばれたらふうわり応えたらええ。ほんな感じで的に応えてあげて」

「名前を、呼ばれた感じ」

解る。

かるたの札が呼ぶ感じとたぶん同じだ。

「ええ感じよ。ほやけど睨《にら》んだら怖がられるよ」

それもたぶん同じ。頷くあたしの右眼の始まるところと左眼の終わるところに、先輩がそっと触れる。粉を置くように。グレープフルーツのような香りがあたしたちを包む。

「ここと、ここ」

「ここと、ここ」

「三」静かに持ち上げて。のびのびよ。ほんわかよ。ほんわか打ち上げる……「煙の如く」

「煙の如く」まるで催眠術だ。莫迦みたいに繰り返すあたし。

「四」両手をこう。

「五」手首をこう。

「六」ここに線を感じて。

「七」自然に。

「八——すごく綺麗よ」

「え？」

「決まっとる。小諸さんの三倍は決まっとる」

どーん。

コモが膝を抱える。

でも。

コモごめん。あたし何かを取り戻せそう。弓道でかるたが恋しくなるなんて思ってもみなかった。だから今は構ってあげられないよ。

「あたし体術にも優れとるのに——あたしの三倍？——何で三倍やの——調伏《ちょうぶく》願いしたる」

「あんたには二度と試射させせんけんね」と諾子先輩。「あたしあのとき死ぬか思たわ」

……ふたりにはどす黒い因縁があるようだ。

「あかね——何か武道やっとるね？」

「え？」

「解るよ」

「はい」躊躇なくいえた。

「あたし体術にも優れとるのに——」

「無視無視。さあ弓持って、やってみよ!!」

「はい!!」

「制服のネクタイあるけん、胸当てつけたげる――指見せて」

「指？」

「うん、指は大丈夫やね。引っ掛かったら危ないけんね――これ、弽《ゆがけ》いうんよ。指守るんと、まあ、トリガーやね」

これはぎり粉《こ》でこれは筆粉《ふでこ》。先輩はつきっきりで色々直してくれる。先輩の白筒袖に、肘から先の黒袖に、指に顔に、あたしの額から雫がいくつも落ちた。そのたびにあざやかな柑橘《かんきつ》の香り。

やがて、あたしひとりで。

――静かだ。

自分が自分でないような。どこまでも自分で、どこまでも自分でないような。

この感覚。

思い出した。

先輩の声も聞こえない。

呼んでいる。

躯が自然に。

ひゅう。

ざっ。

気がついたら右腕が大きく伸びていた。残身。

「すごい!!　届いた!!」

「気持ち、いい――」

「ほんまに初めてなん？　信じられんよ。よう届いたな〜!!」

「全然、外れちゃった――あんなに左に。檜会先輩ごめんなさい」

「全然よ〜。何いうとるん」先輩はあたしの髪を撫でながら歓喜した。それでもやっぱり髪なのだ。「最初は左に行くんよ。眼の焦点の合わせ方から――そんなことはどうでもええ。なあ、あかね一緒に弓道せん？　な、な？」

「檜会先輩は学内の弓道経験者ぜんぶ弓道部に入れてもうたけん」とコモ。「新しい人材に飢えとるんよ。実予南にはアーチェリー部なんかもないし、新人は貴重なんやて」

「ほうよ。ほやけんあかねあたしと至誠館《しせいかん》いこ？　な？」

「檜会先輩!!　あたしあの矢ぁ採ってくるけん」コモが駆け出した。「打たんといてよー!!」

「あたし狩猟はせん――って勝手に採り行ったら駄目よ!!

——ってあの娘《こ》また聞いてない」

ばたばたっと疾駆したコモはあっというまに的のところへ出る。ばたばたっと戻って来るまで三十秒も掛からなかった。戦利品のように矢を掲げる。「ああ、暑《あっつ》いなあ。あっ先輩、これ土、矢についた土、タオルで拭《ふ》いときますけん」

「あらー」諾子先輩はまじまじとコモを見た。「ありがとう。小諸さんにしては気が利いとるね」

「先輩はきれい好きで、きちきちっとしとる人やけん」コモはひぃ、ふう、と数えながら回収してきた矢を五本全部綺麗に拭いた。「先輩ごめんなさい、これあたしの汗やろか、羽根がこの一本ベタベタに濡れてもうた。これも拭いてええ？」

「あ」あたしの汗かも。「先輩あたし拭きます」

「まさか」先輩は一笑に附した。「羽根がそんなにべたべたになるわけない。それにこれ鳥の羽やけん、基本的には水、弾くし。人間の髪と同じじゃ。湿ってもじき乾く」

「ごめんなさい先輩」コモは交換条件のように白い紙包みを提示した。「お詫びに、これあげる」

「き」なぜか諾子先輩は絶句して。顔色が豹変《ひょうへん》してる。瞳が燃えだした。「綺麗な紙」

「なかも見てくださいよー」

「あ、あたし、最近」諾子先輩は涙すら浮かべて。「真っ白な綺麗な紙、ざくっとした厚手のごわごわっとした紙見ると、無茶苦茶興奮してしまう。紙、紙好きや――」

諸子先輩は髪と紙が大好き。あたしはそのオレンジ色の涙に動じ、思わずメモしてしまった。

「先輩なかも見て」コモが駄目押しのようにいう。

「蓬餅《よもぎもち》やん!!」先輩は駄目押されたようにいう。「ああ――ええ香り――蓬のにおいが近なったり遠なったり――顔の近くにふわっとにおいが――助けて、もう駄目」

「ふふふ」とコモ。

「小諸さん意外にいい人ね。誤解してたわ。

これからは仲良くしましょう。共存共栄よ」

「さてどうですか」コモはいきなり主題を転じた。力業。「これ、マイ矢入れる筒？」

「蓬、蓬――」先輩はルンルンだ。おうちに帰りそうだ。「――え？　ああ、矢筒ね」

「ジャパニーズクイーバーやね？」

「ほうよ。まあそうはいうても西洋弓道と違て、甲矢《はや》乙矢《おとや》の二本を射るんやけどな」

「やっぱりマイ矢がええん？」

「感覚がそれぞれあるから。あたしはマイ矢がええね」

「だから全部同じ種類なんやね。グラスファイバー？」

「ジュラルミンやグラスファイバーは好きやない」と諸子先輩。「自然のもんがええ」

「なああかねん、今日のお礼に」とコモ。「あたしらで名人に矢ぁ一本プレゼントしよか？」

「気ぃ遣わんでもええよ」と諾子先輩。「ほうやなあ、折れたり無くしたりしたら頼もかな」

「綺麗な桜色……」あたしはむしろ、矢筒の方に思わず瞳《ひとみ》奪われた。無意識にファスナーを開けたりあちこち見たりする。危ない。矢が入ってたら床に落とすところだった。「……あっ先輩、矢、しまいますか？」

「あ、ええんよ投げといて。まだ矢数かけるし」

「——あの」あたしは訊いていた。「檜会先輩のレベルだと、どのくらい練習なさるんですか？」

「あたし受験生やけん」諾子先輩はにっこり答える。「一日百射はできんよ。矢数はかけるだけかけた方がええ、いうけどな。ほやけど、武道やから基本が全てよ。ええ呼吸。ええ姿勢。ええ覚悟。それはきっとあかねでも同じやろ？」

「……はい」

「あかん。知った風なこと言うてもうた」先輩は自分の頭をこつんと叩く。「そういうあたしもあとのすましには程遠いけん。いまいったことは忘れてな」

「へー」とコモ。「名人でもこころが乱れることあるん？」

「名人はやめてよ——当然よ。凡人やもん」

「どんなとき乱れるん？」

「——例えば」先輩は贖罪《しょくざい》のように告げた。「ほうやなあ。ええとこ見せよ思て、人呼びつけて、『どうや!!』いうてやったとき。そんとき、思いっ切り暴発してな——自分の顔に初めて当たって。無様に明後日へ飛んでった」

「初めてやったん？」

「最初で最後やろね。眼鏡掛けとったら失明しとったかも。方向によっては人殺してもうたかも、な」

「先輩それもしかして恋人？『どうや!!』いうて見せた相手」

「ノーコメントよー」諾子先輩はコモを小突いた。

「その……諾子先輩、それって……すごく……すごく怖くなかったですか？」

そのあたしの声は、自分でも怖く響いた。

「……ゆうたら？」

「その後弓道するのが。弓に触れるのが」

「——許せんかったな」

「え？」

「あたし自分が許せんかった。弓の道、裏切ってもうた思て。失格や思て」

「そういうときは、どうしたら……」

「——あたしには何もできんかった」先輩の微笑みは哀しくて。「どうにもできんかった。ほやけん人に訊いた。ほしたらその人はいうたよ。『それだけ愛しとったんじゃろ、一所懸命やりよったいうことじゃ。わしにはそれがようわかる。裏切ったと感じられるんは、それだけ積み重ねてきたからじゃ。裏切りかて一朝一夕にはできん。一朝一夕でできるんは気紛れじゃ。裏切れるまで積み重ねた自分を褒めてやれ。後のことは後のことじゃ』——あっは、あたし真似上手いやろ？　ほんでその人、あたしに、あのガラスのだんごくれたんよ」

「すっごい——そっくり——」

「先輩は土星と冥王星が四方《しほう》やけん」コモの言葉は慈愛に溢《あふ》れてた。「ほんまに苦しかったんやろなあ。でもあたしには解っとるよ。最初から解っとった。だって丙《ひのえ》に月と火星が入っとる。十二直は閉《とづ》」

「あんたの占いはこの際どうでもええ。当たらんけん」

「**おまえたちは!!!!　占いじゃやない!!!!　当たるも外れるもない!!!!**」

「あのー、ちょーっと、すみませーん」三和土《たたき》からの声。あたしはずっこけた。

「どなたですか」先輩の誰何《すいか》。

「南堀端《みなみほりばた》から来ました、外田いいます」警部は弓をいじり倒した。「これ、グラスフアイバーですかねー」

「……保丞《ほじょう》、おまえもう馘《クビ》じゃ。空気読め。

おまえのしつこいほのめかしにはもうウンザリよ」

「それは酷《ひど》いですねえ——って酷いこといいよるぞな!!　わし小諸警視監のために一所懸命やりよるんですよ!!」

「莫迦面で何しに来たん」

「あのう」

それがですねえ。外田警部はなぜかあたしを見た。

「お嬢様。実は、課長サンがおいでたです」

「えっ、兄さんが——？」

幕間2　彼女が警視と対峙すること

転校生　体育館の脇に呼び出すなんて。まるでいじめ。
警視　授業もないのにこんな時間まで遊び歩いて。都落ちして探偵ごっこか。
転校生　兄さんこそ管理職の癖して現場に何しに来たの。三つボタンのブラックスーツ素敵ね。
警視　他愛もない用件だ。おまえがまた、友達を殺したのかと気になってな。
転校生　それどういう意味。
警視　病院にはちゃんと行ったのか。紹介状、もう一通取り寄せてやったろう。
転校生　病院に行く必要なんてない。
警視　素振りもできないのにか。
転校生　（無言）
警視　せっかく入った高校を捨てて。
転校生　（無言）

警視　母さんのくれた才能と名人位を踏みにじって。
転校生　あたしに嫉妬してる癖に。
警視　（しばし絶句）
　何だと。
転校生　あたしに一回だって勝ったことない癖に。あたしの名人位ずっと妬《ねた》んでた癖に。東京帝大の法学部出てもそのコンプレックスが捨てられない癖に。お酒が飲めないからいっつも平園ジチョウにウーロンハイを装ったウーロン茶頼んでもらってる癖に。カラオケが下手糞だからいっつも平園ジチョウに『北の旅人』代打で歌わせてる癖に。
警視　ひと殺しが。
転校生　何ですって。
警視　おまえは名人戦で稲矢《いなや》さんを殺した。
転校生　それは。
警視　親友の稲矢実香八段を。
転校生　あたしは。
警視　彼女が胸を病んでいることを知りながら。
転校生　真剣に。

警視　最初の札をあの忌まわしき禁秘《きんぴ》の大技『ミッドナイトダンス』で獲《と》ったきり、以降一枚も獲ろうとしないで。
転校生　あたしは実香ちゃんに名人位を。
警視　五十枚が読まれたところで稲矢八段は絶命した。屈辱で喀血《かっけつ》して。そしておまえは名人位を防衛した。
転校生　だって名人位は母さんの。ううん。そんなこと今関係ないよ。転校を四回した自分を虐めたひとたちに執拗《しつよう》な復讐をするためだけに高級官僚になった器の小さい人間の癖に。何あたしに偉そういってるの。莫迦じゃないの。
警視　どのようにでもほざくがいい。私はおまえの唯一の保護者だ。おまえの衣食住すべてを握り、したがって、おまえを何時《いつ》でも喪家《そうけ》の狗《いぬ》のように路傍《ろぼう》へ捨てることのできる保護者だ。それくらいはまさか東大を出ていないおまえにも理解できるだろう。理解できていることを証明したいのならば、これを受け取るがいい。
転校生　何でそんなに高飛車な話し方なの。何よこの書類。
警視　復学申請書だ。
転校生　（激昂《げっこう》する）何勝手なことしてるのよ。
警視　何を血迷って高校二年生の半ばで転校する。大学はどうなる。私への嫌がらせということは充分に承知してはいるが、仕方がない、父さんの遺言がある。おまえがまさかしら東大は無理だろうが、真っ当と評価できる大学を卒業し、自らの人生を自ら差配できるだけの人間になるまでは、私にはおまえの人生に対する責任があるということになっている。私が好むと好まざるとに拘らず、だ。
転校生　漢語だらけの小難しい文章を喋れば相手が納得すると本気で確信してるなら性根を改めた方がいいよ。兄さんに責任なんかない。あたしのことは放っておいて。お互い傷つけあうのはよそうよ。舐めあうより質《たち》が悪いよ。
警視　ならば訊くが、おまえのその新しい制服は誰が買った。おまえの学費は誰が支弁する。おまえの医療費は保険が利くのか。それに残念だが、おまえに傷つけられるようなことはない。私はこれでも八十余人の人生に責任を負う所属長だからな。
転校生　そうやってすぐお金や地位の話をして。もう二月もしたら兄さんの世話になんか頼まれてもならないよ。あたしだってバイトして自分独りくらいどうとでも生きてゆける。兄さんの保護者面には吐き気がするよ。部下のひとだって嗤《わら》ってるよ。あはは。
警視　資金のないおまえにはその二月を耐えることができない。それが社会というものだ。第一、私の任地で俗臭芬々《ぞくしゅうふんぷん》たることをされては私が迷惑する。女子高生とは違うい わゆる社会的地位というものがあるからな。私の官舎に住まい、私の街に生き、私と同じ姓を名乗るというのならば、当県でおまえが働けるなどという沙汰《さた》の限りの思考実験はするだけ無駄というものだ。
転校生　あたしはあたしで新しい生活を。
警視　自分にとって最も有意義な選択肢を放棄する子供がもしいるとするのならば、どのような手段を講じても、たとえ金で締め上げて横っ面を叩くことになるとしても、それを強制するのが親権者の在り様《よう》だ。遠い将来、ひょっとしたら私に感謝する日も来よう。
転校生　みんなあたしに優しくしてくれてる。
警視　それがどうした。
転校生　あたしはもういちどここで癒《い》えることができる。何故なら。
警視　議論は責任を負える者だけの特権だ。つまりおまえには復学以外の選択肢がない。
転校生　何故なら、ここには兄さんのように邪悪な思考をするひとがいないから。
警視　東京からの珍獣が持て囃《はや》されるのは高校でもどの組織でも当然の事理だ。しかし。そんな付加価値はすぐに消える。おまえのような駄目犬は結局ここからも逃避して、新しい友達に不快を残し、私の顔に泥を塗るだけだと解れ。
帰れることがどれだけ幸福か何故解らんのだ。
転校生　兄さんは自分の生き様《よう》をもう一度反省したがいいよ。いちおう血を同じくする妹としてこころから忠告するよ。
警視　新しい人間関係というものはそんななまやさしいものではない。新しい生き方というものは、そんなに、なまやさしいものでは。
転校生　に、兄さん。
（大きく頭を振って）二十五で課長課長いわれて、御神輿《おみこし》に乗って、踊っていい気になってるひとに、人間がどうとか社会がどうとかいわれたくない。あたしは駄目犬でもそんな恥知らずじゃない。ひとのこころが解らない兄さんに。
警部　あのー、ちょーっと、すみませーん。
警視　外田君何だ突然。
警部　（転校生の頬を打つ）
　それは言い過ぎじゃろがなもし。
転校生　きゃあ。
警視　何をする。
警部　すんませんお嬢様課長サンすんません!!
（土下座して続ける）ひととひととは、言葉でしか解りあえません。たとえ肉親でも。兄妹でも。言葉にできんことは、最終的には存在できません。証明できません。信じあえません。ひととひととは、ほがいなものではないけん。莫迦莫迦しい気を遣いおうて、信じてほしいと願いながら。よかれと信じて。言葉にできず、言葉にして、そして傷つけおうて。哀しみあって。そんな自分を呪うて。

そんな結末の解っとる台本を演じ続けるぎりで。

そして、ひとの言葉が、ひとを殺すほどのおばけになることを呪いながら。

そんなひとのこころを解っているつもりになっとるんは、お嬢様です。そこが子供いうことじゃ。

警視　外田君、もういい。捜査に戻りたまえ。

そして水里名人。幸い芳山先生も大村先生も快くお認めくださった。これから官舎までは送ってゆく。これは羽田への航空券だ。荷物を纏《まと》める時間はある。空港までは送らせる。

転校生　チュウドウ先生も。

警視　緑の制服は吉祥寺のマンションに用意させた。おまえが望むなら明日からでも復学できる。以上だ。解る必要はない。車に乗れ。

警部　あのー、ちょーっと、もうひとつだけ。アタシこのままじゃあどうにも気になって今晩眠れません。

警視　君の粘着的な言動についてはかねてから疑義があったが。

警部　課長サンが捌《さば》いた鯛は、もうお召しになったですかお嬢様。
転校生　た、鯛？
警部　家族に食べさせるんじゃいうて。捌き方次長から習いよりましたでしょう。
警視　き、君は何を言っているのだ。何の話だ。不躾《ぶしつけ》な。
警部　いやあねえ、アタシ思うんですけんど、課長サンもちょっと言い過ぎでしたでござんしょう。そんなにしんどいこというたら、課長サンきっと後でまた辛うなります。わしが勘違いしとるんじゃったら、いやたぶん勘違いしよるんですけど、課長サンすんません、昨日《きにょう》、課長サン、課長室で、ほじゃけど、泣いておられたけん。
警視　（絶句する）
警部　わし聴いてもうた。平園次長に、課長サンが、あの、泣いておられるの、見てしもたんです。
警視　君のそのような発言は認容できない。まして私は君の上司だ。私は君にそのような発言をさせるために君を部下にしているのではない。分を弁《わきま》えたまえ。
警部　でもお嬢様、課長泣かれよった。自分みたいな若造が課長しとるけん課員のみんながよその所属から舐められよると。東大出の御神輿を莫迦みたいに担いで媚《こ》び諂《へつら》いよるおとこめかけどもや言われよると。次長すみませんすみませんゆうて、課長泣かれよった。

転校生　兄さんが。
警部　自分が階級だけの超特急の阿呆《あほ》じゃくそ内務省組じゃ言われるんはええと。自分の父親みたいな部下のみんなが自分のせいで嗤われよる。それが悔しいゆうて。次長、課長サン連れて、課長サンがどうにか飲めるくそ甘いカクテル出しよるバー行って、課長サン、その『悪の華』十四杯飲まれてほんで全部吐かれよった。次長は辛《から》い酒しか飲まんけんウォッカ二十二杯飲んで『北の旅人』歌いよった。
警視　み、見ていたのか。
転校生　あ、悪の華。じゃあ昨夜兄が泥酔してたのは。
警部　課長すんません。隣のボックス席におったサングラスとマスクのおとこはわしじゃ。課長いわれよりましたね。自分は父親と早うに死に離《わか》れたけん真っ当な大人の在り様《よう》が解らん。部下のためにも、何よりもお嬢様のためにも、人に侮《あなど》られん人間になりたいと。お嬢様にはほがいな苦労をさせたくないと。自分を信じられるちゃんとした大人《おせ》にしたいと。ほじゃけんお嬢様には安定した環境で最高の教育を言うて。
警視　私はそんな方言は用いない。
警部　でも課長サン、信じてつかーさい。わしらもよその所属の者《もん》も、誰ひとり課長サンが思とるようなことは思とりません。これは絶対じゃ。それは課長サンのところで生まれてこころで繁殖したおばけぞな。

　ふたりぎりの兄妹で、おばけを大きくするぎりぎりなんは、辛すぎるぞな。ほじゃけん。
警視　君の迂遠《うえん》な説話にはもううんざりだ。無用に情緒的な発言も。毎日示達《じたつ》しているとおり、発言は要点だけを明確に述べたまえ。
警部　ほしたらいいますけん。ようお聴きなさい。お嬢様をあと二月実予におらせてさしあげてください。そん代わりアタシの辞表はこれから書きます。
警視　稀有《けう》なことに要点はクリアだが、後段にあっては無用だ。それは事件を解決してからにしてくれたまえ。
　君がよく解らない方言で捲《まく》し立てるから大事なことを忘れるところだった。あかね。これはおまえの忘《なく》し物か。親切な方が吉祥寺の東口交番に届けてくださった。
転校生　それは、実朝の札。実香ちゃんの血の札。
警視　当該親切な方については調べておく。御厚情に感謝する気持ちがあるのならば、お手紙を送らせて頂きなさい。それから飛行機はもうすぐだ。私に言い忘れたことは外田警部に伝言するがいい。私は急用を思い出した。
転校生　兄さん。

VI

——ぱん。

たん。

すたっ。

ぱん。

たん。

すたっ。

体育館。リズムのよい音。

あたしは学年色のスリッパを脱いで、ふらふらとここに迷い込んだ。

艶《つや》やかな光。彷徨《さまよ》う自分が床に映える。

リズムの根源は香西先輩だった。ユニフォーム姿の深沢さんがボールを出すと、制服のままの香西先輩が伸び上がる。その最頂点でボールが離れて、数学のような放物線を刹那《せつな》に描くと、それは当然のようにバスケットゴールに吸い込まれていった——

——何度も何度も繰り返して。

まるでお能のよう。香西先輩の締めた肘は諾子先輩の甲矢《はや》のよう。ちからの静かな躍動。

　足、膝、肘、指先。

　足、膝、肘、指先。

　ボール。ゴール。残身。

　ボール。ゴール。残身。

　制服のネクタイはほとんど揺れてない。

「あんな距離から」とあたし。

「あれも特殊技能やね」とコモ。

「こっコモ!!　いつからいたの!?」

「これが陰陽のちからよ――綺麗なフォームやね。迷いがない」

「そうだよ」あたしは何故か悔しくて。「あんな綺麗な残身。香西先輩も諾子先輩も」

　あたしは泣いてた。

「あかねん、どうしたん」

「自分が悔しい」

「大丈夫。明日は悔しくないかも知れんよ――ほら!!」

　突然頬に冷たい水が当たる。きゃあ!!

「な、何!?」

「水鉄砲」コモがおもちゃをちょこちょこ振る。

「超高性能最大二十五メートル級」

「何するのよコモ!?」

「これと花火」花火？「購買で買うてきた。人数分買うてきたけん、今日の夜みんなで遊ぼ」

「――あんた、泣いてきたんか？」

「え……」

振り返ると香西先輩。そのままボールが飛んでくる。

「……はい」あたしは胸と両腕でそれを受け止めた。

「そうか」香西先輩は噛み締めるようにいった。「――泣けたら楽だったかも知れん」

「香西先輩」とコモ。「先輩は茶道部にも入ってましたよね？」

「何やいきなり」と香西先輩。「ほうよ。あんま出られんけど、いちおう免状持っとるけん。裏千家」

「ほしたら指輪もペンダントも、時計もしたらいかんのですよね？」

「お茶会ではよ。もてなしてくれる方《かた》に失礼や。道具でも傷めたらどないするん」

「今日学校で、大事な『大寄せ』のお茶会があったそうですね？」

「――面白いな。よう知っとるやん」と香西先輩。「あたしは出席できんかったけどな。大事なお客さん、実予南におおぜいみえた」

「それで学校の門前と、校舎の周りの主要な通路に打ち水をした」

「そうやろな。あたしはしとらんけど。今まではしたし、今日だけせん理由もない」

「通路を綺麗に掃除してから」

「そうやろな。掃除前に水打ったら泥道になるだけや」香西先輩はちょっと眉を歪めた。「いうてもアリマスルが掃除にうるさいけん、今日の、放課後前の掃除だけでも、たいがい綺麗にはなっとった思うけどな」

「そして茶道部員は学校の門でお客さんをチェックしとった。ほやけん断言できる。今日の午後、茶道部が呼んだお客さん以外の部外者は実予南に入っとらんと」

「それはあたしに関係ないし知らん。あんたに自信があるなら、それでええんと違うか？」

「香西先輩ありがとう」コモは最終的にいった。「よう解った」

「――解ったんか」

「最初から解っとった。あたしにはそういうちからがある。それはあたしの血のちから。ほやけど。そのひとに解るよう理詰めできんかったら。あたしが解っとるいうこと、きっと、納得してくれん」

「詰んだんか」

「そう。王手詰み」

小諸るいかからの御案内

探偵小説には、ルールがあります。
謎を解くための鍵は全て提示されていること。
探偵はその鍵に基づいて犯人を指摘すること。
読者と探偵の条件はまったく同一であること。
だから、超能力や直感や偶然はいらないこと。
常識と既述のデータだけで正解が導けること。
いま。
あたしは誰にでも証明できる形で、物語の真実が説明できるようになりました。
つまりいま。読者の方々にも同じことができるようになりました。
これから当該犯人を指摘します。
御随意にページを繰ってください。

陰陽庁長官、勅任警察員、小諸るいかでした。

第五章　七月九日

Ｉ

『前略
お札を拾ってくださった方へ
突然のお手紙で申し訳ありません。
あたしの百人一首のお札を届けてくださって、本当にありがとうございました。これはあたしの親友の形見。そして、お母さんが大好きだったお歌の札。
でも本当は、あたし、自分で捨てちゃったんです。
東京から今の住所へ引っ越すときに。最後に乗ったバスを途中下車して。橋から捨てる時も怖かった。周りの人みんなが咎《とが》めてるみたいで怖かったです。

あたしかるたが大好きでした。

でもあたし親友を殺してお母さんも裏切ってしまったから。だからもう捨てたかった。でも今度は捨てたことに耐えられなくて。それはとても酷《ひど》いことで。だからいつも泣いてました。

競技かるたは二人でします。兄さんにも八つ当たりしました。ひどい言葉もいってしまった。

とタイトルも持ってました。お札が読まれる瞬間のあの緊張が何よりも大好きだったから。自慢みたいでごめんなさい。

けどあたし、実は一番楽しかったのは、競技じゃなくて、家族みんなでやったちらしで。ちらしは百枚全部を神経衰弱みたいに撒いて、一番獲《と》ったひとの勝ち。お父さんとお母さんと、兄さんとあたしと。みんなでやりました。でも兄さんだけ凄く下手で。勝負にならなくて。兄さんいつも怒ってました。負けず嫌いなんです。本気で悔しがってるの、ちょっとおかしかった。でも兄さんはあたしなんかよりずっと頭が良くて、学校でも優等生で、かなり運動音痴だったけど、でも同じ兄妹でどうしてこんなに違うんだろうっていうくらいの天才で。あたし小さい頃からいつもうちの兄さん凄いんだよって友達に自慢してました。そんな兄さんにかるたでは勝てる。それがあたしの自信に繋がりました。あたしだって頑張れる。あたしだって凄い兄さんと同じくらい頑張れることがある。それはとても嬉しくて。あたしだって兄さんに教えてあげられることがある。それがちからになりました。

兄さんはあたしの目標だったから。

――届けて頂いたのは、源実朝《みなもとのさねとも》というひとのお歌の札です。やっぱり九段だったお母さんの得意札で、百人一首では九十三番目、鎌倉右大臣《かまくらのうだいじん》という名前で出てるお歌です。拾って頂いたのは取り札で、下の句しか書いてありませんが、読み札を全部読むと、こうなります。

世の中は常にもがもな　渚漕ぐ海人の小舟の綱手かなしも

子供の頃は意味も全然解らないまま丸暗記しました。一番最初に覚えることができたのがこのお歌です。高校で古文の授業が始まって、初めて、助動詞とか助詞とか、単語を区切ってきちんと意味をとることを覚えたとき、百首全部が海、いいえ宇宙みたいに、全然違う世界になりました。でもやっぱりこのお歌が好き。だって『も』がとても美的だから。『もがもな』がとっても真剣で哀しいから。

自分で訳してみて、ああ、やっぱりそういうことだったのかって思いました。

――ずっと今の穏やかな世界が続いてほしい。

あたしたち家族もずっと続くんだ。そう思ってました。兄さんはきっと偉い人になって、あたしは平凡だけどそんな兄さんが誇りで。ときどき兄さんをかるたで懲《こ》らしめてやって。お父さんもお母さんもそんなあたしたちとずっと一緒に。

でも違いました。

遺された兄さんとあたし、おかしくなってしまった。

そして親友も失ってしまった。三月後は生きていない実香ちゃんに勝たせてあげたいという気持ちと、お母さんの名人位を防衛するんだという気持ちと。それに実香ちゃんが防衛戦の前にあんなことを言うから。あたしかっとして、何が何だか解らなくなって。それでお札が獲《と》れなくて。

……訳の解らない話になってしまってごめんなさい。

でもお札に血がついてたそれが理由です。びっくりされたと思います。

そして捨てました。

そしてあたし独りになりたくて。何にもなかったことにして。孤独で皆無。新世界。それがとても楽に思えて。そうしたらもう苦しくないって。傷つけあわなくても済む。片方が生きてても死んでても。兄さんでも実香ちゃんでも。

でも。

もう一度このお札に会えるなんて。もう一度兄さんと話しあいたいと思うなんて考えもしなかった。

川で穢《よご》れてたはずなのに。こんなに綺麗にしてくださって。そのお札を見たら、拾って綺麗にしてくださったあなたの気持ちがよく解ります。だってあたしにはかるたしかないから。だから、あなたがどんな方でもあたし一生感謝します。もう二度と捨てません。だから、あたしが兄さんのこともう少し解るようになって、普通に話せるようになったら、兄さんにあなたのこと教えてもらってきっとお礼を言いにゆきます。

兄さんと一緒に。そして新しい友達と。

実香ちゃんのお墓にも。そしてごめんなさいって。

長い手紙になってしまってすみませんでした。

あたしこのことは一生忘れません。

あなたとお会いできる日が一日も早く来るように、新しい住所で頑張ります。

平成三年七月九日

水里　あかね』

あたしは何度も何度も繰り返し読んだ。ちょっと恥ずかしいけど本当のことを書いた。藤色の便箋を藤色の封筒に入れて、しっかり糊付けする。それを兄さんが置いていった県警察部の事務封筒に入れた。さすがの兄さんもひとの手紙を勝手に開くほど腐ってはいないだろうけど、でも、兄さんには絶対に読まれたくないよ。

封筒は明日兄さんが会社から送ってくれるだろう。

結局昨日、兄さんは官舎に帰ってこなかった。あたしは飛行機に乗らなかった。

三階から清水町を見る。とっぷりした夏の夜。

そしてあたしは黒髪のような夜のなかへ自転車を漕ぎ出した。

コモとの約束の時間。

何とか間に合いそうだ。

II

——学校の外れのフェンスを乗り越える。

家庭科室の窓開けておくけん、いちばん後ろの窓から入ってもろて、そのまま四階に登って。ＬＬ教室の先の階段で屋上に出られる。そこで十一時よ。

コモの言葉を思い出しながらあたしは夜の校舎を侵した。懐中電灯を持ってくればよかったな。でもどこにあるのか解らなかったから仕方ない。

おそるおそる歩いて、あたしはゆっくりと、屋上への鉄扉《てつとびら》を開けた。

ぼう。

朧《おぼろ》なオレンジの灯。

蠟燭《ろうそく》だ。懐かしくて優しくて哀しい。晩夏の蛍のよう。それがぽつんと、ひとつ。
瞳《め》が慣れてくると白い蠟燭の全体が分かった。それが金色《こんじき》の燭台《しょくだい》に載ってること
も。それがすらりとした横軸を延ばしてることも。つまりそれは手燭《てしょく》だということ
も。
鉄扉を開いたあたしのすぐ先。
それを持ってるのは平安朝の直衣《のうし》姿。オレンジの蛍に浮かび上がる。
漆黒の烏帽子《えぼし》。
実予南の制服より哀しい薄墨色の藤衣《ふじごろも》。つまり喪服。
オレンジと朱の指貫袴《さしぬきばかま》はとても痛切で――
ああ。
このにおい。
誇り高く艶《あで》やかで、でも悪魔。
あたしをもう規定する。
つまりこれはコモのにおいだ。
「――コモ？」
「あかねん」
その声にあたしは恐懼《きょうく》した。

「こ、これ持ってきたよ。三越で買ってきた……陸奥《むつ》のでよかったよね？」

「そうよ。ありがとう。大事に持っとってな」

そして烏帽子が翳《かげ》る。あたしはコモの瞳《ひとみ》を追った。コモの視線は、コンクリートの
その先に延びる。校舎と夜が滲《にじ》む場に延びる。

……思わず制服のネクタイを握った。縋《すが》った。

その渦は、視線の先のその渦は、今あたしたちを呑み込んでしまう――!!

「あかねん。あたしいうたよね」コモはあたしを瞳で癒した。強引な安堵があたしを
染めてゆく。「怖がったら駄目よ。鬼は――おばけは、まずひとのこころのなかにお
るけんね」

「それは、あたし、ちょっと解った、気がする」

その渦が揺らいで。

眼のまえの空間がずれて。夜が濁流になる。

夜の不気味な破片が、嵐のなかで舞う――

ぼう。

すぐに、蒼白い焔《ほむら》が燃え猛る。

「あっ、あの青白い火は!!　いつか、あのソルシエールで見た――」

――そしてあの生田君事件の日。多くの娘《こ》たちに宿ってた、箍《たが》を溶かすような焔で

もある。

「森羅万象は」コモはその蒼い焔《ほむら》に告げた。「五行の理法《りほう》に統べられる。すなわち木《もっ》火土金水《かどごんすい》の因果のもとにある。木は火を導き、火は土を残す。土歳経《としへ》て金を生み、金崩れて水に還る。水はいのちを育み、すなわち木をふたたびあたしらに恵む」

「占いはもうええ」焔が告げる。

「占い違います。世界の楽譜です」とコモ。「演奏するんはあたしらやけど、譜面を捨てることはできません。譜面がなかったとしたら、そもそも自由な演奏はできん。

あたしいいましたよね。

あんなときに仕掛けたらいかんと。先勝《せんかち》は未《ひつじ》、申《さる》、酉《とり》の刻を忌《い》む。復日《ふくにち》は重畳《ちょうじょう》の日。善事さらに善く凶事さらに凶。そして事件の本命宿《ほんめいしゅく》は觜宿《ししゅく》。つまり水を忌む。それに七月八日、旧暦五月二十七日は己卯《つちのとう》。穴穿《うが》ったらいかんのよ。すなわち井戸も掘れんけん水を忌む」

「便利なカレンダー機能やなあ」

「楽譜をさかしまにしたり終止線から逆行したりしたら音楽になりません。変音記号。調性。演奏記号。無視したら、作曲家のいいたいこと何も解らんようになってしまう。

世界には意味がある。

それに逆ろうたら、そのうえに自分のちから重ねてゆくことはできん」

「しつこい星の話にはもう飽きた。ここに呼びつけた理由、早よ教えてもらおか」

ぼう。

焔は嘲弄《ちょうろう》するかのように猛《たけ》った。それはヒトの暗黒面だった。オレンジ。青。そう見えたのは表層。すべてはその実《じつ》暗黒なのだ。ヒトの性《さが》、悪なることが胎《たい》となる闇の焔なのだ。

「五行の理法にはもうひとつの貌《かお》がある」とコモ。「木火土金水が相《あい》転生することはさっきいうた。

けれど火は金を融《ゆう》し、金は木を伐する。木は土を奪い、土は水を封じる。

そして水は。

水は火を滅する。

「水は、火を滅する――」

「水に逆ろうたらいかんかった。あの日ああして、水に逆ろうたらいかんかった」

「ほーか」蒼い焔が嘲笑する。「ここに呼びつけた理由、訊いた思たんやけどなー」

「理詰めの鍵はせやから水やった。水がおまえを滅する」

「――何の、鍵やったん？」

ぼう。**ぼう。ぼう。**

どうにかひとつだった蒼い火から、蒼い礫《つぶて》が零れ出す。蒼白い焔を纏《まと》ったそのひとのまわりに、幾つも幾つも。

けたけたけた。

きききき。

おう、おう、おう。

嗤《わら》い。呻《うめ》き。号泣。叫び。憎悪。苦悶。悲鳴。呪詛。校舎の芯から。コンクリートのなかから。闇の渦から。無数の邪意が鎌首をもたげ。

「——コモ!!!!」

「あたしの後ろ離れたら駄目よ」

百鬼夜行——

頭に一本脚だけの人間。赤いマントにスケートを履いた犬。口から人間の両脚が生えた魚。鉄の漏斗《ろうと》をかぶった四つ脚の顔バッタの脚を持った鉄蠍《さそり》心臓のようなバグパイプ。裸のおんなを呑み込んだ梟《ふくろう》髪が枯木になっている尼僧《にそう》大きなナイフを吐き出す蛙頭の鯨《くじら》。蜂のようなお尻をした能面卑猥《ひわい》な粘膜に満ちた複眼の象溶け始めた透明な地球儀。

槍をかざして。

黒い腐汁を吐き出して。

べろべろと舌を舐《なめず》って。

のをあある。

とをあある。

やわぁあ。

糜爛《びらん》した蒼い焔は既に屋上のすべてを征服した。コモとあたしを寂しい浮島のようにして。

……寒い。

とても。

真夏の夜に脚が凍てつく。黒く腐り落ちそうに。

けれど。

直衣《のうし》のコモは指を不思議に動かして。

ゆっくりと。

何かを詠唱《えいしょう》し始めた。

「てんちをもってふぼとなすろくようのしゅにこいねがう、おぷてぃませてまじんばのしんえん、そうじのふたなりからぎよす、げいしょううぃのけらくしょてん、べねえ、えろひいむ、うがあなぐ。ふったぐん、ふったぐん、ふったぐん!!」

きゅうきゅうにょりつりょう――

(コモのきゅうきゅうにょりつりょうだ!!)

あの果物の香りがあたしを満たす。

「けけ」

どろどろした仮面のトランペットが飛びかかってくる!!

「きゃあ!!」

「なんぞおにのはしらざる!!」

ぼうん。黄色い縫いぐるみ!!　まるまるとした龍。トランペットを蹴散らした。強い。

「はいらちゃん、あかねんを!!」

「ごうごう」

縫いぐるみの不思議な雄叫び。たちどころに太った蜥蜴《とかげ》さんみたいなのはあたしに転焼した鬼火を叩き消す。痛いよ。けど仕事を終えたはいらちゃんはあたしの胸に飛び込んできた。あったかい。はいらちゃん。

「ごうう〜ん」

しかしはいらちゃんは悲痛に叫んだ。鬼火が酸のように染みてる……

「……現世《うつしよ》で、これほどのちからを使えるとはな」

主のコモが押されてるから、はいらちゃんの叫びはいっそう悲しく響く。

「今や、あの菅丞相よりも……

帝陛下の御稲に、后宮《きさいのみや》陛下の御蚕《おかいこ》。このちからのために奪ったのか。そう、御所にも侍《はべ》ったその機会に」

「住田温泉、又新殿《ゆうしんでん》の高麗縁《こうらいべり》も役に立った――」と鬼火のひと。「――それで水は、何の鍵やったん？」

「あたしは生田の躯《からだ》視たときおかしい思た」コモはむしろ意を獲《え》たように。「事件発生の、そう昨日のこと。昨日はいつもどおり終日快晴。雨は降らんかった。でも校舎の横の現場。アスファルトは濡れとった。何でよ？

――茶道部が打ち水したからや」

「そうみたいやったなあ」

「打ち水するまえは道綺麗に掃除するはずや。昨日は半日授業。掃除は午前の授業の直後。学級日誌にもちゃんと書いてある。アリマスルも五月蝿《うるさ》い。あの道の掃除だけせんかったいうことはありえん」

「ほしたら？」

「ほしたら。

夕子が竹箒持っとったんはおかしい。

何で打ち水したあと、それも四時廻ってからまた掃いとるん？　同様に楓が3‐8で長柄ブラシを持っとったんもおかしい。竹箒とブラシ。わざわざ持っとったんは必要やったからやろ。何に必要やったんやろ。『割れた水差し』の、ガラスの破片を片づける？　でも楓と香西先輩は、明らかに水差し割れたのに気づいとらんかった。そして掃除は三時間も四時間もまえに終わっとる。掃除道具を、わざわざ例えばロッカーから持ち出したんは何でやろ。ほしたらあの外田が訊き出した。掃除道具はみんな新しなっとるって。ブラシの柄《え》は中空やって。ここで、生田がおったんは3‐8。生田が落ちたんはアスファルトの道。3‐8には楓がおってブラシ持っとった。アスファルトの道には夕子がおって竹箒持っとった。

　ふたつの役割。

　いいや、それは長い柄。

　長い柄に何かを隠すためのそれはガジェットや。3‐8にもアスファルトの道にも存在しとったらまずいもんを隠すためのそれはガジェットよ」

「へーえ。ガジェット」

「ほやけん当該《とうがい》存在しとったらまずいもんは細くて長いもんや」

「微妙に議論が逆立ちしとるけど、面白い話やな。ほしたらこれから3‐8でも行って柄《え》の中が空のブラシ探したらええ。あともちろん、外の掃除道具入れ行って、竹箒もな。当該細くて長いもんが出てきたら、もっと面白いやろなあ」

「何で水差しは割れたん？」

「――え」

「水差しも変やった。チュウドウ先生いうとった。水差しは授業終わったらきちんと片付けろ言うて。日直がきちんとやれ言うて。どこのクラスでもそうなっとる。外田が実予南の生徒やった頃からずっとそうやった。ほしたら。

何で３‐８の水差しだけ、四時廻っても教卓のうえにあったん？

日直が仕事忘れてもうたんかなあ」

「あ!!」

あたしは百鬼夜行も一瞬忘れて声をあげた。あの日の日直といえば。

「それに英語部員もいうとった。爆発の後、まず『ぱりん』いう音がしてから、それから生田の悲鳴聞こえたって。『どおん』『ぱりん』『うわあ』って。悲鳴は当然生田の悲鳴やな。ぱりんいう音は当然切子《きりこ》の水差しが割れた音。それはたやすく立証できる。

けど。

順番がおかしい。

楓も香西先輩も外田にいうとった。生田が悲鳴あげて、それで慌てて駆け寄ったとき水差し割ってもうたって。それは偽証よ。何でか。普通悲鳴のもとに駆け寄るんやったら最短コース走るよ。しかも教壇はクラスのなかで一段高うなっとるんよ。3－8の最後列最右翼から最前列最左翼まで走るんやったら何で教壇に登るん。並んだ机を掻き分けて、蹴って倒してしまうことはあるやろ。けど机は結果的に整然と並んどった。机の隙間《すきま》綺麗に走ったか、倒した後並べたか。それは当面どうでもええ。教壇には登らん。

ほしたら仮に教卓にぶつかったとしても、ああいう割れ方はせん」

「何でー？　おかしくない。教室の最前列を疾駆したらおかしくない。最前列の机と教壇の狭間《はざま》を駆けて、そのとき教卓にぶつかって、水差し落ちて割れた。全然おかしくない」

「おかしいよ」コモは断定した。「**水差しは教壇と生徒の最前列机のあいだに落ちとった**。最後列最右翼から駆けてきて教卓に衝突した？　それならそれでええよ。けどそしたら反対側に落ちる。生徒の机の方、衝撃の根源の方に普通落下するか？　違うよ。先生が立っとる方向に落ちるよ。少なくとも教壇のどこかに落ちる。まさに駆けてきたその方向、生徒側の床に落ちるいうんはまず考えられん。

したがって。

楓か香西先輩が水差し割ったいうんは虚偽や。

それは教壇のチョークの粉も傍証してくれる」

「チョークの、粉？」揺れる蒼い焔。

「おまえ知らんかも知れんけど」コモの濃厚な香り。「事件の後、あたしや外田が3－8に臨場したとき、教壇のうえにはチョークの粉が積もっとった。すなわち処女地やった。誰の足跡もなかった」

「おかしいね。掃除は四時間前に終わっとったんと違うん？」

「掃除が四時間前に終わった。それで同時に複数人が掃除道具持っとるんはおかしい。これは人間の状態がおかしいんや。故意がおかしい。主観がおかしい。説明が必要や。しかし掃除の後にチョークの粉が積もっとることはおかしくない。物理的な状態はそうあっても全然おかしくない。客観的に成立する。説明は要らん。むしろそれを目撃した人間は無数におる。よって議論の実益がない」

「――それで？」

「誰の足跡もなかった。あたしと外田がその処女地に初めて足跡をつけたんや。うっすらとした雪みたいになっとるチョークの粉のうえに。

ほやけん、楓か香西先輩が教壇に登ってそれで水差し落としてもうた言うんは、これも明白に虚偽やろ？

そもそも、誰も教壇には登ってないんやけんね。

　——ここで、英語部員が聞いた『ぱりん』は水差しの破砕音。

　楓や香西先輩が教室に入ってきた時点で水差し既に割れとったら。ふたりともそう証言するやろ。けどふたりとも微塵もそんな証言はせんかったよね。それに美里ら英語部員が目撃しとった。3－8におったんは生田と楓と香西先輩。三人以外に誰かがおったら英語部員がそれを証言するはず。ほしたら。

　ふたりが教室入ってきたとき水差しは割れてない。

　ふたりが教壇登ったいうこともない。

　他に教室には誰もいない」

「へーえ。難しなってきたな。でも教室には三人おった。ふたりが割ってないなら残余のひとりが発作的に割った、いうことも充二分にあり得るなあ。何や理由はよう解らんけどな」

「残余のひとり生田は窓辺から動かんかった。ずっと。美里たちが証人や」

「ほしたらどないなるん」

「ほしたら誰も教壇に接近しとらんのに水差し落ちたいうことです。何かの衝撃が水差し割ってもうたいうことです。

　すなわち、掠《かす》めたいうことです——おまえもそろそろ理解したやろ？」

「水尽くし、いうことか」

そのひとにはまだ余裕があった。あたしたちをこれから嬲《なぶ》ろうという故意に充ち満ちていた。それを具象すべく、黒い業火はもうあたしたちの視界すべてを奪った。

燃えてゆく。

空気までが。

あたしたちの四囲の何もかもが。

そして炎が猛《たけ》るたび、あたしの気力が奪われてゆく。胃にすごい重力。酩酊と嘔吐《おうと》感。

気持ちが、奪われてゆく……

「えらい洒落とるなあ、水尽くし。けど火ぃ滅するんには、まだいきおい、かなり弱いんと違うか？」

「布巾は何で濡れとったんやろ」

「ふきん――？」

「下ろしたての真っ白い布巾。3－8の黒板の縁に掛けてあった布巾。それがちょっと濡れとった。何でやろ」

「お昼の掃除に使たん違うの」

「ほしたら四時にはからからに乾いとる。この真夏日よ？」

「ほしたら水差し割れたけん」苛々《いらいら》とした波動。「その水拭いたんやろ。教室のふたりが確かそう証言しとるはずや」

「ほんなん無理よ」それは無理だ。あたしもコモに大きく頷いた。「それも嘘。ほんならもっと大規模に濡れとる。あんなにほんわか濡れてない。それに外田の阿呆《あほ》、あの布巾揉みまくったうえ顔まで拭いとった。

割れた切子細工の上からその零した水を拭く？ほしたら外田はそれなりの怪我しとったはずよ。そのような怪我は事実としてなかった。これは前提。

ほしたらあの布巾はいったい何を拭いたんか」

「水里、あかね——の涙と違うん？」

「あたしのあかねん嘲弄したら金輪際許さんよ」

「コモ——」

何だか解らないけど庇《かば》ってくれるらしい。あたしは結論だけ受容した。

「ふうん。大事なんや水里あかね。ほうやろなあ。絶好のよりましやからなあ」ふふふ。鬼の傲岸な嘲《あざけ》りはしかし虚勢にも思えて。「布巾で何拭いたかって？答えたるよ。水を拭いたんやない。どっかの汚れ拭こう思て流しでちょっと濡らしたんよ。陰陽師、話が逆や」

「四階の流しはすべて粉を吹きそうに乾いとった。からからに。あれだけ太陽ぎらぎらしとったから当然や。仮に当該説《とうがい》を採用するなら流しを使《つこ》たんはほぼ直前になる。なら、流しには濡れた跡が絶対に残る」

「ほやから太陽ぎらぎらしてあっというまに乾いたんや。しつこいな」

「ほやから流しが乾くまえに布巾はからからになるわ。おまえ阿呆《あほ》か」

「愚弄するか小娘」

怒り。

そして地獄の業火――

「――ふふふ。しかし流しは四階にしかないんかな？　それぞれの階に流しの幾つかはあるんがいわゆる普通の学校違うん？」

「あんたの説ではちょっと濡らすだけやろ。何で四階のを使わんのよ。主観がおかしい」

「ああ疲れた」鬼は両肩を舞台めかして叩いた。「陰陽師探偵のしつこいほのめかしにはもうウンザリした。

これからせんといかんこともあるけん。

ほやからあんまりつきあいたないけど、そんな簡単なことも想像できんのやったら更に教えたる。水差しの水ちょっと布巾に零した。これで終いや」

「真っ新《さら》の布巾が」

ああ。あたしはようやくコモの奸智《かんち》を理解した。なんて娘《こ》。

「濡れたとこだけベージュになっとったな。水差しの水は真水。雑巾のミックスジュースでも焼酎でもないよ。どう足掻いてもベージュにはならん。したがって。

何かを拭いた。少なくとも汚れに触れた。

何に触れたんやろ」

「コモあたし解ったよ」あたしは叫んでた。炎が怖くて。真相も怖くて。「あたしが現場の窓ガラス、床から見上げたら、それはキラキラ光ってた!! 水飛沫みたいに。あのプリズム!!

太陽の光が歪んでた。

あの窓を拭いたんだよ!! だから窓の光があそこだけ屈折してたんだよ」

「あかねんよういうた。あの布巾は窓を拭いた。ただまだこれは仮定にしとこか。**けど窓が濡れてまた歪《いびつ》に乾いたんは事実。**

雨も降ってないのに四階の窓が何で濡れるん?

人為《じんい》で水を掛けたからとしか思えんな。此岸《しがん》は重力とエントロピーの法則に支配されとるからな。真夏日に四階の窓が独りでに濡れることは絶対にない。

誰かが水を掛けた。これが結論。

水差しの水か? そうしたもんを教室のなかから掛けたんか?

違うよ。

ほしたら生田びっくりして窓からどく。生田に接近した者もおらん。それになかから掛けられたら生田取り敢えず黙っとることないしそっちへ行く蓋然性が高い。口論になるとかな。けどそういったトラブルは英語部員に一切目撃されてないんよ。なら外からで決まりや。**水は教室の外から教室の窓に掛けられた。**

ここで、一連の流れを想像してみよか。

『どおん』。部室棟の爆発。英語部の視線が逸《そ》れる。生田もハッと気を捕《と》られた。更に。

い、
はっと気を捕られて、更に。

いきなり近くの窓が外から濡れる。ほしたら生田はどうする？

何やろ思て外を覗くやろ。躯のバランス変えて。

あんたはそこを射たんやね――」

「……檜会先輩」

あたしがやっと口にできた、その名前。

暗黒の焔《ほむら》の鬼。

制服に零《こぼ》れる黒髪は。

恐怖の対象になるほどの美だった。底知れぬ夜の未知。夜の海。そして気持ちを焼き嬲《なぶ》る、暗黒の業火。

「生田君が指輪を外したのは、弓道部であたしみたいに試射したからですか？　先輩があたしの指を見てくれたように。指輪をしたままだったらとても危険だから――」

「生田は試射したとき指輪を外した。そのまま鞄に入れてまたするのを忘れた。

そうなん檜会先輩？」

「あたしが……？」鬼はしかし絶句した。

ううん。

鬼じゃない。今は諾子先輩だよ。だってさっきまでの傲岸な鬼とは全然違う。

きっと、人格が……

人格が犯されてる。何者かに。諾子先輩は執り憑《つ》かれてる。

「あたしが、まあちゃんに――雅実《まさみ》に、矢を、射掛けたいうの」

「射殺す必要はなかった」とコモ。「生田は何や面白そうな本読んどった。ましてわざわざ3‐8におったんやけん、その3‐8の檜会先輩と、何かの約束があったと想定することに不合理はない。あるいは香西先輩が呼んだんかも知れんね。なら、本を貸したんも意図的なもんや。チュウドウいっつも怒っとったしな、生田は変なところで本読む癖があるいうて。

もし、結果として生田が本読まんかったら。窓辺にいかんかったら。

その日はやめたらええだけの話」

「あたしが、まあちゃんに……」

「でも生田は読んでもうた。いつもの場所で。

そして四時半。まず爆発でぎょっとする。

そこへ突然、水が窓を打つ。飛沫《しぶき》になる。四階の窓やけん水鉄砲やろな。**購買で売っとる強力水鉄砲**。何度か撃ったかも知れん。これで更に意表を突かれた生田がバランスを転じて地上を覗く。

ここよ。

――突き刺す必要はない。ちから加減もよう解っとる。弓の種類も矢の種類も。突き刺さらんような威力のものも。

『少しだけ、バランスを崩せたら』――」

「あたしが、まあちゃんに、矢を、射掛けた……？」

「先輩やけど先輩やない。檜会先輩はそんなことするひとやない。普通の檜会先輩やったら。あかねんも試射のとき解ったよね。そんなことは絶対せん。絶対に」

「あたしだというの……」

「生田に接近した者はいない。英語部員の証言。

おまけに、楓と香西先輩には不審な挙動《きょどう》がない。絶対に。またそんなものを見せては台無しになる。英語部員の証言があるかぎり楓と香西先輩が犯人にされることはない。現に犯人ではない。

犯人は目撃範囲外から生田及び水差しに衝撃を与える手段と能力を有する者。

当該衝撃は生田を殺害するものでなく、かつ、水差しを瞬時に砕くものではない。

矢を皆中《かいちゅう》させる。

鞄に皆中させる。

それができるんはあの日あの時、檜会先輩だけや。**弓道部は対外試合で誰もおらんかった**」

「檜会先輩じゃなくたっていいじゃない!!」あたしは叫んでた。だってあんなに素敵な先輩がそんなことするわけない。「弓道部じゃなくっても弓道ができるひとはきっといるよ。アーチェリーだっていいじゃない。何かを射ることができたら誰だって犯人になれるよ!! コモ間違ってる!!」

「駄目よあかねん。実予南で弓道ができる者は全員弓道部員。当日休みの者はおらん。実予南にはアーチェリー部はない。あたしが檜会先輩のまえで言うたとおりや。そして茶道部の証言から、事件当日午後に茶道部が呼んだ客以外の部外者は学内にひとりも入ってない」

「コモあなた――」

「檜会先輩の矢は」そしてコモは寂しく告げた。「**先輩の矢は羽根が濡れとった。**でも昨日雨は降らんかったし、そもそも弓道場は屋根の下よ。羽根が濡れることは理論上ありえん。先輩自身も一笑に附しとった。

なら羽根は何故濡れたか。

弓道場以外に持ち出したから。

そして矢筒から矢を露出させたから。

檜会先輩、したがって**檜会先輩がどこか余所《よそ》で矢を用いたんは誤りのない事実。**その理由、よかったら教えてもらえませんか」

「解らない……あたしには何が何だか……あ、頭が、割れ、る……」

「どこかで矢を使用した。しかし通常の用例であれば羽根が濡れることはない。では濡らしたのか濡れてしまったのか。故意か過失か。必然だったのか偶然だったのか。

故意やったらあたしらに矢を見せるはずがない。まして触れさせることはない。

過失や。

過失やったら流し、水差しその他の『故意により水を用いるもの』で濡れたのではない。そのようなものへ矢を接近させる必然性はまったくない。少なくとも故意により作出された水に濡れたのではない。なら故意によらずして作出された水は理論上この真夏日のどこにあるか？　また実際上どこに存在していたか？」

「水たまり」ああ。叫ぶあたし。「墜落現場。アスファルト」

「打ち水したあのアスファルトで濡れたとしたら。

そして夕子と楓は、長い柄の掃除道具を持って何を待っとったか。

現場に存在してはならないもの。

夕子と楓。

ふたりは待っとった——

そして隠匿《いんとく》すべき物件は落ちた。予定どおり。そして濡れた。予定外に」

——あたしは検算した。

実予南の校舎の窓はとても大きい。天井が高くて窓がひろくとってある。前の学校の倍も。そして屋上は、いまあたしたちがいるように、校舎が四階建てである以上、四階の真上にある。英語部員がいた四階のLL教室から3-8が詳細に目撃できるなら。その真上の屋上からも生田君がよく目撃できるはず。まして実予南には冷房がない。真夏日。窓は全開。

そんな。

矢は、通るよ。

LL教室のある棟の四階に、美里さんがいうように英語部員以外誰もいなかったとしても。いや。だからこそ。現場である3-8へ射るには、その隣の校舎、美里さんたちの棟の四階かその屋上しか――

「でも、でもコモ、誰かが檜会先輩の矢を勝手に盗んだとしたらどうなるのよ⁉　そしたらそのひとだよ。檜会先輩だって断定できないよ‼」

「ならあたしらが矢を数まで含めて確認したとき。あかねんが試射したあのとき。檜会先輩自らあたしらに言うんと違う。おかしいって。矢が無くなっとるって」

「それは――」

「それに勝手に濡れた矢に驚かんことはない。通常あり得んのやから」

「だったら」あたしは百鬼夜行も忘れて訊いた。「あの英和辞典っていうのは。無くなった生田君の紙の英和辞典っていうのは。まさか夕子が自分の鞄に入れて持っていったの？」

「現場に最も早く臨場したチュウドウでもあかねんでもないのなら、それしかない。――矢は躯には当ててんかったはずや。刺さるかもしれんからな。そしたら終いよ。すぐ分かる。

矢は本か鞄に当てた。他に生田何も持ってなかったから。そして本は実際上無理やから鞄や。檜会先輩やったらきっと金具か革を狙《ねろ》たはず。

皆中したんかも知れん。

ちょっとだけ、外れたんかも知れん。

どっちにしてもその衝撃が英和辞典をへこませてしまったんは確実よ。厚いフェルト地の鞄はへこまんとしても。辞書の痕跡を視たら何の痕か即断できるくらいに――それも隠匿すべき物件や。当然想定されとったやろな。そして夕子はそうした」

「打ち水」あたしの膝《ひざ》が、崩れて。「水差し。布巾。流し――濡れた矢。水尽くし」

「ここからは動機の議論になる。すなわち本格探偵小説的にはパンドラボックスよ。したがって憶測にさせてもらう。

――生田が指輪を外した。それは何日か。朝か放課か休み時間か。それらはどうでもええ。結果的に生田は指輪をしてなかったからな。痕がくっきり残るほど嵌《は》めとった指輪を。

しとったら不具合やから。弓道のためには。

そして、まさにそのときや。

檜会先輩の矢が、暴発してしまったんは。

恋人のまえで。

こころから愛していたおんなのこのまえで。雅実のまえで」

「違うよコモ!!」

「あたし、絶対に許せんかった……」

「そんな――檜会先輩――」

「……弓道を裏切ったあたしも。それを写真に残されたことも。それをどうしても新聞に載せるいうことも。綺麗やからって。今までで一番綺麗やからって。美しければそれが成功だって。諾子は綺麗だからそれでいいんだって。それがいいんだって。

そうはいかん。いかん。いかん。

あの写真。

連続でまあちゃんがばしゃばしゃ撮ったあの写真。

暴発の瞬間をもきっと収めたアナログフィルム。

そんなもんを。

そんなもんを公開されるわけにはいかん。この名人の名に懸けて。したがって。

写真が所在するところは全て滅却《めっきゃく》せんといかん。

そして弓の道を踏み外した罪は、自分の弓で祓《はら》わんといかん。

だからあたし……

でもどうしてなんやろ。絶対あたしおかしいよ。そんな考え間違うとる。もっと弓を穢《けが》してしまうことになる。あたしどうして。あたしがまあちゃんを射掛けたってそんなこと……絶対にしない。絶対にそんなことしたくないよ。するわけない。小諸さんあたしどうして。あなたは知ってるの。あたしどうして」

「檜会先輩——」

「いかん!!!!」叫ぶコモ。「あかねん絶対に近づいたらいかん。あたしの後ろ離れてもいかん。

それは檜会先輩やない。

それは少子《スクナコ》や」

「スクナコ」

それは確か。その名前は。

ソルシエールの。ケーキ屋の。百鬼夜行の鬼女。

あの、スクナコ。

「そうや。清原元輔《きよはらのもとすけ》娘《がむすめ》、少子や」

「でも檜会先輩だよ!!!!」

「檜会先輩のこころの闇に執り憑いたんや。檜会先輩のこころのおばけを食べとるんよ。そして、名人にして学園のアイドル檜会先輩を慕《した》う親友後輩もろとも幻惑した。こころの闇に乗じて。檜会先輩をまぶしく思うそのわずかな嫉妬に乗じて。そうやって、共犯者の汚泥《おでい》を撒き散らしたんよ。

どこまでも薄穢《うすぎたな》い怨霊めが。

これまでぞ少子。

帝陛下のお田んぼを荒らし、后宮《きさいのみや》陛下のお蚕を弑《しい》し、あまつさえ先帝陛下の御祓《おおはらえ》麻《ぬさ》を僭窃《せんせつ》して悪腫《あくしゅ》の呪法をなした大逆の怨霊。今日こそ妄執《もうしゅう》の果てる日とこころえよ」

「ふほほほほほ」

檜会先輩の姿が、滲《にじ》んでずれて歪んで。

何てこと。

実予南の制服が、白小袖や朱袴に転じてゆく。

そんなこと。何なの、これは幻覚なの。

「ふほほほほほほ、あははは、あっはははははは――――!!!!」

あんなに綺麗だった黒髪が、澱《よど》んだごわごわの赤茶色に朽ちて。

完全に制服姿を抹消したその姿態は。

「地下《ぢげ》の小娘よう言うた。下種《げす》が小技でこの少子を祓《はら》うと。ふほほほほほほ、ほほ、ふはははっはあ」

「わがしゅごせいたるあいよくのたいはくせいにこいねがう、でぃあないしゅたるちょくばんほくと、ましとめしゃべるかふじえる、むたびぬちお、ぱてるうるぺすむ!!

きゅうきゅうにょりつりょう――」

でも。

どうしよう。

コモのきゅうきゅうにょりつりょうが全然利いてないよ……

「ふっはははあはっはあ、下種女の形悪《なりあ》しきが、明王《みょうおう》の眠りを驚かすか。先の帝も護《まも》りきれなんだ細腕が楽しいことをいうてくれる。ほほ、美味かったぞ火の兄の生《き》娘《むすめ》、熒惑星《けいこくしょう》の生娘の妄念。極上物じゃ。主への最上の幣《みてぐら》じゃ。そのためにおんなに欲情させたのよ」

「処女の子宮が織る闇は怨霊が糧《かて》の第一やからな」とコモ。「しかしあたしは騙《だま》されんよ。檜会先輩がおんなである生田に性愛的に束縛されたんは、何よりもまずおまえの好み。おまえが皇后定子にあからさまな情欲を抱いていたのと同じそれは血の呪縛よ。そしておまえが八百屋お七を誑《たぶら》かしたときに狂い咲いた丙《ひのえ》の肉欲でもある。あたしにはそれがよう解る。おなじやりくちやからな」

「——主を侮辱するか」怨霊の怒気。「小賢しきかな小娘陰陽師。他者をば規定せんとするあさはか探偵の下種説法《ぜっぽう》。ならば訊くが、ふほほ、あの爆発はどう解くる。どうじゃ。どうじゃ。解らんかったのであろうが。下種に解ろうはずもないわっははははあふはあ」

「フーダニットは立証し尽くされた」とコモ。「御幸寺山《みきじさん》の山小屋爆発事件。本件事件の発生以前に、本件事件同様、原因不明の爆発を生ぜしめたあの爆発事件。あれが本件事件のリハーサルだったと考えれば。また実予市内に頻発する原因不明の火災。あれが生田の家を写真入り金庫ごと灰燼《かいじん》にするそれもリハーサルだったと考えれば。あとは、それぞれの事件におけるおまえのアリバイを崩せばそれで終《しま》いやろ。さらに檜会先輩はもう先刻自白したこと、おまえもとくと聴いとったはず」

「それで本格探偵小説とは聞いて呆れる艶姿《あですがた》。論理の松明燃え尽きて。へっぽこ検非違使《けびいし》降参ふほ」

「ようい うた」

コモはあからさまな挑発へあからさまに乗った。コモもうそんなことしてる場合じゃないよ。このおばけ絶対何か謀《たくら》んでるよ。

「おまえ、もとい、檜会先輩の矢は五本やったな」

「――ほほう」

「弓道の矢は普通六本セットで売っとるもんよ。少なくとも偶数本のはずや。矢は二本を携行して射る。甲矢《はや》乙矢《おとや》の二本。このペアが基本や。したがって。

几帳面なことで定評のある**檜会先輩の矢が五本**いうんはそれ自体奇異よ」

「異なことを」と怨霊。「弓をすなる者はその矢を折って失ったり矢を買い足すことはないのじゃやな」

「檜会先輩の矢筒は空やった。矢筒以外に矢を収納する必然性はまったくない。一般論としておまえのいう矢に係る喪失補充の可能性を認めたとしても、昨日、通例どおりペアの矢を射る練習をしとった檜会先輩の矢が六本以上あったいうことはない。ほしたら六本か八本か十本か、いずれにせよ持っとる矢の数のうち最大となる偶数本を用いとったはずや。

それに檜会先輩思わずいうとった。

折れたり無くしたりしたら矢もらってもええと。

これすなわち、折れても無くしてもない——いうことやろ？　**過失によって失った矢はない**からそう言うてもうたんよ。

さて、故意により失った矢のことは想起せんかったか、想起してたからこそ言えんかったか——

そして檜会先輩はジュラルミン製の矢もグラスファイバー製の矢も使わん。弓道の矢でジュラルミンでもグラスファイバーでもない自然の素材いうたらそれは竹やろ。

さらに。

爆発現場の新聞部室からは竹が採取されとる。学校の新聞部の部室に竹？　あたしとても竹製の物品想像できんよ。竹刀でも湯籠でも鹿威《ししおど》しでも青竹踏みでもないやろ。しかも警部の外田に『掃除用の竹箒やないか』いわしめるほどの長さや。団扇《うちわ》でも茶筅《ちゃせん》でもない。

そして。

学校の掃除道具はアリマスルがすべて新製品に入れ替えた。教室その他のための、校舎のなか用には、既に竹箒は一本もないんや。したがって。

当該竹いうんは竹製の弓道の矢。そう考えて不都合なことはあるか？」

「それこそ想像じゃ。そこに論理は微塵もないのではないか？　妾《わらわ》を退屈させるか」

「ならば爆発それ自体について検討してやろう」

だからコモ挑発に乗っちゃ駄目――

「何かが爆発するんやから当然火種が必要やな。おまえの大好きな論理詰めでいうたる。当該火種はおよそ①新聞部室の外部から投入されたものか、②新聞部室の内部に設置されたものかのいずれかや。そして当該火種はおよそA時限式のものか、B即時性のあるものかのいずれかやな。
①の場合において。
新聞部室の窓は固定的な鎧戸で封鎖されとる。窓から投入されたいうことはあり得ん。すると入口の横滑り戸から投入されるしかない。ところが。

事件当日十四時三十分以前にそれが投入されたいうことは絶対にない。生田がそれまでは現場新聞部室におったけんね。生田がそれを見逃すはずがない。誰かが入って来たにせよ、何かが投擲《とうてき》されたにせよ絶対に気づかんことはない」

「ふほほ。生田というおんなが当該十四時三十分まで新聞部室にいたということは何故分かる。百歩譲って部室棟なる建物にいたとして新聞部室にいたと証明することはできなかろう」

「第一に部室棟の入口はひとつ。第二に部室棟の鍵はアリマスルのみが保管。第三に野外練習しとった吹奏楽部が出入者を完全目撃。第四に生田を部室棟から引っ張ってきたのはチュウドウや。これらを総合して、生田が部室棟の中でも新聞部室におったということを立証することはハイカラ通りでみよかんソフトを発見するのと同水準に容易。

したがって当該火種を投入したんは十四時三十分以降のことになる。

当該十四時三十分以降物理的に部室棟に存在し又は部室棟へ侵入したのはあかねん、アリマスル先生、美里――」

あたしはびっくりした。道に迷ってあちこち彷徨《さまよ》ってたことがもう調べられてる。

「――そしておまえ、もとい、檜会先輩しかおらん」

「部室棟なる建物に物理的に侵入せずとも火種を投擲することはできようぞ」

「語るに落ちたな」とコモ。「そのとおりや。超長距離射撃ができればな。超長距離投擲ができれば物理的に部室棟へ侵入する必要性は皆無。

当該《とうがい》超長距離射撃等が可能な物件は。

銃か弓やろな。弓は三十三間堂を射抜けるほどや。そして銃は危険。現場に弾丸を投擲する必要があるけん相当程度の蓋然性で弾丸は現場に残存する。それが爆発により粉微塵となったところで発射時点における発射音は隠蔽しようがない。現実に事件に係る異常音は生田の『うわあ』と水差しの『ぱりん』のみ。射撃音の証言は皆無。なお爆発音で銃声を誤魔化すことは不可能や。その爆発の火種を撃つ話しとるんやからな。

結論。おまえのいう火種投擲ができたんは檜会先輩しかおらん。技術的にも装備的にも。そして現場には、羽毛寝袋か何か知らんけど鳥の羽が落ちとった。あのなかには矢の羽根もあったやろなあ」

「矢を投擲したら爆発が生じるとは。矢は竹製だと先刻自分で断言したのを忘れたか。如何様《いかよう》な矢なのじゃそれは。便利な矢がこの時代にはあるとみえるなふほ。まさか火矢とはいうまいぞ」

「マグネシウムや」

「――――――――」

「板付《いたつき》――矢尻に**ファイアスタータのマグネシウム**を用いる。そしてこの紙」

コモはモノトーンがヴィヴィッドな紙片の燃え残りを鬼に翳《かざ》した。

「現場で採取されたもんや。

白と黒の同心円あざやかなこれは霞的《かすみまと》の残滓。

これにマグネシウムの切屑を相当程度貼付しておく。それを椅子でも机でもロッカーでもええ、矢尻が衝突したときに火花が出る程度の強度を有する対象物に貼っておけば終《しま》いや。マグネシウムはかつてストロボに用いられていたほど発火性の高いもの。浸水した薪すら燃やせる。あたしは外田と現場に臨場した。そこから美里らがまだ見えた。入口横滑り戸からその廊下の窓越しに。いうことはＬＬ教室及びその屋上が一望できるいうことや。そして実予南に冷房はない。窓は開いとった。開ければええ。横滑り戸からは侵入できる。横滑り戸には机やロッカーの類《たぐい》と違《ちご》て錠前はない。磨りガラスは外せばええ。爆発後鎧戸側のガラスがギザギザ跡残して割れとったのに入口の戸の磨りガラスは綺麗に抜けとったんは、つまりそれを爆発前に外しとったからよ」

「椅子や机が燃えて何故爆発に至るのじゃ」

「国家警察最新の科学捜査をもってして」とコモ。「現場からは火薬爆薬の類が検出されんかった。薬品等特殊な爆発性物質またしかり。いうことは。火薬爆発でも爆弾でも薬品爆発でもない。まして火山の爆発やボイラー等の水蒸気爆発を想定するのは沙汰《さた》の限り――

なら残された可能性は粉塵爆発しかないよ」

「フンジン」とあたし。「フンジンバクハツって？」

「粉よ」とコモ。「すごく細かい雲みたいな粉が空気と混じると、とても爆発しやすくなる。粉が酸素に敏感になるし表面積も充分やけん。ここで、特定の爆発物が一箇所で爆発したなら擂鉢《すりばち》状の漏斗孔《ろうとこう》がそこにできるはずや。ほやけど外田は漏斗孔はないと断言した。部屋中で一様に爆発があったと。そこにはもう議論する余地もない」

「昔、炭坑や小麦のサイロがよく爆発したっていうあれ？」

「まさしく。そして粉んなかでもシュガーパウダーは最凶」

「シュガーパウダー――」必死に記憶をたぐる。「それって――夕子がいってた――」

調理部から盗まれたシュガーパウダー五キロ。新聞部室からまんべんなく採取されたショ糖。天井に袋設置してそっから零れるようにすればええ。まんべんなく煙が立つようにな」

「そんなことどうやってできるの？」とあたし。「自分も粉塗れになっちゃうよ。それにバタバタすればとても目立つ。時間が経てば経つほど沈殿しちゃう」

「天井に何袋か仕掛けるんはどうとでもなる。それにファスナーを幾つか付けることも。現にファスナーが領置されとる。あとは当該ファスナーが狙ったタイミングで開けば万々歳やな。

こう考えると、ちょうど現場にあった回転運動しとるもんが気になってくるなあ。なあ少子？　おまえ論理論理いう癖に物理トリック大好きやな。呆れるわ。あたし下手な物理トリック大嫌いなんよ。よう覚えとけ」

「回転運動するものっていったい何なの？」

「扇風機や」とコモ。「ファンの軸にテグスを巻き取らせるよう差配してもええし、首振り摘みに巻き取らせてもええ。首振り摘み、あれは実は相当のちからで回転しとるけんね。おまけに扇風機は天井からもくもく落下するシュガーパウダーを拡散してくれる。

これすなわち①‐Bの場合。火種外部導入・即時性あり」

「かっ。まさしく下種の勘繰り、下女の空論よ」鬼の威嚇《いかく》はもう虚勢のようだ。「生田というおんなは新聞部室とやらで砂糖を用いていなかったのかえ？　飲み物を飲んでおろうが。マグカップなるものがあろうが。スティックシュガーなるものもじゃ」

「怨霊の癖に横文字に詳しいな」とコモ。「わざとらしく放置されとったスティックシュガー。あれを生田が使《つこ》とったことはあり得ん。楓その他の新聞部員またしかり」

「何故故《なぜゆえ》にじゃ!!」

「ふふふ。怨霊は総身の知恵も徒煙《あだけぶり》。よう聴いとけや境界貴族。生田はヨーグルトに砂糖混ぜるためボールペンまで使おうとした。スプーンがないからよ。**新聞部室にスプーンが存在せんかったからよ。**マグカップ常備しとるのにスプーンがないいうんは、誰も砂糖入れる人間がおらんかったからよ。ほやけんスティックシュガーなんちゅうブツはあからさまなレッドヘリングじゃ参ったか成り上がり。

これも飲み物やけん、すなわち水の報《むく》いと知れ」

「小娘が小娘が小娘が!!　ならば千歩譲って何者かがそのような物理トリックなるものを弄《ろう》したことは認めようぞ。それがこの少子じゃという証拠はどこにある？　無いであろうが、ええ、在るのか無いのか!!」

「それはないなあ」

「え!?」あたしはずっこけた。「ないの？」

「しかしなあ」

待ってましたとばかりコモは満面の笑みを浮かべた。

「おまえは策を弄しすぎた。本格探偵小説において物理トリックと動機は極論ばくちよ。物理トリックこそ本格探偵小説が鬼門。そしておまえの敗因でもある——」

「証拠を挙げてみよ!!　さあいうてみよ!!」

「——おまえは保険を掛けた」とコモ。「①‐Bが機能しなかったときのために。檜会先輩が万一手元を狂わせたそのときのために。いや、むしろ①‐Bのマグネシウム着火をせんでも自動発火するように。それはすなわち②の場合。

要は、新聞部室内部に火種を設置した場合。

この場合において、当該火種が即発火する即時性のあるものとは観念できない。内部に火種を仕込むいうことは物理的に自ら新聞部室に臨場する必要があるいうこと。そしていつ誰が部室棟に臨場したかは目撃者が多い。これは当日吹奏楽部の野外練習をちょっと観察しとったら即座に判明することよ。ここでもし、誰かが即時性のある火種を仕込み、かつ、自ら焼死することを免れようと思うのなら、直後に部室棟を脱出せんといけん。けどそれは犯罪計画としては極めて拙劣《せつれつ》かつ危険に過ぎる。火事が起きました。そのとき誰が出てきましたか。これで終わりやからな。したがって。
②の場合は②-A、すなわち火種内部発火・時限性装置のケースしか成立せんのよ」
「続けよ」

「顔青うなってきたな。もともと顔色悪いけどな」

「続けよ!!」

「前提は①と同じよ。十四時三十分までは生田新聞部室におったんやけん、それまでは発火装置を仕掛けるわけにはいかん。床や壁のなかに隠匿すればええんかも知れんけど――木造建築の壁のなか？　おまけに床は鉄板よ？　部屋の異常に気付いた生田に発見されたら終いや。それに、時限装置の類は現場から回収されてはならない。なら、十時間も二十時間も後に発火する時限装置を導入するわけにはゆかない。まして、新聞部室に発火装置を仕掛けるいうたら場所は極めて限定される。ズバリ、戦前からの樫の机の周辺や。何でか？

床は鉄板、ロッカーはアルミ。天井は木やけど天井燃えたら困る——なんでかゆうたらシュガーパウダーも燃えてしまうからな。少なくとも煙にならんし、舞い上がってしまう。

なら壁に貼り付けるか？　けど生田が戻って来んことどうして分かる？——だから隠さんといかん。少なくとも、発火装置設置後入ってきた誰かがすぐに気付く状態にはできん。

つまり、どこかに仕舞わんといかん。

なら、どこに仕舞う？

樫の机の一番薄いひきだしのなかよ」

「ど、どうして？」とあたし。

「そこしかダイヤル錠掛かってないとこないもん。それ以外の机のひきだし、アルミロッカー。すべてダイヤル錠で施錠されとる。おまけに、その番号は生田しか知らんゆう話やったな」

「ふほほ。笑止千万。それは前提として甘いぞよ。知っておるか知らぬかは誰にも証

明できぬ
「お約束過ぎるわ怨霊。

檜会先輩は、問題の写真を粉微塵《こなみじん》にしたかったから部屋爆発させたんよ？　ロッカーやひきだしのダイヤル錠を解錠できたらもうそれでええやん。ほんで自分で捜索したらええ。**結果爆発させたいうことはダイヤル錠が解錠できんかったから違**うの。議論がさかしまよ」

「さかしまではない。よく考えよ。一箇所でも解錠できたならそこへ隠匿すればよいぞ」

「違う。**ダイヤル錠の番号は全部同じ。**ひとつ解錠できたなら全部解錠できる。解錠できんかったなら全部解錠できん。

つまるところ。

発火装置を隠匿できる場所は樫の机の一番薄いひきだしのなか。そこだけ施錠されとらんひきだしのなか。椅子を収納するスペースの真上のひきだしのなか。そして発火装置が十四時三十分以降に仕掛けられたことに疑いはない。生田に開かれたら終いやけんね。

すると。

当該発火装置を仕掛けることができたんはアリマスル先生、あかねん、美里、そし

て檜会先輩のいずれかでガチよ。これは①とまったく同様のアリバイ評価による」

「もし生田君が」とあたし。あたし犯人じゃないけどまず生田君が気になった。「自分で仕掛けたとしたら？　故意だったか怨霊に騙されてかは解らないけど」

「あかねんよういうた。すぐ否定できるけど可能性としてはそのとおりよ（ちなみにチュウドウに頼んだいうことはもちろん否定される。生田大村いずれもが不審に思うはずやけんね）。

　ほしたら、発火装置設置者はアリマスル先生、あかねん、美里、生田、檜会のいずれかよ。

　ほやけど。

　ちょっと考えてみたらすぐ解る。

　新聞部室は窓も鎧戸で塞いどる。唯一の明かりとりは入口の磨りガラス。蛍光灯がなければ白昼でもほぼ真っ暗よ。そしてここでおまえの致命傷——ぎりぎりまで磨りガラスんとこのカーテンどけんかったな？　なるほど、磨りガラスは外したかも知れん。けど隠れたいけん、カーテンはぎりぎりまで除《の》けんかった。ほやけん真っ暗や。

　ここで。

　あたしはふたつの事実を知っとる。

十六時から十六時二十五分までは停電だったこと

樫の机の当該ひきだしはすぐ底が抜けるものだったこと
この事実からすれば当該設置者は既にして自明といわなければならない」

「て、停電」

確かに。あたしがチュウドウ先生とかるたをしたとき。四時にラジカセが停まってしまった。けれどコモを呼び出す校内放送は聞こえた。なら、コモが呼び出されたそのときは電気が復旧していた。そういうことになるよ。けれど、ひきだしの底？ それが爆発とどう関係するの？

「よう聴け、たかが受領《ずりよう》の娘。吹奏楽の野外練習はな、ＬＬ教室や２－８の会話すら掻き消すような大音量やった。部室棟眼前からの轟音。そのなかで、当該ひきだしに発火装置を入れる――

――しかしなあ。

当該ひきだしの底は抜ける。これは生田の日記から明らかよ。書類を入れる何かの底は抜ける。それの予算要求をアリマスルにしてもおかしくない何か。それが買い換えたばっかりのアルミロッカーでないことは間違いない。アルミロッカーは最近夕子の父親が実予南に寄贈したもんよ。そんな新品の底が抜けるか？ 仮に抜けたとしてアリマスルに買い換えの金要求できるか？

ほかに社会通念上書類を入れる備品はない。なら樫の机や。樫の机のどこかの底は抜ける。それが最も薄い問題のひきだしだったとすれば。そこに発火装置を隠匿したのであれば。

他のすべての仕掛けを終えて。

最後に残った発火装置を入れようとする。

そのとき灯りが消えたら？

アリマスル先生、あかねん及び美里のいずれかなら気付くはずよ。

底板が落ちるから。それは目視できるから。

たとえ吹奏楽の轟音で音は全然聞こえなくても。

底板と発火装置が落ちるんを見れた者は拾う。

底板と発火装置が落ちる音を聞けた者も拾う。

拾わんのは底板が落ちたんを見れず、かつ、その音も聞こえんかった者だけなんよ。

そしてアリマスルが部室棟におったんは十五時五十五分まで。あかねんは十五時三十五分まで。美里は十六時二十五分から。吹奏楽の練習の音が止んだのは十六時二十五分。

——もう解ったやろ？

停電期間に部室棟におったんは檜会先輩だけ。

したがって。

底板が落ちることを目視できず、かつ、落ちる音を聞けんかったんはこの世に檜会先輩だけ。だからそれがどう足掻いても燃え広がらんかったことを理解できんかったのも檜会先輩だけ。だって鉄の床のうえやもん。

ちなみに底板が落ちる音を聴けたのは美里だけ。御清聴《メルシ・ド・ヴォトル・ラタンシオン》ありがとうございました」

「——おのれ——おのれ——おのれ!!!!」

「この台詞ええな。

あと駄目押ししとくと、当該発火装置は薄力粉を用いとる蓋然性が高いから、きっと天かすやろなあ。学食できつねうどんもざるそばも食べられるのにたぬきうどんだけ三週間も営業停止なんは何でか。天かす相当盗まれたから違うか。天かすは焙《あぶ》っとけば自然発火するからな。あたしなら焙ったうえ備長炭と組み合わせる。それを熱反射率抜群のエマージェンシーブランケットに包《くる》んどけばぼういくわ。ぜーんぶ燃えて原因不明。散々《さんざん》実予市中で付け火して廻っとったんやけん、三十分後やろが四十五分後やろが二時間後やろが時限装置としての設定は自由自在やろ、なあ少子？」

「あっはは。

陰陽師探偵、天晴れじゃ。

褒めてとらすぞ。妾《わらわ》の負けじゃ。

しかし。

探偵遊技はここまでよ」

ごう。

蒼い焔《ほむら》が業火の火柱となってまさに天に達する。

「美味かったぞ。この娘の暗黒面。嬲《なぶ》り喰らうのは愉悦《ゆえつ》じゃったぞ。この生娘はもう骸《むくろ》。搾《しぼ》り滓《かす》よ。次はそこなおまえ、五行の名を持つそこな娘。おまえの想像力の暗黒面に執り憑いてやるわ。もっと欲しい。もっと喰いたい。若い娘の陰の気を。愛憎の妄執を。定子《さだこ》様と妾と。舐《ねぶ》りたい。舐りたい。舐りたいいぃぃ。ほほほ」

「――少子」コモの声は零度の鞭《むち》のようだった。「最期に訊く。トラペゾヘドロンはどこにある」

「とらぺぞ――ああ、神器か。ふほほほほ。あれほどの神器の在《あ》り処《か》が解らぬか」

「あれはあたしが集めとるもんよ。おまえがごとき怨霊の成れの果てには必要ない。怨霊、おまえ文学おばさんやろ。もし在り処吐くんならクリスチーネ剛田の『愛フォルテシモ』くれてやってもええよ」

「それはまことか」

「なんと」どうしてそこに反応するの怨霊。

「『ショコラでトレビアン』も付けよかな」

「天帝に誓って約束じゃぞ。神器なら今は、村正の籠釣瓶《かごつるべ》という名で呼ばれておるわ」

「最期の功徳《くどく》になったな。あたしすぐ大陸と埼玉に出張せんといかんけん、もう終わらしたる。漫画は線香と一緒に墓に供えたるから安心せえ」

「結局は神器が目当てか」嘲弄。「今上《きんじょう》の帝も后宮《きさいのみや》もどうでもよいのであろう?」

「当然よ。あたしはこの癪《しゃく》に障る傷癒《い》えるまで、先帝陛下も聖徳太子もシラサギもびっくりの住田温泉に浸かりながら、宮内省に当座の面倒みてもらえばそれでええ。あとはバイトや、気晴らしや」

「安堵したぞ獣が娘。ならば彰子《あきこ》が血脈《けちみやく》は独り残らず血祭りよ。先帝の魂魄《こんぱく》、定子様が悦《よろこ》んで悦んでのう。今上東宮《とうぐう》皆殺し。さぞかし魂《たま》も美味かろう。嬲り殺しにして骨までしゃぶうてやる。定子様と妾の悲願。道長の家は根絶やしじゃ。定子様敦康《あつやす》様、脩子《ながこ》様、媄子《みこ》様。もうすぐでござりまするよ。妾がすべて差配して進ぜます。おほ」

「何がおほ、じゃ洗濯女房」

「な、何じゃと!?」

「髪ぼさ女。赤縮り毛。自分の汗の臭いフェチ」

「小娘──下賤の身で従五位下内蔵大允深養父曾孫《くらのだいじようふかやぶがそうそん》、正五位下肥後守元輔《もとすけが》娘《むすめ》、この少子を愚弄することは許さぬぞ!!」

「塵《ちり》に還れ――縛《ばく》」

「ぬう!?」

コンクリートから繁殖する荊《いばら》の蔓《つる》。それは刹那《せつな》の間に異形の百鬼たちを磁縛《じばく》し、眼前の鬼女を捕囚《ほしゅう》した。ぽん。ぽん。ぽ、ぽん。

薔薇だ!!

それは夏の夜に繚乱《りょうらん》した薔薇の蔓だ。亡者と鬼畜に咲き誇る大輪の白い薔薇たち。もはや炎以外に蠢《うごめ》くものはない。その青い炎も断末魔のように悶《もだ》え、揺らぎ。そして薔薇はいのちを吸い上げるがごとく色を転じた――

ありえざる青い薔薇へ!!

鬼女の焔をむしろ供物《くもつ》として。

……そして鬼どもは萎《しお》れてゆく。

「は、離せ。離すのじゃ!!」

「古人《いにしえびと》はいった」コモは呪言のように。「さばかり賢しだち、真名《まな》書き散らして侍《はべ》るほども、よく看《み》れば、まだいとたらぬこと多かり――」

「それは、為時娘《ためときがむすめ》の――鰯女《いわし》の。おのれ。よくも!!」

「千年歳経《としへ》ても変わらぬか――さようならね。砕《さい》」

「ぐおお!!」

巨柱のような金色《こんじき》の大尾が。幾つもの剛尾が。コモを起点に大蛇のごとく輾転《のたう》ち、許されざるものどもを薙《な》ぎ払い掃《は》き潰し叩き壊す。それは圧倒的な破砕だった。

「やめよ——やめるのじゃあ——ぐぶはあ。定子様、敦康さまーぁ!! ぐぼぐふぅ」

あぁぁぁぁぁぁぁ————————ァ
きゃあ。

あたしは思わず汚穢《おわい》な絶叫に瞳《め》をつぶる。

耳をかばい膝を折る。

おおおーん。

恐る恐る瞳を開いたとき……

……狂気の鳴動とともにすべては消えてた。

コンクリートに遺棄された檜会先輩が痛々しい。

「——怨霊などと。ヒトごときが」

でもちょっとだけたのしかったよ。

そうつぶやいたコモの方が遥かに畏《こわ》かった。あたしはこんなコモのものなのだ。

「こ、コモ」脚がくがくして動けない。「お、終わったの?」

「せ・あぷそりゅまんふぃに、よ。まったくあたし忙しいのに。海外出張いくまえに、兄さんから盗んでやった『ハマーンの野望～ザビ家の再興を』、どうにかクリアせんといかんけんね。嫌がらせのつもりがハマってしもた」

「何それゲーム？」

「ほうよ。やっとメールシュトローム作戦撃退したし。グリプス2でシャア捕虜にして。赤金の百式乗せたって。グレミーはとっととガザBでジャブローにでも追放。ほしたらダカールにルナツー墜として終いや。ブリティッシュ作戦再び!!　どうでもええけどゲームのタイトル、『様』は付けた方がええね」

「それほんとにどうでもいいよ!!　そんなことより諾子先輩助けようよ!!」

あたしは諾子先輩のもとへ懸命に這《は》った。美しい黒髪がコンクリートに乱れてる。

大丈夫だ。

全然骸《むくろ》じゃない。諾子先輩の胸にはまだ温かないのちの鼓動があった。

よかった。

よかったね諾子先輩。

泣きじゃくるあたしをさて措《お》いて、コモは布を纏《まと》うかのように先輩の躯を抱き起こす。

「先輩助かるよねコモ？　助かるよね？」

「当然よ。この天才少女陰陽師小諸るいかがおるかぎり死なせん。さ、帰ろか」

「コモ」とあたし。「あたし立てない」

「きゅうきゅうにょりつりょう」

――あ。

腰がふっと楽になる。まるで飛べるよう。

「陰陽師ってべんりね。医師免許とれるよ」

「陰陽頭《おんみようのかみ》のあたしならではよ」

そういったコモはいつものコモで。あたしはおもわず嘆息《ためいき》をついた。終わったんだ。

はふう。

「はいらちゃん」とコモ。「今夜はあかねんと寝てあげて」

「ぐおぐお～」

「それはちょっと嫌かも」

「いっちょあがり。埼玉出張埼玉出張」

コモが屋上の鉄扉を開く。

しかし。

開いたそこには朱袴の鬼女がいた。

「おまえ!!」

「甘い……」

がっ。

鬼の剛腕が巨大に伸びる。躯ごと鷲掴《わしづか》みにされたのはあたしで。

「きゃあ!!」

「あかねん——ぐっ!!」

「コモ!!」

あっけなく倒れるコモ。何よそれ!!　あたしはどうにかコモに必死ですがりつき、コモを叩き倒し、掻きむしる。でもコモは死んだように無反応。

嘘でしょう——

「くはははほ。無駄じゃ」勝ち誇った鬼女。口が真っ赤に裂けて。「妾の瘴気《しょうき》をまともに受けた。死なぬのが不可解なほどにな……」

「ぐおう!!」

「……式神など!!」

躍り掛かったはいらちゃんもあっけなく握りつぶされる。ばおおーん。縫いぐるみは爆裂して消えた。

そして、あたしひとり。

「ほほ。最初からおまえを質に貰うておけばよかったの。のお、よりまし。それにしてもこの程度とは。陰陽のわざも失われたものよ。光栄《みつよし》に晴明《はるあきら》、吉平《よしひら》に有行《ありゆき》。道長の稚児《ちご》どもは、いま少し手応えがあったぞよ」

「いやあ————————————!!!!」

膝の裏が舐められる。背中に触手。

鬼が。

甦った百鬼がいつのまにかあたしを犯そうとしてた。ぬらぬらと。ぎとぎとと。

制服のスカートの——そのなかへ。

「いや!!!!」

「ならば選べ」

「え、選ぶ!?」

「おほふふ……『預けてた名人位、そろそろ返してな』、おほふふ」

「それは——その言葉は!!」

実香ちゃんの。実香ちゃんがあのときいった。京言葉でいったあの言葉……あたしに橋を渡らせた、あの言葉。でもどうして、この鬼がそれを。

「さて、妾と来るか穢れるか」

「そ、そんな」

「解る解るぞおまえのこころ。おまえの闇。その女童《めのわらわ》が憎かったろう。殺したいほどに。妾には解る。もっと憎め。親友を、兄を、世界を。ならばおまえは我が眷族《けんぞく》。百鬼夜行とはよういうた。悲哀憎悔《ひあいぞうかい》の泥濘《でいねい》、ともに鬼となってわたろうぞ。無上の快楽《けらく》を教えてやる」

「――嫌です」

あたしは。

「何じゃと？」

「あなたとはゆけません」

「何故じゃ」

「解ったからです」こんなにもはっきりといえるなんて。「実香ちゃんのこころも。兄さんのこころも。外田警部がいったことも」

「解ったつもりになっただけじゃぞ。また黒い憎しみで溢《あふ》れる。それが人間、それが世界。他人とはそういうもの。解りあえたと思うた刹那《せつな》、開いたこころが犯される。それが他人。他人とはおまえを嬲《なぶ》り苛《さいな》むだけに存在する業《ごう》よ。

呪いよ。

おまえの望みを焦《じ》らし裏切るそれが他人の正体じゃ。生きて在るかぎりその悪鬼からは逃れられんのじゃぞ。辛かろう。苦しかろう。楽になれ。妾とひとつになる。鬼となって屠《ほふ》る者を屠る。

……それしかないのじゃ。

妾には解る。他人に犯されぬためにはまず犯すのじゃ。道長のように。結局はそれが正解よ。

豚に善意をくれてやれば貪られるだけじゃ。弊履《へいり》のように捨てられて奪われるだけじゃ。

信じること。

それがすべての誤謬《ごびゅう》の始原と、おまえならば解るはずじゃ」

「……あなたは」

哀しいひと。

「おまえ……」

「懸命に生きて。守ろうとして。奪われ。ひとが信じられず。毒づき。傷つけ。そんな自分を嫌悪して。あたしには解る。攻撃的な言葉の意味がよく解る」

「黙れ――下種が、妾に情けをかけるというのか」

「あたしはっきりいってあなたの文章は嫌いよ。あたしの暗黒面に瓜二つだから。必死に努力したその事実を守りたくて他人を貶《おとし》めるその思考方法が。自分に確たる優位を感じられない業《ごう》が。

でも。

あなたは定子様の哀しいことは書かなかった。それはあなたの優しさでもある」

「やめよ——やめるのじゃ——怨霊に——怨霊に同情してはならぬ——」

「だからこれあげます」

「み、陸奥紙《みちのくにがみ》」

「市役所の先の三越で買ってきたんです。あなたの大好きだった紙。

これでまた、書いてみてよ。

ひとが解りあえなかった哀しみを。ひとに裏切られた辛さを。それでも一緒に生きてきた人々のことを。あたし最初に読むから。だって言葉にすることは素敵だから。大事なことは言葉にして残してゆかなければならないから。あたしここに来て、日記や手紙をたくさん書いて解ったの。そしてそれは誰かに読んでもらうために書いてるってことも。ひととひととは解りあえないかも知れないけれど、それを納得できないのは幼い証拠だということも。それでも言葉にしてゆかなければならないってことが。

だから、あたしまず読むから。

コモを返して。諾子先輩を返すのよ。みんなを返してちょうだい」

「み、陸奥紙——いと白く清げなる——」

あたしは泣いてた。
けれど。
怨霊も泣くのだということは知らなかった。
小袖と朱袴は薄くなり、実予南の制服が、諾子先輩が戻ってくる。
「怨霊に、同情を——おまえは知っていたのか——それがたったひとつの真の調伏《ちょうぶく》
——定子様!!!!」
ばおおおん。
ひいいいい。
悲鳴とともに少子は消えた。
その百鬼も。
青い残り火が、コンクリートに消えてゆく。
ちろちろ。ちろちろ。
それは儚《はかな》い糸になって、かすかに揺れた後、ふっと溶けていった。

終章

「うーん」

「コモ!!」

「あれ。あたしどうしたんやろ。少子祓《はら》っとったのに」

「少子ならもうとっくに帰っちゃったよ」

「あかねんが調伏したん？」

「調伏じゃないよ。ちょっとだけ解りあったんだよ」

どーん。

膝を抱えるコモ。

「素人に祓われてもうた――晴明師《はるあきらし》すんません――」

「だから祓ったんじゃないよ」

「あれ？　あかねん泣いたんか？」

「そ、そうみたい」

「少子のために？」

「だったのかも。あのひとも泣いてたよ」

「うーん」

そのとき聞こえた声は、しかしコモの呻吟《しんぎん》ではなく——

「あっ、檜会先輩!!」

あたしたちが駆け寄ると先輩はハッと瞳《め》を開いて。

「あれ？　あたしどうしたんやろ。まあちゃんと、弓道場で……確か試射しとったんやけど……とりあえずここどこなん？」

「大丈夫や。今の檜会先輩に、少子はもうおらん」

「よかったー」

「何や解らんけど、よかったー」

ぺたん。

あたしたち三人は校舎のコンクリートへ一斉に臥《へた》りこんだ。するとそのとき。

「**こりゃあ!!!!**　何しとるんぞ!!!!」

「ちゅ、チュウドウ」さすがにコモが跳び上がる。「先生こそこんな時間に何しとるんよ。あたしら覗いとるんか」

「何いいよんで。わしは今晩当直じゃ——コモ、おまえいったい何ちゅう格好しよるんぞ。おまえこそ平安男装コスプレの変態じゃ、変態じゃー」

「あほ、自分と一緒にすなや」

「おう、ほがいなことどうでもええぞな。コモ水里喜べ。生田助かったぞ!!」

「**ええ!?**」

「たった今、赤十字病院から電話があった。もう全然大丈夫じゃいうて。

いや、よかったのー」

「嘘――よかった――よかったよ――」また号泣するあたし。

「まあちゃんが？」と諾子先輩。「雅実がどないしたん？」

「おう檜会。生田じゃ。ほら、わしの2‐8のくそ生田じゃ。窓から落ちよったじゃろ？　あん莫迦《バカ》助かりよったんぞな。学校戻ってきたらガツンと喰らわしてやるけんの。もう二度と窓辺で本読むな、いうてな……

わしはこれから病院じゃ。おまえらはとっとと帰れ」

「あたしも行くよー」とコモ。

「あたしも、です」とあたし。

「あたしも。さっぱり訳解らんけど」と諾子先輩。

「ほしたら車乗せてやるけん早よ来いや」

まず、チュウドウ先生と諾子先輩が消えてゆく。階下への鉄の扉のなかへと――

残された、コモとあたし。

夏の星宙《ほしぞら》のしたでみつめあう。世界は星の支配のもとにあった。

「最後の水は、あかねんの涙やったんかー」

「みず？」

「水は火を滅する。けど、水はいのちを育んであたしらに木を恵んでくれる」

「つまり、芽が――」ちょっと解ってきた。「――出てくるんだね。それは春だよ。まあ、かなり時季が違うけど」

「ほうよ。冬の間に水はいのちを生む。北の果て寒い黒い季節があるから、東の温かい春が萌えてくる。まだ青いけど芽ぇが出てくる」

「そうだね」

「ほやけん青春いうんよ」

「え？」

「ほやけん青いんよ。そして夜が深いからこそ、あたらしいそらが青い」

「そうか、だから青春なんだ」

「ほうよ、だから青春なんよ。ほやけん、あかねんにはこれあげる」

「これ何よー」

「あたしの兄さんから盗んできた、学生服に掛けるブラシ」

「よく盗むわね」

「嫌がらせよ。それは措いといて。

　これあかねんの兄さんのあのすかしたスーツに掛けたらええよ」

「――え、兄さんのスーツに？」

「うーん。やっぱりあたし天才やから我慢できん。

　我慢できんから喋るわ。

　そのスーツの、内ポケットから手紙が出てくる」

「テガミ？」

「封筒に入ってない藤色の便箋」

「えっ!?」封筒に入ってないって。「じゃあ、実朝の札拾ってくれたひとって――!!」

「ええなあ、兄妹ふたり、仲良うて。

　あたしのうじうじ兄さんにも、あかねんの兄さんの御《お》贖《あがもの》飲ましてやりたいよ」

「調伏はだめだよ」

　コモはにっこりしてあたしのスカートを叩《はた》いた。

　あの果物のにおいがあたしたちを満たす。

「ほしたら、金星の名に懸けて、最後にいうとかんと」

「何をよー」

「あたしの決め台詞よ——水剋火《すいこくか》」

——終幕《カーテンフォール》

本書は二〇〇八年四月に、小社より講談社ノベルスとして刊行された
『探偵小説のためのエチュード「水剋火」』を全面改稿・改題したものです。

|著者|古野まほろ　東京大学法学部卒業。リヨン第三大学法学部第三段階「Droit et Politique de la Sécurité」専攻修士課程修了。なお学位授与機構より学士（文学）。警察庁Ｉ種警察官として、交番、警察署、警察本部、海外、警察庁等で勤務の後、警察大学校主任教授にて退官。2007年、『天帝のはしたなき果実』で第35回メフィスト賞を受賞しデビュー。有栖川有栖・綾辻行人両氏に師事。その後、「天帝」シリーズ（講談社ノベルス、幻冬舎）をはじめ、著書多数。

陰陽少女《おんみようしようじよ》

古野《ふるの》まほろ

© Mahoro Furuno 2019

2019年５月15日第１刷発行

発行者――渡瀬昌彦
発行所――株式会社　講談社
東京都文京区音羽2-12-21　〒112-8001
電話　出版（03）5395-3510
　　　販売（03）5395-5817
　　　業務（03）5395-3615

Printed in Japan

講談社文庫
定価はカバーに
表示してあります

デザイン―菊地信義
本文データ制作―講談社デジタル製作
印刷―――豊国印刷株式会社
製本―――株式会社国宝社

落丁本・乱丁本は購入書店名を明記のうえ、小社業務あてにお送りください。送料は小社負担にてお取替えします。なお、この本の内容についてのお問い合わせは講談社文庫あてにお願いいたします。

本書のコピー、スキャン、デジタル化等の無断複製は著作権法上での例外を除き禁じられています。本書を代行業者等の第三者に依頼してスキャンやデジタル化することはたとえ個人や家庭内の利用でも著作権法違反です。

ISBN978-4-06-515604-9

講談社文庫刊行の辞

二十一世紀の到来を目睫に望みながら、われわれはいま、人類史上かつて例を見ない巨大な転換期をむかえようとしている。

世界も、日本も、激動の予兆に対する期待とおののきを内に蔵して、未知の時代に歩み入ろうとしている。このときにあたり、創業の人野間清治の「ナショナル・エデュケイター」への志を現代に甦らせようと意図して、われわれはここに古今の文芸作品はいうまでもなく、ひろく人文・社会・自然の諸科学から東西の名著を網羅する、新しい綜合文庫の発刊を決意した。

激動の転換期はまた断絶の時代である。われわれは戦後二十五年間の出版文化のありかたへの深い反省をこめて、この断絶の時代にあえて人間的な持続を求めようとする。いたずらに浮薄な商業主義のあだ花を追い求めることなく、長期にわたって良書に生命をあたえようとつとめるところにしか、今後の出版文化の真の繁栄はあり得ないと信じるからである。

同時にわれわれはこの綜合文庫の刊行を通じて、人文・社会・自然の諸科学が、結局人間の学にほかならないことを立証しようと願っている。かつて知識とは、「汝自身を知る」ことにつきていた。現代社会の瑣末な情報の氾濫のなかから、力強い知識の源泉を掘り起し、技術文明のただなかに、生きた人間の姿を復活させること。それこそわれわれの切なる希求である。

われわれは権威に盲従せず、俗流に媚びることなく、渾然一体となって日本の「草の根」をかたちづくる若く新しい世代の人々に、心をこめてこの新しい綜合文庫をおくり届けたい。それは知識の泉であるとともに感受性のふるさとであり、もっとも有機的に組織され、社会に開かれた万人のための大学をめざしている。大方の支援と協力を衷心より切望してやまない。

一九七一年七月

野間省一

講談社文庫 最新刊

海堂 尊
黄金地球儀2013
1億円、欲しくないか？　桜宮の町工場の息子に悪友が持ちかけた一世一代の計画とは。

藤田宜永
血の弔旗
重罪を犯し、大金を手にした男たち。昭和の時代と風俗を活写した不朽のサスペンス巨編。

石川智健
第三者隠蔽機関
警察の不祥事を巡って、アメリカ系諜報企業と日の丸監察官がバトル。ニューウェーブ警察小説！

石田衣良
逆《さか》島《しま》断《たつ》雄《お》〈本土最終防衛決戦編2〉
いよいよ上陸を開始した敵の大軍。祖国防衛か植民地化か。「須佐乃男《すさのお》」作戦の真価が問われる！

古野まほろ
陰陽少女
この少女、無敵！　陰陽《おんみょう》で知り、論理で解決。オカルト×ミステリーの新常識、誕生。

瀧羽麻子
サンティアゴの東 渋谷の西
仕事の悩み、結婚への不安、家族の葛藤。小さな出会いが人生を変える六つの短編小説。

吉川永青
化け札
戦国時代、「表裏比興《ひょうりひきょう》の者」と秀吉が評し、家康が最も畏《おそ》れた化け札、真田昌幸の物語。

西村賢太
藤澤清造追影
藤澤清造生誕130年――二人の私小説作家、二つの時代、人生を横断し交感する魂の記録。

講談社文庫 ❦ 最新刊

塩田武士　罪の声

昭和最大の未解決事件を圧倒的な取材で描いた大ベストセラー！　山田風太郎賞受賞作。

上田秀人　竜は動かず　奥羽越列藩同盟顛末
〈(上)万里波濤編　(下)帰郷奔走編〉

仙台の下級藩士に生まれ、世界を知った玉虫左太夫《さだゆう》は、奥州を一つにするため奔走する！

森博嗣　χ《カイ》の悲劇
〈THE TRAGEDY OF χ〉

トラムに乗り合わせた〝探偵〟と殺人者。Gシリーズ転換点となる決定的作品。後期三部作、開幕！

江波戸哲夫　新装版　ジャパン・プライド

リーマン・ショックに揺れるメガバンク。生き残りをかけた新時代の銀行員たちの誇り！

起業の星

リストラに遭った父と会社に見切りをつけた息子。経験か才覚か……父と子の起業物語。

藤井邦夫　三つの顔
〈大江戸閻魔帳《えんまちょう》(二)〉

若き戯作者《げさくしゃ》・閻魔堂赤鬼こと青山麟太郎は、ひょうひょうと事件を追う。〈文庫書下ろし〉

梶永正史　銃の啼《な》き声
〈潔癖刑事・田島慎吾〉

その事故は事件ではないのか？　潔癖刑事と天然刑事がコンビを組んだリアル刑事ドラマ。

原田伊織　三流の維新　一流の江戸
〈明治は「徳川近代」の模倣に過ぎない〉

〝令和〟の正しき方向とは？　未来へ続くグランドデザインのモデルは徳川・江戸にある。

柴崎竜人　三軒茶屋星座館　4
〈秋のアンドロメダ〉

〝三茶のプラネタリウム〟が未来への希望を繋ぐ。「星と家族の人生讃歌物語」遂に完結！

講談社文芸文庫

加藤典洋
完本 太宰と井伏 ふたつの戦後
解説＝與那覇 潤 年譜＝著者
かP4
978-4-06-516026-8
一度は生きることを選んだ太宰治は、戦後なぜ再び死に赴いたのか。師弟でもあった二人の文学者の対照的な姿から、今に続く戦後の核心を鮮やかに照射する。

金子光晴
詩集「三人」
解説＝原 満三寿 年譜＝編集部
かD6
978-4-06-516027-5
一九四四年、妻森三千代、息子森乾とともに山中湖畔へ疎開した光晴が、三人の詩を集めて作った私家版詩集。戦争に奪われない家族愛を希求した、胸を打つ詩集。

講談社文庫　目録

講談社文庫　目録

円居　挽　丸太町ルヴォワール
円居　挽　烏丸ルヴォワール
円居　挽　今出川ルヴォワール
円居　挽　河原町ルヴォワール
松宮　宏　さくらんぼ同盟
丸山天寿　琅《ろう》邪《や》の鬼
丸山天寿　琅《ろう》邪《や》の虎
町山智浩　アメリカ格差ウォーズ 99%対1%
松岡圭祐　探偵の探偵
松岡圭祐　探偵の探偵II
松岡圭祐　探偵の探偵III
松岡圭祐　探偵の探偵IV
松岡圭祐　水鏡推理
松岡圭祐　水鏡推理II〈インパクトファクター〉
松岡圭祐　水鏡推理III〈パレイドリア・フェイス〉
松岡圭祐　水鏡推理IV〈アノマリー〉
松岡圭祐　水鏡推理V〈ニュークリアフュージョン〉
松岡圭祐　水鏡推理VI〈クロノスタシス〉
松岡圭祐　探偵の鑑定I

松岡圭祐　探偵の鑑定II
松岡圭祐　万能鑑定士Qの最終巻〈ムンクの〈叫び〉〉
松岡圭祐　黄砂の籠城(上)(下)
松岡圭祐　シャーロック・ホームズ対伊藤博文
松岡圭祐　八月十五日に吹く風
松岡圭祐　生きている理由
松岡圭祐　黄砂の進撃
松岡圭祐　瑕《か》疵《し》借り
松島泰勝　琉球独立宣言〈実現可能な五つの方法〉
松原　始　カラスの教科書
益田ミリ　五年前の忘れ物
マキタスポーツ　一億総ツッコミ時代〈決定版〉
三好　徹　政・財 腐蝕の100年
三浦綾子　ひつじが丘
三浦綾子　岩に立つ
三浦綾子　青い棘《とげ》
三浦綾子　イエス・キリストの生涯
三浦綾子　愛することと信ずること
三浦明博　滅びのモノクローム

宮尾登美子　新装版天璋院篤姫(上)(下)
宮尾登美子　新装版 一絃の琴
宮尾登美子　東福門院和子《まさこ》の涙(上)(下)〈レジェンド歴史時代小説〉
皆川博子　クロコダイル路地
宮本　輝　ひとたびはポプラに臥す1〜6
宮本　輝　骸骨ビルの庭(上)(下)
宮本　輝　新装版二十歳《はたち》の火影《ほかげ》
宮本　輝　新装版命の器
宮本　輝　新装版避暑地の猫
宮本　輝　新装版ここに地終わり 海始まる(上)(下)
宮本　輝　新装版花の降る午後(上)(下)
宮本　輝　新装版オレンジの壺(上)(下)
宮本　輝　にぎやかな天地(上)(下)
宮本　輝　新装版朝の歓び(上)(下)
宮城谷昌光　侠骨記
宮城谷昌光　夏姫春秋(上)(下)
宮城谷昌光　花の歳月
宮城谷昌光　重耳《ちょうじ》(全三冊)
宮城谷昌光　介《かい》子《し》推《すい》

講談社文庫　目録

2019年3月15日現在